Pôlefiction

De la même auteure
chez Gallimard Jeunesse :

Quatre filles et un jean :

1. Le premier été
2. Le deuxième été
3. Le troisième été
4. Le dernier été
5. Quatre filles et un jean pour toujours

Ces liens qui nous séparent

L'amour dure plus qu'une vie

Toi et moi à jamais

Ann Brashares

Quatre filles et un jean

Le premier été

Traduit de l'américain

par Vanessa Rubio

GALLIMARD JEUNESSE

Cette traduction est publiée avec l’autorisation de Random
House Children’s Books, une filiale de Random House, Inc.

Pour Jodi Anderson,
la muse du jean

Remerciements

Je tiens à remercier Wendy Loggia,
Beverly Horowitz,
Josh Bank, Russell Gordon, Lauren Monchik,
Marci Senders et, bien sûr, Jodi Anderson, qui m'a inspirée.

Merci à Jacob Collins, Jane Easton Brashares,
et William Brashares.
Mes plus tendres pensées à Sam, Nathaniel,
et au bébé qui devrait arriver bientôt.

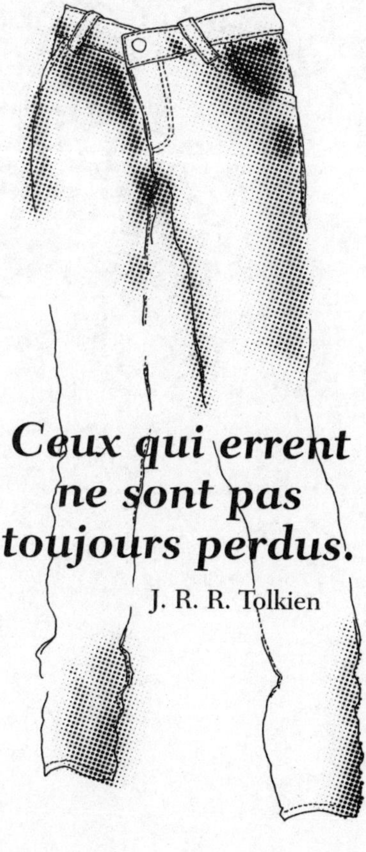

Ceux qui errent ne sont pas toujours perdus.

J. R. R. Tolkien

Prologue

Il était une fois un pantalon. Un pantalon tout simple – un jean, bien sûr, bleu mais pas trop foncé ni trop raide comme ceux qu'on sort juste du placard le jour de la rentrée. Il était d'un bleu délavé, irrégulier, un peu plus clair aux genoux et derrière, avec de petits traits blancs dans le bas.

Il avait déjà bien vécu. Ça se voyait. Acheter un vêtement d'occasion, c'est un peu comme prendre un chien dans un refuge : on sent que quelqu'un d'autre est passé avant. Notre pantalon n'avait rien d'un chiot névrosé abandonné par ses maîtres, qui aboie à fendre l'âme du matin au soir. Non, le nôtre, c'était plutôt un bon chien que ses propriétaires avaient dû laisser à regret parce qu'ils emménageaient en appartement ou qu'ils partaient pour un pays où l'on mange les chiens, comme la Corée (je crois...).

Ce n'était pas un drame qui avait fait entrer ce jean dans notre vie, j'en étais convaincue. Il avait simplement atterri dans cette boutique à la suite d'un tournant dans la vie de son propriétaire, une de ces périodes de transition tout à fait normales, et pourtant tellement pénibles. C'est ça, la vie de pantalon !

C'était un bon jean, sans prétention. On pouvait se contenter de lui jeter un regard et se dire : « Ouais, bon, c'est un jean, quoi », ou bien s'attarder à admirer sa coupe parfaite et son magnifique dégradé de bleu. Ce n'était pas le genre de pantalon qui veut forcer l'admiration. C'était un bon vieux jean, content de faire son boulot : c'est-à-dire couvrir les fesses de celle qui le portait sans en faire un boudin.

Je l'avais trouvé au fin fond de Georgetown, dans un magasin de vêtements d'occasion coincé entre un marchand d'eau (je ne sais pas pour vous mais, moi, j'en ai autant que je veux au robinet !) et une boutique de diététique qui s'appelle « Yes ! ». Chaque fois que l'une de nous mentionne cette boutique (et nous essayons de la placer aussi souvent que possible dans la conversation), nous hurlons : « YEEEESSSS ! » toutes en chœur. Bref, j'étais avec Lena, sa petite sœur, Effie, et leur mère. Effie voulait trouver une robe pour le bal du lycée. Ce n'est pas le genre de fille à se jeter sur le premier chiffon rouge (décolleté) venu comme toutes les autres. Elle voulait une tenue originale.

Si j'ai acheté ce jean, c'est surtout parce que

je sais que la mère de Lena déteste les vêtements d'occasion. Des trucs de pauvres, selon elle. Chaque fois que sa fille décrochait un cintre, elle répétait : « C'est sale, Effie. » Et, dans le fond, j'ai honte de l'avouer, j'étais assez d'accord avec Mme Kaligaris. En fait, je préfère mille fois les étalages bien propres du centre commercial, mais il fallait absolument que j'achète quelque chose. Notre jean attendait innocemment, plié sur une étagère près de la caisse. Je me suis dit qu'il avait dû être lavé. Et puis il ne coûtait que 3 dollars 49 cents. Je ne l'ai même pas essayé, ce qui prouve que je n'avais pas vraiment l'intention de le porter. Avec les fesses que j'ai, je ne peux pas mettre n'importe quoi.

Effie a choisi une petite robe *très* originale, tout à fait le contraire de ce qu'on porte d'habitude au bal du lycée, et Lena a déniché une paire de mocassins avachis. On aurait dit les chaussures de mon grand-oncle. Lena a de grands pieds, elle doit chausser du quarante, quarante et un. C'est la seule partie de son corps qui ne soit pas parfaite. Moi, je les adore, ses pieds ! Pourtant, là, je n'ai pas pu m'empêcher de faire la grimace. Ce n'est déjà pas terrible d'acheter des vêtements d'occasion, enfin, au moins, on peut les laver, mais des *chaussures* déjà portées…

En rentrant à la maison, j'ai fourré le jean

dans le fond de mon placard et je n'y ai plus du tout pensé.

Il est ressorti de l'oubli la veille des vacances, juste avant que notre petit groupe se sépare pour l'été. Je descendais en Caroline du Sud rejoindre mon père, Lena et Effie allaient passer deux mois en Grèce, chez leurs grands-parents, et Bridget partait faire un stage de football à Bahia California (une ville de la côte mexicaine, comme son nom ne l'indique pas). Tibby restait à la maison.

Ce serait la première fois que nous ne passerions pas l'été ensemble, et ça nous faisait tout drôle…

L'an passé, nous avions toutes suivi un stage de maths. Lena nous avait convaincues que cela nous aiderait à avoir de meilleurs résultats. Pour elle, ça a marché, comme d'habitude. L'année d'avant, nous avions travaillé comme animatrices stagiaires au camp des Grands-Bois, sur la côte est du Maryland. Bridget donnait des cours de foot et de natation, Lena s'occupait des travaux manuels et Tibby s'est retrouvée une fois de plus coincée à la cuisine. Moi, je donnais un coup de main à l'atelier théâtre, enfin, jusqu'à ce que je m'énerve après deux monstres de neuf ans et qu'on me transfère dans les bureaux où je passais mes journées à lécher des enveloppes toute seule dans mon coin. Ils m'auraient bien jetée dehors direct, mais je crois que nos parents avaient payé pour qu'on travaille là-bas, alors...

Et, avant ça, nous avions passé l'été à nous enduire d'huile solaire au bord de la piscine de Rockwood en nous répétant que nous étions difformes (j'avais des seins énormes et Tibby n'en avait pas du tout). J'avais bronzé, c'est sûr, mais mes cheveux avaient catégoriquement refusé d'éclaircir : pas la moindre mèche blonde en vue.

Et je crois que, encore avant... euh, je ne me rappelle pas bien. Tibby a travaillé sur un chantier de bénévoles, à construire des maisons pour les familles défavorisées. Bridget prenait cours de tennis sur cours de tennis. Lena et Effie passaient leurs journées à barboter dans leur piscine. Et moi, je crois que je regardais pas mal la télé, pour être honnête. Enfin, on se retrouvait quand même quelques heures par jour et on ne se quittait pas du week-end.

Il y a eu des années plus marquantes que d'autres, comme celle où les parents de Lena ont fait construire leur piscine, celle où Bridget a eu la varicelle et nous l'a refilée. Et l'été où mon père est parti.

Nos vies étaient rythmées par les vacances d'été. Durant l'année, Lena et moi, nous allions à l'école publique du coin tandis que Bridget fréquentait un établissement spécial « sport-études » et que Tibby suivait sa scolarité à

L'Union, cette drôle de petite école où les élèves s'asseyent par terre sur des coussins et où les notes n'existent pas. Du coup, c'était l'été qu'on se retrouvait vraiment. C'était l'été qu'on fêtait nos anniversaires l'une après l'autre et que tous les trucs vraiment importants se produisaient. Sauf quand la mère de Bridget est morte. C'est arrivé à Noël.

Toutes les quatre, nous étions liées avant même de venir au monde. Nous sommes toutes nées à la fin de l'été, dans un intervalle de dix-sept jours : d'abord Lena, fin août, et moi en dernier, à la mi-septembre. Ce n'est pas vraiment une coïncidence… En fait, c'est même ça qui est à l'origine de notre amitié.

L'été de notre naissance, nos mères se sont inscrites à un cours d'aérobic pour femmes enceintes (non, mais vous imaginez le tableau ?), dans un club baptisé Gilda. Il faut dire que c'était la grande époque de l'aérobic. La prof les appelait les « filles de septembre » (Lena est arrivée un peu en avance). Elle devait avoir peur qu'elles explosent en plein milieu du cours car elles étaient enceintes jusqu'aux yeux. Elle allégeait les enchaînements exprès pour elles. Ma mère m'a raconté qu'elle n'arrêtait pas de crier : « Les filles de septembre, vous ne faites le mouvement que cinq fois, attention ! Attention ! » Il se trouve qu'elle s'appelait Avril et les filles de septembre la détestaient cordialement.

C'est comme ça qu'elles ont commencé à se voir en dehors des cours : pour se plaindre qu'elles avaient les pieds enflés, qu'elles étaient énormes et qu'elles ne supportaient pas Avril. Après notre naissance – un vrai miracle : quatre filles (sans compter le frère jumeau de Bridget) – elles ont continué à se voir pour se soutenir mutuellement. Elles nous laissaient gigoter dans un coin sur une couverture pendant qu'elles se plaignaient qu'elles dormaient mal et qu'elles étaient toujours aussi énormes. Le groupe s'est un peu dispersé par la suite, mais l'été de nos un an, et l'année d'après et l'année suivante encore, elles ont continué à se retrouver à la piscine de Rockwood. Pendant ce temps, nous, on faisait pipi dans le petit bain et on se piquait nos jouets.

Après, leur amitié s'est effilochée, je ne sais pas trop pourquoi. Leurs vies sont devenues trop compliquées, j'imagine. Deux de nos mères ont recommencé à travailler. Les parents de Tibby ont emménagé dans cette ferme, là-haut, au col de Rockville. Finalement, nos mères n'avaient peut-être pas grand-chose en commun à part d'être tombées enceintes en même temps. Quand on y pense, c'était franchement un drôle de mélange : la mère de Tibby, la jeune rebelle ; celle de Lena, la Grecque pleine d'ambition qui voulait réussir en reprenant les études ; celle de Bridget, fraîchement débarquée d'Alabama ; et la mienne, la Portoricaine dont le couple battait de l'aile. Mais, à l'époque, elles ont vraiment été amies. J'en ai encore quelques souvenirs.

Maintenant, on dirait que pour elles l'amitié, c'est un truc en option, qui arrive tout en bas de leur liste de priorités, après le mari, les enfants, le travail, la maison, l'argent, quelque part entre les barbecues et la musique. Pour nous, c'est complètement différent. Ma mère n'arrête pas de me répéter : « Attends, tu verras quand tu auras un copain et que tu feras des études. Tu verras quand tu entreras dans la vraie vie. » Mais elle a tort. On ne laissera pas la vie nous séparer.

En fait, tout ce qui a fini par rester entre elles, c'était nous, leurs filles. Elles se sont retrouvées dans la situation de parents divorcés qui n'ont plus grand-chose en commun à part les enfants et le passé. Elles ne sont pas très à l'aise quand elles se voient – surtout après ce qui est arrivé à la mère de Bridget. Comme si elles avaient peur de raviver de vieilles déceptions et peut-être même certains secrets, elles préfèrent en rester à des relations superficielles.

Les filles de septembre, c'est nous maintenant. Les vraies. Nous sommes tout les unes pour les autres. Mais nous n'avons pas besoin de le dire, c'est comme ça, c'est tout. Nous sommes tellement proches que nous avons parfois l'impression de ne former qu'une seule et même personne. Pour caricaturer, il y a Bridget la sportive, Lena la beauté, Tibby la rebelle et moi, Carmen la... la quoi ? Le mauvais caractère. Mais aussi celle qui s'implique le plus, celle pour qui notre amitié compte plus que tout.

Vous voulez connaître notre secret ? C'est très simple. On s'aime. On tient les unes aux autres. Et c'est rare, vous savez.

Ma mère dit que ça ne durera pas, mais moi, j'y crois. C'est un signe, ce jean. Il représente la promesse que nous nous sommes faite : quoi qu'il arrive, nous resterons amies. Mais nous nous sommes aussi lancé un défi. Ça ne suffit pas de rester terrées dans nos petites maisons climatisées de Bethesda, au fin fond du Maryland. Nous nous sommes promis qu'un jour nous sortirions de là pour conquérir le monde.

Je pourrais vous raconter que j'ai adoré ce jean dès le premier coup d'œil et que j'ai tout de suite su apprécier sa beauté, etc., etc., mais je préfère être honnête et vous avouer que j'ai failli le jeter à la poubelle. Je vais remonter un peu dans le temps pour vous expliquer comment l'épopée du jean magique a commencé...

La chance ne donne pas, elle prête.

Proverbe chinois

– Tu peux fermer ta valise, Carmen ? demanda Tibby. Ça me casse le moral.

Carmen regarda les affaires qui s'étalaient sur son lit sans aucune pudeur. Soudain, elle regretta de ne pas avoir de sous-vêtements neufs. L'élastique de son plus bel ensemble en satin s'effilochait à la taille.

– Moi, ça me stresse, renchérit Lena. Je prends l'avion à sept heures et je n'ai pas encore commencé à faire mes bagages.

Carmen ferma sa valise d'un coup sec et se rassit sur la moquette. Elle essayait d'enlever le vernis bleu marine de ses ongles de pieds.

– Lena, tu pourrais éviter de prononcer ce mot, s'il te plaît ? supplia Tibby, avachie au bout du lit. Ça me déprime.

– Quel mot ? voulut savoir Bridget. Bagages ? Avion ? Sept heures ?

Elle réfléchit un instant.

– Tous.

– Oh, Tibou, fit Carmen en lui tapotant le pied (c'était tout ce qu'elle pouvait atteindre de là où elle était). Tout va bien se passer.

Tibby replia sa jambe.

– Tu parles ! C'est sûr, tout va bien se passer pour toi puisque tu pars ! À toi les barbecues, les feux d'artifice et tout et tout.

Elle avait une vision assez personnelle de ce que pouvaient faire les gens en Caroline du Sud, mais Carmen savait qu'il valait mieux ne pas la contredire.

Lena laissa échapper un petit soupir de sympathie.

Tibby se retourna vers elle.

– C'est bon, je n'ai pas besoin de ta pitié, Lena.

La coupable s'éclaircit la gorge.

– Mais je n'ai rien fait, se défendit-elle (quelle mauvaise foi !).

– Arrête de t'apitoyer sur ton sort, Tibby ! intervint Bridget. Là, tu pleurniches.

– Absolument pas, répliqua Tibby.

Elle croisa les doigts sous le nez de son amie comme pour repousser un vampire.

– Mais épargne-moi ton petit discours pour remonter le moral des troupes, s'il te plaît. C'est pas le moment. Ce genre de truc, ça ne marche que sur toi.

– Mais je n'avais pas l'intention de faire de discours, se récria-t-elle (la menteuse !).

Carmen prit son air de fine psychologue.

– Hé, Tibby, tu sais quoi ? Peut-être que si tu continues à être insupportable, finalement, tu ne nous manqueras pas…

– Carma !

Tibby se leva d'un bond en tendant un doigt accusateur vers son amie.

– Je sais ce que tu essayes de faire. Tu veux m'avoir avec tes trucs de psycho, mais ça ne marche pas.

Carmen devint rouge tomate.

– Mais pas du tout…

Les trois filles restèrent muettes, à bout d'arguments.

Finalement, Bridget demanda :

– Bon sang, Tibby, on n'a plus le droit de rien dire, alors ?

Tibby réfléchit un moment.

– Si, si…

Elle détourna la tête pour cacher qu'elle avait les larmes aux yeux.

– Par exemple…

Son regard s'arrêta sur le tas de vêtements empilés sur la coiffeuse.

– Par exemple, Carmen pourrait me dire : « Tiens, Tibby, tu veux ce jean ? »

Stupéfaite, l'intéressée reboucha son dissolvant et se leva pour prendre le pantalon. En principe, Tibby portait des trucs assez affreux, enfin disons très, très originaux. Et là, ce n'était qu'un simple jean.

– Celui-là ?

Il était tout marqué à force d'être resté plié.

Tibby hocha la tête d'un air maussade.

– Ouais, celui-là.

– Il te plaît vraiment ?

Carmen omit de préciser qu'elle avait l'intention de le jeter à la poubelle. Si ça pouvait faire plaisir à quelqu'un, c'était tant mieux.

– Mmm.

Tibby voulait une preuve de l'amour inconditionnel que lui portaient ses amies. Et c'était bien normal. Alors qu'elles allaient toutes les trois s'envoler vers de nouvelles aventures, elle, elle allait rester dans la coquette ville de Bethesda tout l'été et débuter sa carrière de caissière chez Wallman pour un salaire de misère.

– Tiens, prends-le, fit Carmen en lui tendant le jean avec un grand sourire.

Elle s'en empara distraitement, un peu déçue d'être arrivée si vite à ses fins.

Lena se pencha pour l'examiner de plus près.

– Mais… c'est le jean que tu as acheté d'occasion à côté de chez « Yes ! » ?

– YEEEEEESSSS ! répliqua Carmen.

Tibby le déplia.

– Il est génial.

Soudain, Carmen regarda le jean d'un autre œil. C'était étrange, maintenant que quelqu'un s'y intéressait, il lui paraissait plus beau.

– Tu ne crois pas que tu devrais l'essayer ? suggéra Lena, l'esprit pratique. S'il va à Carmen, ça m'étonnerait qu'il soit à ta taille.

Les deux filles la fixèrent d'un œil noir, se demandant visiblement qui devait le prendre le plus mal.

– Ben oui, fit Bridget, volant au secours de Lena. Vous n'êtes pas du tout faites pareil, les filles. Ça saute aux yeux, non ?

– Si tu le dis, grommela Tibby, qui en profita pour recommencer à bouder.

Elle ôta son vieux pantalon marron qui n'en pouvait plus, dévoilant des sous-vêtements en coton bleu lavande. Puis elle leur tourna le dos pour enfiler le jean, histoire de faire durer le suspense. Elle remonta la fermeture Éclair, ferma le bouton et se retourna.

– Ta-da-da !

Lena l'examina des pieds à la tête.

– Waouh !

– Tibou, t'es vraiment canon ! s'exclama Bridget.

Comme elle ne voulait pas qu'on la voie sourire, elle se planta devant le miroir pour s'examiner sous tous les angles.

– Vous trouvez qu'il me va bien ?

– J'ai du mal à croire que c'est mon jean, déclara Carmen.

Tibby était toute fine : elle avait les hanches étroites et de longues jambes. Le jean, comme un pantalon taille basse, découvrait son ventre plat et son joli petit nombril.

– Tu as l'air d'une fille, pour une fois, ajouta Bridget.

Tibby ne répondit rien. Elle savait bien que les pantalons sans forme qu'elle portait d'habitude lui donnaient l'air d'un sac d'os.

Le jean était un peu trop long, mais sinon, rien à dire.

Cependant, elle parut tout à coup hésiter.

– Je ne sais pas… Peut-être que vous devriez l'essayer aussi.

Elle le déboutonna et baissa la fermeture Éclair.

– T'es folle ! s'exclama Carmen. C'est le jean de ta vie. Il t'adore, ça se voit.

Maintenant, elle le regardait d'un œil complètement différent.

Tibby le lança tout de même à Lena.

– Tiens, à ton tour !

– Mais pourquoi ? Il est fait pour toi.

Elle haussa les épaules.

– Allez, essaye-le.

Carmen remarqua que Lena avait l'air intriguée.

– Pourquoi pas ? Vas-y !

Lena prit le jean avec précaution. Elle ôta son pantalon beige et l'enfila. Puis elle vérifia qu'il était bien boutonné et bien ajusté sur ses hanches avant de se regarder dans le miroir.

Bridget l'examina sans rien dire.

– Lenny, tu me dégoûtes ! soupira Tibby.

– Bon Dieu, Lena ! siffla Carmen en ajoutant machinalement dans sa tête : « Oups, pardon, mon Dieu. »

– C'est vraiment un beau jean, reconnut Lena, chuchotant presque.

Ses trois amies y étaient habituées, mais elles savaient que, pour le reste du monde, Lena était une vraie bombe. Elle avait une peau mate qui prenait une jolie couleur dorée au soleil, de beaux cheveux bruns et lisses, et de grands yeux vert amande. Son visage était si divinement proportionné, si fin, si délicat, que c'en était écœurant. Elles avaient même peur qu'un jour, un metteur en scène la remarque et leur enlève. Mais, en fait, avec les gens super beaux, c'est comme avec les gens qui ont un physique… disons particulier. Une fois qu'on les connaît, on n'y prête plus vraiment attention.

Le jean prenait Lena bien à la taille et suivait la ligne de ses hanches. Il était assez près du corps aux cuisses et juste à la bonne longueur. Quand elle bougeait, il semblait épouser le moindre de ses mouvements. Carmen n'en revenait pas : c'était fou ce que ça la changeait de son éternel petit pantalon beige classique.

– Super sexy, commenta Bridget.

Lena jeta un nouveau coup d'œil dans la

glace. Quand elle se regardait dans un miroir, elle se tenait toujours d'une manière un peu bizarre, le cou tendu en avant. Elle fit la grimace.

– Il est un peu trop moulant.

– Tu rigoles ? aboya Tibby. Il est magnifique, ce jean. Il te va mille fois mieux que les pauvres trucs informes que tu portes d'habitude.

Lena se tourna vers elle.

– Je dois prendre ça comme un compliment ?

– Sincèrement, garde-le. Avec, tu es… transformée.

Lena tripotait nerveusement la ceinture.

Elle n'aimait pas parler de son physique.

– Tu es toujours magnifique, renchérit Carmen. Mais Tibby a raison, avec ce jean, tu es… différente.

Lena enleva le pantalon.

– Bee devrait l'essayer.

– Tu crois ? demanda Bridget.

– Oui, à ton tour.

– Elle est trop grande, il ne lui ira jamais, intervint Tibby.

– Vas-y, Bee, insista Lena.

– Mais je n'ai pas besoin d'un nouveau jean. Je dois en avoir huit ou neuf.

– T'as peur ou quoi ? la défia Carmen.

Avec Bridget, ce genre de pari stupide marchait à tous les coups.

Elle enleva son denim brut et l'abandonna

par terre, puis prit le jean des mains de Lena et l'enfila. Au début, elle le remonta très haut pour qu'il soit trop court mais, dès qu'elle le relâcha, il tomba impeccablement sur ses hanches.

Carmen fredonna le générique de *La Quatrième Dimension*.

Bridget se tordit le cou pour voir ce que ça donnait de derrière.

– Qu'est-ce qu'il y a ?

– Il n'est pas trop petit. C'est parfait, commenta Lena.

Tibby pencha la tête, étudiant son amie avec attention.

– Tu as presque l'air… petite comme ça, Bee. Où est passée notre Amazone ?

– Eh bien, les compliments fusent, aujourd'hui ! remarqua Lena en riant.

Bridget était grande, carrée, avec de longues jambes et de grandes mains. On aurait pu croire qu'elle était un peu costaud, mais elle avait la taille et les hanches étonnamment fines.

– Elle a raison, affirma Carmen. Ce jean te va mieux que le tien.

Bridget se trémoussa devant le miroir.

– C'est vrai qu'il est pas mal. Waouh. Je crois même qu'il me plaît bien.

– Tu as vraiment de jolies petites fesses, décréta Carmen.

Tibby se mit à rire.

– Quel compliment de la part de la reine des popotins !

Elle avait une lueur malicieuse dans les yeux.

– Hé, vous savez quoi ? J'ai une idée pour voir si ce jean est vraiment magique…

– Laquelle ? s'inquiéta Carmen.

– Tu vas l'essayer. Je sais qu'il est à toi mais, d'un point de vue strictement scientifique, il est impossible qu'il t'aille.

Carmen se mordilla l'intérieur de la joue.

– Tu es en train d'insulter mon arrière-train ou je me trompe ?

– Oh, Carma. Tu sais bien que je te l'envie. Mais, à mon avis, ce jean ne peut pas t'aller, c'est tout.

Bridget et Lena hochèrent la tête.

Tout à coup, Carmen eut une vision d'horreur : et si ce jean qui allait si miraculeusement bien à toutes ses amies ne passait pas ses cuisses ? Elle n'était pas grosse du tout mais elle avait hérité du postérieur généreux du côté portoricain de la famille. Il était plutôt bien dessiné, et la plupart du temps elle en était fière mais, au milieu de ses trois amies aux derrières bien plus modestes, elle n'avait pas envie de passer pour une grosse dondon.

– Nan, je n'ai pas envie, répondit-elle en se levant.

Elle cherchait désespérément un moyen de

changer de sujet mais trois paires d'yeux restaient fixées sur le jean.

– Si, insista Bridget, c'est ton tour.

– Allez, Carmen ! supplia Lena.

Ses amies avaient tellement l'air d'y tenir qu'elle ne se sentit pas le courage de lutter.

– D'accord. Mais je sais qu'il ne va pas m'aller. C'est sûr.

– C'est *ton* jean quand même, Carmen ! protesta Bridget.

– Très juste, Auguste ! Mais je ne l'ai jamais essayé.

Elle retira son pantalon-trompette noir et enfila le jean. Il ne resta pas bloqué au niveau des cuisses. Il passa ses hanches sans problème. Elle le ferma.

– Alors ?

Elle n'osait pas se regarder dans la glace.

Personne ne répondit.

– Quoi ? fit-elle, paniquée. Quoi ? C'est si terrible que ça ?

Courageusement, elle se tourna vers Tibby.

– Qu'est-ce qu'il y a ?

– Je… C'est juste que…

– Oh, bon sang, fit simplement Lena.

Carmen se détourna en se mordant les lèvres.

– Bon, je vais le retirer et on n'en parle plus, d'accord ?

Bridget retrouva la parole la première.

– Arrête, Carmen. Ce n'est pas ça du tout! Regarde-toi! Tu es superbe! Une déesse! Un top model!

Carmen posa la main sur sa hanche et fit la grimace.

– Ça, j'en doute!

– On ne plaisante pas. Regarde-toi! ordonna Lena. Il est vraiment magique, ce jean!

Carmen s'examina dans le miroir. De loin, d'abord. Puis de plus près. Le devant, puis le derrière.

Le disque qu'elles étaient en train d'écouter s'était arrêté, mais personne ne parut le remarquer. Le téléphone sonnait dans le lointain, mais personne ne se leva pour aller décrocher. La rue était anormalement silencieuse.

Carmen finit par relâcher sa respiration.

– Ouais, il est magique.

C'est Bridget qui avait eu l'idée. Une virée chez Gilda s'imposait après la découverte de ce jean magique, la veille du grand départ. Tibby se chargeait des provisions et du Caméscope. Carmen devait fournir les affreux tubes des années quatre-vingt. Lena s'occupait de l'ambiance. Bridget apportait les épingles à cheveux et le jean. Elles avaient réglé le problème des parents avec leur méthode habituelle : Carmen raconta à sa mère qu'elle allait chez Lena, Lena dit à sa mère qu'elle allait chez Bridget et Bridget demanda à son frère de faire savoir à son père qu'elle était chez Carmen. Bridget passait tellement de temps chez ses amies qu'il y avait peu de chances que Perry transmette le message ou pour que son père se pose la moindre question, mais c'était la tradition.

Elles se retrouvèrent à l'entrée du club de gym, sur Wisconsin Avenue, à dix heures moins le quart. Tout était éteint et fermé, bien sûr. C'est là que les épingles à cheveux entraient en scène. Les filles retinrent leur respiration tandis que Bridget forçait la serrure d'une main experte. Elles avaient fait ça au moins une fois par an durant les trois dernières années, mais c'était toujours aussi excitant d'entrer par effraction. Par chance, le club ne s'était pas amélioré en matière de sécurité. De toute façon, qu'est-ce qu'il y avait à voler ? Des matelas bleus qui empestaient la sueur ? Une collection d'haltères rouillés ?

La serrure cliqueta, la poignée de porte tourna et elles s'engouffrèrent comme des furies dans l'escalier qui menait au deuxième étage. Lena installa la couverture et les bougies. Tibby déballa les provisions – de la pâte à cookies crue qui sortait du frigo, des biscuits fourrés à la fraise, des trucs apéritifs au fromage, des crocodiles et du jus de fruits. Carmen mit de la musique : pour commencer, une vieille chanson atroce de

Paula Abdul. Bridget se mit aussitôt à sauter comme une puce devant le mur couvert de miroirs.

– Ça devait être le coin de ta mère, Lenny, dit-elle en s'acharnant sur une lame de parquet branlante.

– Très drôle !

Elles connaissaient toutes la fameuse photo où on voyait leurs mères en tenue d'aérobic, très années quatre-vingt, avec leurs gros ventres en avant. La mère de Lena était de loin la plus énorme. À la naissance, Lena pesait plus que Bridget et son frère réunis !

– Prêtes ?

Carmen baissa la musique et étala cérémonieusement le jean sur la couverture tandis que Lena continuait à allumer des bougies.

– Allez, tu viens, Bee ?

Elle était encore en train de faire la folle devant la glace.

Quand elle daigna interrompre sa séance d'aérobic, elles s'assirent autour de la couverture et Carmen prit la parole :

– À la veille de la dispersion temporaire de notre groupe (elle marqua une pause pour que chacune puisse admirer l'expression qu'elle venait d'employer), nous avons été témoins d'un phénomène surnaturel…

Elle sentit un fourmillement d'excitation parcourir la plante de ses pieds.

– La magie peut se matérialiser de différentes façons. Ce soir, elle est venue à nous sous la forme d'un jean. Je propose donc à l'assemblée ici présente que ce jean soit notre propriété commune, qu'il nous suive là où nous irons et qu'il soit notre lien durant notre séparation.

– Nous allons maintenant prononcer le serment du jean magique, décréta Bridget en prenant les mains de Tibby et de Lena.

C'était toujours Bridget et Carmen qui mettaient en scène ce genre de cérémonie. Elles adoraient les grandes démonstrations d'amitié, alors que Tibby et Lena étaient toutes gênées, comme s'il y avait une équipe de tournage dans un coin de la pièce.

Une fois qu'elles eurent formé un cercle, Bridget déclara :

– À compter de ce soir, nous sommes unies par ce jean magique. Partout où nous irons, il nous accompagnera et nous rappellera la force de notre amitié.

La flamme des bougies vacilla, éclairant le plafond d'une lueur étrange.

Tibby avait l'air de lutter, contre le rire ou les larmes, impossible de savoir. Lena, au contraire, était très solennelle.

– Nous devrions rédiger un règlement, suggéra-t-elle, pour décider ce qu'on doit faire du jean, qui l'aura en premier, etc.

Sa proposition fut adoptée à l'unanimité, et Bridget fila voler un bloc et un stylo à l'accueil du club de gym.

Elles grignotèrent leurs provisions puis, pour la postérité, Tibby filma la rédaction du règlement. Du «pacte», comme l'appelait Carmen.

– J'ai l'impression de vivre un moment historique, remarqua-t-elle sentencieusement.

Lena fut chargée de prendre des notes parce que c'était elle qui avait la plus belle écriture.

Il leur fallut un moment pour s'entendre. Lena et Carmen insistaient surtout sur le côté «amitié» : il faudrait rester en contact tout l'été et s'assurer que le jean passe bien de l'une à l'autre. Tibby voulait énumérer ce qu'on pouvait faire ou ne pas faire lorsqu'on le portait, comme mettre les doigts dans son nez, etc. Bridget eut une grande idée : une fois qu'elles seraient à nouveau réunies, elles inscriraient leurs souvenirs d'été sur le jean. Lorsqu'elles tombèrent enfin d'accord, Lena brandit une liste de dix règles hétéroclites, sérieuses ou carrément farfelues. Carmen savait qu'elles s'y tiendraient.

Ensuite, il fallait savoir combien de temps chaque fille pourrait garder le jean avant de le passer à la suivante. Elles décidèrent que chacune le renverrait quand elle le jugerait bon, mais que, pour le bon fonctionnement du projet, il ne faudrait pas le garder plus d'une semaine, à moins d'en avoir réellement besoin. Ce qui signifiait qu'elles devraient en principe l'avoir deux fois entre les mains d'ici à la fin de l'été.

– C'est Lena qui devrait le prendre en premier, suggéra Bridget en arrachant la tête d'un crocodile d'un coup de dents. Comme ça, il commencera son voyage en Grèce, je trouve ça chouette.

– Je peux être la deuze ? supplia Tibby. Ça m'empêchera peut-être de déprimer complètement.

Lena hocha la tête d'un air compréhensif.

Puis ce serait au tour de Carmen, et enfin de Bridget. Ensuite, pour compliquer un peu les choses, il repartirait en sens inverse : Bridget l'enverrait à Carmen, qui le passerait à Tibby, et il reviendrait à Lena.

Alors qu'elles discutaient, minuit sonna. Leur dernière journée ensemble s'achevait, laissant place à leur premier jour séparées. Carmen vit sur le visage de ses amies qu'elles partageaient son émotion. Ce jean allait les accompagner tout au long de l'été, un été plein de promesses. Ce serait la première fois qu'elle passerait des vacances entières avec son père depuis qu'il était parti. Elle s'imaginait déjà avec lui, dans ce jean, en train de faire le clown.

Solennellement, Lena posa le pacte sur le jean. Bridget réclama une minute de silence.

– En l'honneur du jean magique, dit-elle.
– Et de notre amitié, ajouta Lena.
Carmen sentit un frisson la parcourir.
– Et de cet instant. De cet été. Du reste de nos vies.
– Qu'on soit ensemble ou séparées, conclut Tibby.

Pacte du jean magique

Nous établissons par le présent acte les règles régissant l'utilisation du jean magique :

1. Il est interdit de le laver.

2. Il est interdit de le retrousser dans le bas. Ça fait ringard. Et ça fera toujours ringard.

3. Il est interdit de prononcer le mot G-R-O-S-S-E lorsqu'on porte le jean. Il est même interdit de se dire qu'on est G-R-O-S-S-E quand on l'a sur soi.

4. Il est interdit de laisser un garçon retirer le jean (mais il est cependant possible de l'ôter soi-même en présence dudit garçon).

5. Il est formellement interdit de se décrotter le nez lorsqu'on porte le jean. Il est toutefois toléré de se gratter discrètement la narine.

6. À la rentrée, il faudra respecter la procédure suivante pour immortaliser l'épopée du jean magique :

– Sur la jambe gauche du jean, vous décrirez l'endroit le plus chouette où vous êtes allée avec ;

– Sur la jambe droite, vous raconterez le truc le plus important qui vous est arrivé alors que vous le portiez. (Par exemple : « Un soir où j'avais mis le jean magique, je suis sortie avec mon cousin Ivan. »)

7. Vous devrez écrire aux autres durant l'été, même si vous vous amusez comme une folle sans elles.

8. Vous devrez leur passer le jean suivant le protocole établi. Toute entorse à cette règle sera sévèrement sanctionnée à la rentrée (par une fessée déculottée !).

9. Il est interdit de porter le jean en rentrant son T-shirt à l'intérieur (cf. règle n° 2).

10. Rappelez-vous que ce jean symbolise notre amitié. Prenez-en soin. Prenez soin de vous.

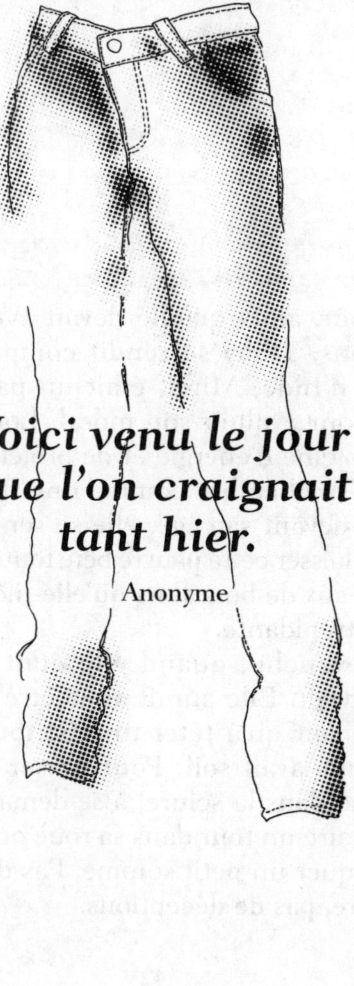

Voici venu le jour que l'on craignait tant hier.

Anonyme

Un jour, alors qu'elle devait avoir environ douze ans, Tibby se rendit compte que son cochon d'Inde, Mimi, était un parfait baromètre pour évaluer son moral. Lorsqu'elle se sentait pleine d'énergie et de projets, elle filait hors de sa chambre comme une flèche et, en passant devant sa cage, elle se sentait un peu triste de laisser cette pauvre bête toute seule dans ses copeaux de bois alors qu'elle-même menait une vie trépidante.

En revanche, quand elle était déprimée, elle l'enviait. Elle aurait aimé être à sa place, pour n'avoir qu'à téter un distributeur d'eau quand elle avait soif. Pour passer sa vie bien au chaud dans la sciure, à se demander si elle voulait faire un tour dans sa roue ou si elle préférait piquer un petit somme. Pas de décisions à prendre, pas de déceptions.

Tibby avait sept ans lorsqu'on lui avait offert Mimi. Pour elle, c'était le plus beau nom du monde. Elle l'avait gardé en réserve durant presque un an, alors qu'il aurait été si facile de le donner à une peluche ou à un ami imaginaire. Mais elle avait tenu bon, elle conservait son nom préféré pour une grande occasion. À l'époque, elle avait encore confiance en ses propres goûts. Plus tard, le simple fait d'aimer un nom comme Mimi aurait été à ses yeux une bonne raison pour baptiser son cochon d'Inde Frederick.

Aujourd'hui, avec sa blouse de chez Wallman sous le bras, personne pour l'écouter se plaindre et aucune réjouissance en vue, elle était tout simplement jalouse. Jalouse d'un cochon d'Inde.

Ces bestioles-là n'avaient pas à travailler, elles. Elle imaginait Mimi dans une petite blouse verte comme la sienne. Mais c'était sans espoir : à part dormir, elle ne savait rien faire.

Un hurlement strident monta du rez-de-chaussée. Il y avait deux autres bouches inutiles dans cette maison : son petit frère de deux ans et sa petite sœur de un an, deux monstres en couche-culotte qui détruisaient tout sur leur passage. Même la caisse de Wallman aux heures de pointe était un véritable havre de paix comparée à la cuisine de Tibby au moment des repas.

Elle rangea sa caméra numérique dans sa sacoche et la posa sur une étagère en hauteur au cas où son petit frère s'introduirait à nouveau dans sa chambre. Elle colla un morceau de Scotch sur le bouton de son ordinateur et un autre sur le lecteur de CD-Rom. Nicky adorait tripoter le PC. Son jeu préféré, c'était de glisser n'importe quoi dans la fente destinée aux CD.

– Je pars travailler, Loretta ! annonça-t-elle en descendant les escaliers.

Elle fonça vers la porte sans attendre la réponse de la baby-sitter. Elle ne lui laissait jamais le temps de poser la moindre question sur son emploi du temps car elle ne voulait pas que la baby-sitter s'imagine qu'elle avait une quelconque autorité sur elle.

La plupart des élèves de seconde avaient leur permis. Tibby, elle, avait son vélo. Elle se mit en route avec sa blouse et son porte-monnaie sous le bras, mais ça la gênait. Elle s'arrêta. La seule solution raisonnable aurait été d'enfiler ce machin vert et de ranger son porte-monnaie dans la poche. Non, pas moyen : elle les coinça résolument sous son bras et se remit à pédaler.

Au coin de Brissard Lane, son porte-monnaie lui échappa et tomba au beau milieu de la route. Après avoir failli percuter une voiture, elle dut s'arrêter à nouveau pour le ramasser.

Elle jeta alors un coup d'œil autour d'elle. Bon, personne en vue… Elle enfila la blouse, fourra le porte-monnaie dans sa poche et repartit à toute allure.

– Salut, Tibby ! fit une voix familière alors qu'elle arrivait sur le parking.

Oh non ! Elle pensa à Mimi, qui était bien tranquille dans ses copeaux de bois.

– Ça va ?

C'était Tucker Rowe, qu'elle considérait comme le plus canon de tous les mecs de première. En plus, pour l'été, il s'était laissé pousser un petit bouc, c'était craquant. Il était juste devant sa voiture, un vieux modèle de sport des années soixante-dix, belle à tomber.

Tibby ne pouvait pas le regarder. Sa blouse lui brûlait la peau. Elle garda la tête baissée pour fermer son antivol puis fonça à l'intérieur du magasin en espérant qu'il croirait s'être trompé de personne. Cette pauvre fille dans sa blouse verte avec de petites pinces sous la poitrine ne pouvait être Tibby, ce n'était qu'une pâle copie, beaucoup moins jolie.

Ma chère Bee,

Je t'envoie un minuscule carré de tissu que j'ai découpé dans la doublure de ma blouse, comme ça, tu vas pouvoir tester ce fameux polyester double épaisseur. Tu n'imagines pas comme ça m'a fait plaisir de planter mon cutter dans ce machin.

Tibby

– Vreeland, Bridget ?

Connie Broward, la directrice du camp, faisait l'appel.

Bridget était déjà debout. Elle ne pouvait pas rester assise, elle ne tenait plus en place.

– C'est moi ! s'écria-t-elle en jetant son sac à dos sur une épaule et son duvet sur l'autre.

Une douce brise soufflait sur Bahia Concepcion. Du bâtiment central, on avait une vue superbe sur la baie turquoise.

De quoi être surexcitée.

– Bungalow quatre, tu n'as qu'à suivre Sherrie, lui indiqua Connie.

Bridget sentait tous les yeux fixés sur elle, mais elle s'en moquait. Elle avait l'habitude. Elle savait que ses cheveux attiraient les regards. Ils étaient longs, raides, couleur banane pelée. Les gens s'extasiaient toujours dessus. En plus, elle était grande et elle avait les traits assez réguliers (enfin, le nez droit et tout à la bonne place). Du coup, on s'imaginait qu'elle était belle.

Mais elle n'était pas vraiment belle. Pas comme Lena. Elle n'avait aucun charme, aucune grâce particulière. Elle le savait et elle savait aussi que les gens s'en rendaient probablement compte une fois qu'ils n'étaient plus éblouis par ses cheveux.

– Salut, je m'appelle Bridget, dit-elle en laissant tomber ses affaires sur le lit que Sherrie lui montrait.

– Bonjour. Tu viens de loin ?

– De Washington.

– Ça fait un sacré voyage !

En effet. Bridget s'était levée à quatre heures du matin pour prendre un premier avion pour Los Angeles. Puis un second vol l'avait conduite au minuscule aéroport de Loreto, une ville qui donnait sur la mer de Cortez, sur la côte est de la péninsule de Bahia. Ensuite, elle s'était endormie dans le car et, quand elle s'était réveillée, elle ne savait plus du tout où elle était.

Sherrie alla accueillir une autre fille. Dans le bungalow, quatorze petits lits en métal garnis de matelas maigrichons étaient alignés côte à côte. Ce n'était pas le grand luxe : on voyait le jour entre les planches de pin mal jointes. Bridget sortit sous le petit porche de l'entrée.

Si l'intérieur n'était pas terrible, le cadre, en revanche, était magique. Le camp s'ouvrait sur une plage de sable blanc ombragée de palmiers. L'eau était d'un bleu tellement bleu qu'il paraissait irréel, comme une photo retouchée pour une brochure touristique. De l'autre côté, la baie était protégée par les montagnes de la péninsule de Concepcion.

À l'arrière, le camp était bordé par un relief rocailleux. C'était un vrai miracle qu'ils aient réussi à installer deux vrais terrains de foot bien verts entre la plage et ces collines arides.

– Salut ! lança Bridget à deux filles qui traînaient leurs affaires dans le bungalow.

Elles avaient des jambes bronzées et musclées de joueuses de foot.

Elle les suivit à l'intérieur. Presque tous les lits étaient pris, maintenant.

– Quelqu'un a envie d'aller se baigner ? demanda-t-elle.

Elle n'était absolument pas timide. Parfois, elle préférait même la compagnie des étrangers à celle des gens qu'elle connaissait.

– Non, il faut que je défasse mon sac, répondit l'une des filles.

– Je crois qu'on doit aller dîner dans pas longtemps, dit l'autre.

– Bon, tant pis, moi, j'y vais. Ah, au fait, je m'appelle Bridget. À plus ! lança-t-elle pardessus son épaule.

Elle se mit en maillot de bain dans une cabine de douche puis se risqua sur la plage. Elle avait l'impression que l'air était exactement à la température de sa peau. L'eau reflétait toutes les couleurs du coucher de soleil. Alors qu'il disparaissait derrière les collines, ses derniers rayons caressaient les épaules de Bridget. Elle plongea et resta longtemps sous l'eau.

« Je suis contente d'être là », se dit-elle. Elle eut une pensée pour Lena qui avait emporté le jean en Grèce. Elle avait hâte de le recevoir et de vivre son aventure de l'été.

Un petit moment plus tard, lorsqu'elle arriva au dîner, elle découvrit avec plaisir que les longues tables étaient dressées sous la véranda et non à l'intérieur de la cafétéria. Un gros massif de bougainvilliers d'un rose intense tombait du toit et courait le long des poutres. C'était de la folie de passer une seconde enfermé dans un tel paradis !

Elle s'assit avec les autres filles du bungalow numéro quatre. Il y avait six dortoirs… ce qui faisait un total de quatre-vingt-quatre filles, calcula-t-elle rapidement. Toutes de grandes sportives. « Si tu n'étais pas comme elles, tu ne serais pas là. » Elle finirait par les connaître et peut-être même en apprécier certaines, mais ce soir, elle avait du mal à s'y retrouver. Il lui semblait que la brune avec la coupe au carré s'appelait Emily. Et celle qui avait les cheveux blonds frisés devait être Olivia, mais on la surnommait Ollie. À côté d'elle, il y avait une Afro-Américaine dont les boucles tombaient jusqu'au milieu du dos, Diana.

Au beau milieu de ce festin de tacos aux fruits de mer, de riz et de haricots rouges, arrosés de limonade super chimique, Connie grimpa sur une estrade pour leur parler de son expérience au sein de l'équipe olympique féminine. Les entraîneurs et leurs assistants étaient répartis entre les différentes tables.

De retour dans le bungalow, Bridget se

glissa dans son sac de couchage et regarda le ciel par une fente entre deux planches du plafond. Tout à coup, elle réalisa que ça y était : elle était à Bahia. Pourquoi se contenterait-elle d'un minuscule bout de ciel alors qu'elle pouvait l'avoir tout entier ? Elle se leva, fourra son duvet et son oreiller sous son bras.

– Quelqu'un a envie d'aller dormir à la belle étoile ? proposa-t-elle à la cantonade.

Il y eut un moment de silence, puis quelques bribes de conversation.

– On a le droit ? demanda Emily.

– Personne ne nous l'a interdit, en tout cas, répliqua Bridget.

Cela ne l'aurait pas dérangée d'y aller toute seule, mais elle fut contente que deux filles la suivent : Diana et Jo.

Elles installèrent leurs duvets tout en haut de l'immense plage. La marée pouvait monter, on ne sait jamais. Le clapotis de l'eau les berçait. Les étoiles veillaient sur elles.

Bridget était tellement heureuse, submergée de bonheur, qu'elle avait du mal à rester allongée. Fixant le ciel scintillant au-dessus d'elle, elle s'entendit soupirer :

– J'adooore !

Jo se blottit dans son sac de couchage.

– C'est incroyable !

Elles fixèrent un moment le ciel en silence.

Puis Diana se redressa.

– Je crois que je ne vais pas arriver à m'endormir. C'est tellement... tellement immense ! J'ai l'impression de n'être qu'une petite chose insignifiante. C'est fou de s'imaginer qu'on est face à l'infini. Le ciel... l'espace... ça ne s'arrête jamais.

Bridget laissa échapper un petit rire. Diana lui rappelait Carmen, avec ses grandes réflexions philosophiques et ses trucs de psycho.

– Mmm..., fit-elle. On peut voir ça comme ça...

Dans un avion, chaque chose est à sa place. Carmen aimait cette impression d'ordre et d'harmonie, le nombre incalculable d'emballages qui enveloppaient son déjeuner.

Ce plateau-déjeuner était l'image même de la perfection. Cette petite pomme, exactement de la bonne taille, de la bonne forme, de la bonne couleur, qui faisait presque fausse, c'était tellement rassurant. Elle la rangea dans son sac, gardant un échantillon de perfection pour plus tard.

Elle n'avait encore jamais été chez son père ; c'était toujours lui qui lui avait rendu visite. Alors elle avait imaginé son appartement. Son père n'était pas un rustre, mais il n'avait tout de même pas ce petit chromosome X en plus. Il n'y aurait sûrement pas de rideaux aux fenêtres, de couvre-lit à fleurs dans la chambre ou de gâteau en train de cuire dans le four. Elle apercevrait peut-être deux ou trois moutons de poussière dans les coins. Pas en plein milieu de la pièce, mais sous le canapé, par exemple. (Il devait bien y avoir un canapé quand même, non ?) Elle espérait coucher dans des draps de coton. Connaissant son père, il risquait plutôt d'en avoir acheté en polyester. Carmen ne supportait pas le polyester. Elle n'y pouvait rien.

Peut-être qu'entre un match de tennis et un film de John Woo, elle pourrait l'emmener acheter de belles serviettes de bain et une vraie bouilloire. Il râlerait un peu, mais elle s'arrangerait pour qu'il passe un bon moment et après, il lui en serait reconnaissant. Elle se disait qu'il serait peut-être triste de devoir la quitter à la fin de l'été, qu'il irait se renseigner au lycée du quartier et qu'il lui proposerait de rester en Caroline du Sud.

Carmen baissa les yeux : elle avait la chair de poule, ses poils bruns étaient tout hérissés sur ses avant-bras.

Elle n'avait pas vu son père depuis Noël. C'était leur période, à tous les deux. Depuis que ses parents s'étaient séparés lorsqu'elle avait sept ans, son père était venu chaque année passer quatre jours à l'hôtel Embassy. Elle l'avait rien que pour elle : ils allaient au cinéma, se balader le long du canal, faire des courses. Leur grand jeu, c'était de trouver des cadeaux aussi délirants que ceux que lui avaient envoyés ses tantes.

Il revenait à Washington deux fois dans l'année en voyage d'affaires. Elle savait qu'il sautait sur la moindre occasion pour venir dans la région. Ils allaient dîner là où elle voulait. Elle essayait toujours de choisir un restaurant qui lui plairait. Elle guettait sa réaction tandis qu'il lisait le menu puis lorsqu'il mangeait la première bouchée. Elle, elle faisait à peine attention à ce qu'elle avait dans son assiette.

Un grincement sourd se fit entendre sous l'avion. Le moteur qui se détachait, ou le train d'atterrissage qui sortait. Le temps était trop couvert pour permettre de voir à quelle altitude ils étaient. Carmen appuya son front contre le plastique froid du hublot. Elle plissa les yeux pour essayer d'apercevoir quelque chose à travers les nuages. Elle voulait voir l'océan. Par où était le nord, bon sang ? Elle aurait aimé s'en mettre plein les yeux avant l'atterrissage.

L'hôtesse passa débarrasser les plateaux-repas.

– Veuillez s'il vous plaît replier votre tablette, monsieur, demanda-t-elle d'une voix musicale au voisin de Carmen.

Depuis le début du voyage, ce gros homme chauve, assis côté couloir, n'arrêtait pas de lui donner des coups d'attaché-case dans les tibias.

Chaque fois qu'elle prenait l'avion, Bridget rencontrait des filles adorables et elles finissaient par échanger leurs numéros de téléphone. Carmen, elle, se retrouvait toujours coincée entre deux bonshommes aux doigts boudinés qui étalaient leur paperasse pleine de chiffres partout.

– Préparez-vous à l'atterrissage, ordonna le commandant de bord.

Carmen sentit un frisson d'excitation la parcourir. Elle décroisa les jambes pour poser ses deux pieds bien à plat sur le sol, puis elle se signa, comme le faisait sa mère à chaque décollage et à chaque atterrissage. Elle se sentait un peu ridicule, mais ce n'était pas vraiment le moment de braver les superstitions familiales…

Tibby,

Même si tu n'es pas là, sache que tu es dans mon cœur. Mon voyage se passe bien, mais c'est affreux de penser que tu es restée à Bethesda, toute seule et toute triste. Je me sens coupable de m'amuser sans toi. Ça me fait tellement bizarre qu'on soit séparées, les filles. Alors, du coup, je joue un peu les Tibby… mais je ne me débrouille pas aussi bien que toi.

Tout plein de bisous,

Carmen

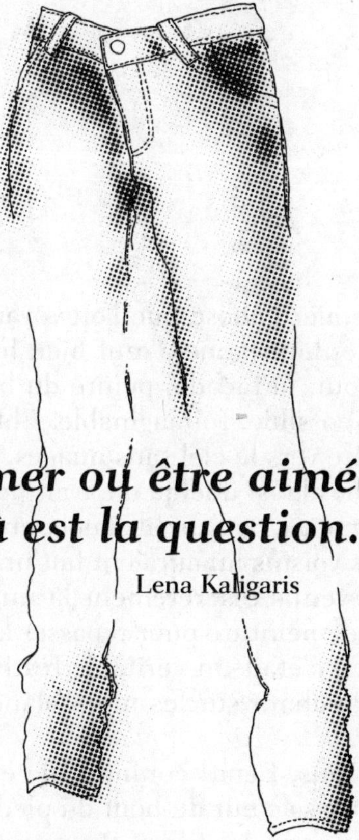

Aimer ou être aimée,
là est la question.

Lena Kaligaris

La première chose que l'on voyait, c'était la porte. Couleur jaune d'œuf bien brillante. Et tout autour, la façade, peinte du bleu le plus éclatant possible. Inimaginable. Éblouie, Lena leva la tête vers le ciel sans nuages. Oh.

À Bethesda, si quelqu'un avait peint sa maison comme ça, on l'aurait soupçonné de se droguer. Ses voisins lui auraient fait un procès. Ils seraient venus discrètement la nuit avec des bombes de peinture pour repasser la façade en beige. Ici, c'était un véritable festival de couleurs, tranchant sur les murs blancs passés à la chaux.

– Tu viens, Lena ! couina Effie en poussant la valise de sa sœur du bout du pied.

– Bienvenue, les filles ! Bienvenue à la maison ! s'écria leur grand-mère en battant des mains.

Leur grand-père glissa la clé dans la serrure et ouvrit la porte jaune soleil.

Entre le décalage horaire, la chaleur et la rencontre avec ces drôles de petits vieux, Lena avait l'impression d'être dans un état second, comme si elle avait pris de la drogue. Enfin, elle ne pouvait qu'imaginer, bien sûr, parce qu'à part peut-être les crevettes pas fraîches du Jardin de Pékin, une fois, elle n'avait jamais rien pris qui aurait pu lui faire cet effet-là.

Si sa sœur était un peu endormie et hébétée, le manque de sommeil rendait Effie grognon. Lena comptait toujours sur elle pour faire la conversation mais, là, elle était de trop mauvaise humeur pour jacasser comme d'habitude. Du coup, le trajet de l'aéroport à la petite île avait été plutôt silencieux. Assise à l'avant de la vieille Fiat, Mamita n'arrêtait pas de se retourner en s'exclamant :

– Oh, Lena, tu es une vrrraie beauté, ma fille !

Lena commençait à en avoir assez. C'était agaçant à la fin, et puis elle se mettait à la place de sa sœur : est-ce que sa grand-mère pensait à ce que devait ressentir Effie ?

Mamita parlait bien anglais car, grâce à son restaurant, elle avait côtoyé les touristes pendant des années, mais ça ne semblait pas avoir eu le même effet bénéfique sur Bapi. Lena savait que le charme de ce restaurant tenait beaucoup à la personnalité de sa grand-mère qui accueillait chaleureusement chaque client. Son grand-père était resté en coulisses, d'abord dans les cuisines, puis plus tard derrière les livres de comptes.

Lena avait un peu honte de ne pas parler grec. Ses parents lui avaient raconté que, lorsqu'elle était petite, elle avait dit ses premiers mots dans cette langue, mais qu'elle l'avait peu à peu abandonnée en entrant à l'école. Ils ne s'étaient même pas donné la peine d'essayer avec Effie. C'était tellement compliqué, le grec, avec cet alphabet complètement différent ! Mais maintenant Lena aurait aimé le parler, comme elle aurait aimé être plus grande et avoir une aussi belle voix qu'Alicia Keys. C'était un souhait parmi d'autres, qu'elle n'imaginait pas réalisable.

– Mamita, j'adore ta porte, fit-elle d'une voix flûtée en entrant dans la maison.

À l'intérieur, il faisait tellement sombre par rapport à dehors qu'elle crut qu'elle allait s'évanouir. Au début, elle ne voyait plus que de petites taches de couleur qui tournoyaient devant ses yeux.

– On est arrrivés ! s'écria Mamita en tapant à nouveau des mains.

Bapi venait derrière, leurs deux sacs de marin et le sac à dos en fourrure vert fluo d'Effie sur les épaules. C'était un tableau touchant mais, en même temps, un peu triste.

Mamita prit Lena dans ses bras et la serra fort. Lena fut émue, mais elle était un peu mal à l'aise. Elle ne savait pas comment lui rendre cette marque d'affection.

Ses yeux s'habituèrent peu à peu à la pénombre. La maison était plus grande qu'elle ne l'aurait cru, avec des carreaux de céramique et de jolis tapis au sol.

– Suivez-moi, les filles ! ordonna Mamita. Je vais vous montrer vos chambres et aprrrès, nous boirrons quelque chose.

Elles la suivirent au premier étage comme des zombies. Le palier n'était pas grand mais donnait sur deux chambres, une salle de bains et un petit couloir où Lena aperçut deux autres portes.

Mamita entra dans la première chambre.

– Celle-ci est pourrr la belle Lena, annonça-t-elle fièrement.

Lena était un peu déçue par cette pièce toute simple jusqu'à ce que sa grand-mère ouvre les lourds volets de bois.

– Oh ! fit-elle, le souffle coupé.

Mamita tendit le doigt vers la baie.

– On l'appelle la Caldeira, « le chaudrrron », en anglais, expliqua-t-elle.

– Oh ! répéta Lena, vraiment impressionnée.

Même si elle n'était pas encore très à l'aise avec sa grand-mère, elle tomba immédiatement amoureuse de la Caldeira. La mer était aussi bleue que le ciel, à peine un peu plus foncée, frissonnant et scintillant sous la caresse du vent. La côte d'Oia, en forme de croissant, embrassait une large étendue d'eau avec une île minuscule au milieu.

– Oia est le plus beau village de Grrrèce, affirma Mamita, et Lena voulait bien la croire.

Elle baissa les yeux vers les petites maisons blanchies à la chaux, presque identiques, accrochées aux falaises qui surplombaient la mer. C'était seulement maintenant qu'elle remarquait comme l'île était escarpée, comme c'était étrange d'être venu s'installer ici. C'était un volcan, après tout. Dans la famille, elle avait souvent entendu parler de la grande éruption, la plus terrible de l'histoire, et des innombrables tremblements de terre et raz de marée qui avaient ravagé Santorin. Le centre de l'île avait littéralement coulé : tout ce qu'il en restait, c'était ce fin croissant de falaises volcaniques et de sable noir, couleur de cendre. Difficile à imaginer en voyant la Caldeira si calme et si belle maintenant. Mais les habitants de Santorin aimaient à rappeler aux visiteurs qu'elle pouvait à tout moment recommencer à bouillonner et à vomir sa lave.

Lena avait grandi dans une banlieue plate aux pelouses bien entretenues, où la pire catastrophe naturelle que l'on pouvait craindre, c'était les moustiques ou les embouteillages, mais elle avait toujours su que ses racines étaient ici. Et là, alors qu'elle regardait l'eau, une mémoire familiale profondément enfouie refit surface, et elle se sentit chez elle.

– Je me présente : Duncan Howe, assistant-manager.

Il désigna son badge en plastique avec son gros doigt plein de taches de rousseur.

– Maintenant que vous avez fait le tour du magasin, je vous souhaite la bienvenue au sein de notre équipe. Les magasins Wallman sont heureux d'accueillir deux nouvelles hôtesses de vente.

Il y avait une telle autorité dans sa voix qu'on aurait cru qu'il s'adressait à une foule immense plutôt qu'à deux filles qui mâchonnaient leur chewing-gum d'un air blasé.

Tibby imagina qu'un long filet de bave coulait de sa bouche sur le lino tout rayé.

Il consulta ses notes.

– Bon… Euh, Toby…

– Tibby, corrigea-t-elle.

– J'aimerais que vous mettiez en rayon le réassort de produits d'hygiène, allée deux.

– Je croyais que j'étais hôtesse de vente, protesta-t-elle.

– Brianna, poursuivit-il en ignorant sa remarque, installez-vous en caisse quatre.

Tibby fit la grimace. Brianna pouvait aller

mâcher son chewing-gum tranquillement installée à une caisse vide parce qu'elle avait une crinière pas possible et des seins énormes qui l'empêchaient de fermer sa blouse.

– Allumez votre oreillette, que je puisse vous joindre. Et au travail, ordonna Duncan d'un air important.

Voulant étouffer un fou rire, Tibby laissa échapper une sorte de grognement. Elle plaqua sa main sur sa bouche mais, visiblement, l'assistant-manager n'avait rien remarqué.

La bonne nouvelle, c'était qu'elle avait trouvé la perle rare. Après la soirée du pacte, elle avait décidé de raconter ses vacances ratées dans un film. Elle allait réaliser un documentaire parodique, du genre *Comment passer un été pourri à Bethesda* en interviewant les personnages les plus pathétiques qu'elle pourrait rencontrer. Duncan se hissait d'emblée numéro un au classement.

Elle mit son casque sur ses oreilles et fila dans l'allée deux avant de se faire virer. Être renvoyée si vite aurait constitué un véritable exploit mais, en même temps, il fallait bien qu'elle gagne un peu d'argent si elle voulait s'acheter une voiture. L'expérience lui avait prouvé qu'il n'y avait pas de gens prêts à employer une fille avec un piercing dans le nez qui ne savait pas taper à la machine et qui n'avait pas un très bon « relationnel ».

Elle retourna à la réserve, où une femme aux ongles démesurément longs lui indiqua un grand carton.

– Mets ça au rayon déodorant, ordonna-t-elle d'un ton las.

Tibby ne pouvait détacher les yeux de ses ongles. Ils étaient recourbés, comme dix petites faux. Franchement, elle aurait pu concurrencer l'Indien du *Livre des records*, celui qui a des ongles tout tire-bouchonnés. Les mains d'un cadavre devaient ressembler à ça après plusieurs années sous terre. Tibby se demandait comment elle pouvait soulever un carton avec des trucs pareils au bout des doigts. Et pour téléphoner ? Et pour taper les prix à la caisse ? Ou pour se laver les cheveux ? Est-ce que la longueur de ses ongles pouvait être un motif de licenciement ? Ce pouvait être considéré comme un handicap, non ? Tibby jeta un coup d'œil à ses ongles rongés et demanda :

– Je les installe comment ?

– C'est un présentoir, y a qu'à suivre la notice, répliqua la femme comme si c'était à la portée de n'importe quel crétin.

Tibby emporta le carton dans l'allée deux, en se demandant quel rôle pourrait jouer cette femme aux ongles monstrueux dans son film.

– Y a ton casque qui pendouille, lui signala-t-elle alors qu'elle s'éloignait.

En ouvrant le carton, Tibby se sentit soudain

complètement découragée : il y avait au moins deux cents déo-billes et un présentoir en pièces détachées. Elle resta bouche bée devant la notice, pleine de schémas et de flèches dans tous les sens. Trop compliqué ! Il fallait avoir fait des études d'ingénieur pour monter ce truc !

À l'aide d'un rouleau de Scotch emprunté à l'allée huit et d'une boulette de chewing-gum sortie de sa bouche, elle réussit tout de même à édifier une pyramide de déo-billes surmontée d'une tête de sphinx en carton. Franchement, elle ne voyait pas le rapport entre les déodorants et l'Antiquité égyptienne, mais bon…

– Tibby !

Duncan arrivait au pas de course en hurlant.

Elle leva les yeux de sa gigantesque pile de déodorants.

– Je vous ai bipée quatre fois ! On a besoin de vous en caisse trois !

En effet, elle n'avait pas réussi à allumer son casque et, en plus, il n'arrêtait pas de tomber. Quand Duncan leur avait expliqué comment s'en servir, elle était bien trop occupée à se retenir de rire pour écouter ce qu'il disait.

Elle passa une heure à la caisse trois pour vendre en tout et pour tout deux piles LR6 à un adolescent boutonneux et, après cela, son service était terminé.

Elle ôta sa blouse, éteignit son casque et passa la porte, déclenchant un concert de bips stridents. Duncan se rua sur elle avec une agilité surprenante pour une personne plutôt bien enveloppée.

– Excusez-moi, Tibby, voulez-vous me suivre, s'il vous plaît ?

C'était écrit sur son front, il se disait : « Je le savais, jamais on n'aurait dû embaucher cette fille, avec son piercing dans le nez. »

Il lui demanda de vider ses poches. Mais elle n'avait pas de poches.

– Votre blouse ?

– Oh.

Elle déplia la blouse qu'elle avait roulée en boule sous son bras. De la poche, elle tira son portefeuille et… un rouleau de Scotch entamé.

– Oh, ça… c'était juste pour…

Duncan prit un air résigné qui signifiait clairement qu'il avait déjà entendu toutes les excuses imaginables.

– Écoutez, Tibby. Chez Wallman, nous avons pour principe de donner une seconde chance à nos employés. Donc, pour cette fois, je ne dirai rien. Mais je dois vous prévenir que vous ne pourrez plus bénéficier de votre remise spéciale personnel, c'est-à-dire 15 % sur tous nos articles.

Ensuite Duncan nota soigneusement le prix du Scotch pour le déduire de sa paye. Puis il disparut un instant et revint avec un sac en plastique transparent muni de deux poignées.

– Pourriez-vous s'il vous plaît mettre vos affaires là-dedans dorénavant ?

Chère Carmen,

Tu ne crois pas que, quand on n'a jamais rencontré quelqu'un de sa famille, on ne peut pas s'empêcher de l'idéaliser ? Un peu comme les enfants adoptés qui s'imaginent que leur père biologique est un grand professeur et leur mère un top model ?

J'ai l'impression que c'est ce qui s'est passé avec mes grands-parents. Mes parents m'ont toujours dit que j'avais hérité de la beauté de ma grand-mère. Alors, pendant toutes ces années, je me suis figuré qu'elle ressemblait à Cindy Crawford. Mais Mamita n'a rien à voir avec Cindy Crawford. Elle est vieille. Elle a une permanente ratée, un jogging de vieille dame en velours et des ongles de pieds tout crochus qui sortent de ses savates roses. Bref, c'est une grand-mère ordinaire.

Et Bapi, le légendaire homme d'affaires de la famille Kaligaris, je pensais qu'il mesurait au moins un mètre quatre-vingt-dix. Eh bien, non. Il est minuscule. Il doit faire ma taille. Il porte un gros pantalon de laine marron alors qu'ici, il fait au moins cent cinquante degrés à l'ombre. Et il a des chaussures en plastique beige. Il est couvert de petites taches marron, des taches de vieillesse. Et il est très timide.

Je me dis que je devrais les aimer comme ça, mais je ne sais pas comment m'y prendre… On ne peut pas se forcer à aimer quelqu'un, hein ?

Je prends bien soin du jean magique. Tu me manques. Je sais que toi, tu ne vas pas me traiter de sans-cœur, parce que tu es toujours indulgente avec moi.

Bisous,

Lena

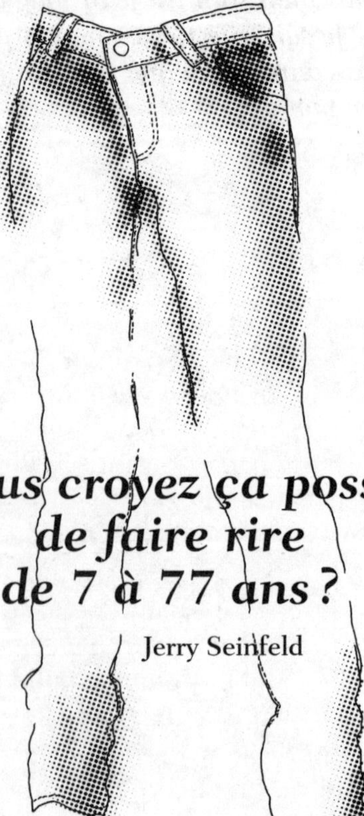

Et vous croyez ça possible de faire rire de 7 à 77 ans ?

Jerry Seinfeld

Ce coucher de soleil était trop beau. Lena était effondrée de ne pouvoir le fixer sur sa toile. Les couleurs de sa palette, qui d'habitude l'inspiraient, lui semblaient désespérément ternes. Ce coucher de soleil était d'une intensité incroyable, et il n'y avait pas une once de lumière dans son tableau. Elle rangea en haut de l'armoire, hors de sa vue, sa palette et la toile qu'elle avait soigneusement préparée.

Perchée sur son appui de fenêtre, elle essaya d'apprécier la vue de l'astre rougeoyant qui plongeait dans la Caldeira, même si elle ne pouvait pas la saisir, la posséder. Pourquoi avait-elle toujours l'impression de devoir *faire* quelque chose devant tant de beauté ?

Elle entendait les préparatifs de la fête, en bas. Mamita et Bapi voulaient célébrer leur arrivée par un grand repas où ils avaient convié quelques voisins. Leurs grands-parents avaient vendu leur restaurant depuis deux ans, mais elle se doutait qu'ils n'avaient pas pour autant perdu leur passion de la bonne chère. Des fumets riches, épicés se mélangeaient et flottaient dans les airs jusqu'à sa chambre, lui donnant un avant-goût du dîner.

– Lena ! C'est bientôt prrrêt ! lui cria sa grand-mère de la cuisine. Prrrépare-toi et descends !

Lena posa son sac et sa valise sur son lit, pour rester face à la fenêtre. Ce n'était pas vraiment un plaisir pour elle de s'habiller. Elle portait des vêtements pratiques, « informes, tristes, bref… lamentables », selon ses amies. En réalité, elle ne voulait pas donner aux gens une raison supplémentaire de la regarder, de croire que, d'après son apparence, ils pouvaient savoir qui elle était vraiment. Enfant, elle avait trop souvent été la petite merveille qu'on exhibe.

Ce soir-là, cependant, elle sentait une légère excitation lui chatouiller le creux de l'estomac. Elle souleva délicatement les piles de vêtements pour prendre le jean. Il lui parut soudain un peu plus lourd qu'il n'aurait dû. Retenant sa respiration, elle le déplia solennellement en pensant à tous les espoirs qu'elles avaient placés en lui. Ici commençait véritablement l'épopée du jean, sa vie de jean magique. En l'enfilant, elle sentit peser sur elle une énorme pression : il fallait qu'elle en soit digne ! Elle essaya de s'imaginer en train de vivre des aventures palpitantes avec lui… mais, chaque fois, c'était l'image d'Effie portant le jean qui revenait.

Elle mit une paire de mocassins marron défraîchis et descendit au rez-de-chaussée.

De la cuisine, Effie annonça, toute fière :

– J'ai fait des boulettes de viande.

– Des *keftedes*, précisa Mamita par-dessus son épaule. Effie est une vraie Kaligaris. Elle aime cuisiner et elle aime manger !

Elle la serra dans ses bras pour montrer qu'elle était fière de sa petite-fille.

Lena sourit et entra dans la cuisine pour voir ce qu'elles préparaient de bon.

C'était reparti pour une nouvelle course du lièvre et de la tortue entre les deux sœurs. Au début, tous les regards étaient fixés sur Lena parce qu'elle était d'une beauté à couper le souffle mais, au bout de quelques jours ou même de quelques heures, les gens reportaient leur attention sur Effie, qui était si délurée, si attachante. Et Lena trouvait que sa sœur le méritait. Elle savait qu'elle était renfermée. Qu'elle avait du mal à se lier avec les gens. Elle avait toujours l'impression que son apparence était un leurre, qu'elle lançait vers les autres un pont qu'elle ne pouvait traverser.

Mamita examina sa tenue.

– Tu vas rester comme ça ?

– Euh… oui, je pensais… Il faut que je mette quelque chose de plus habillé ? s'inquiéta Lena.

– C'est que…

Le ton de sa grand-mère n'était pas spécialement réprobateur. Elle avait plutôt l'air malicieux, comme si elle lui cachait un secret qu'elle mourait d'envie de dévoiler.

– Ce n'est pas un dîner chic, mais…

– Il faut que je me change aussi ? demanda Effie, sa chemise constellée de chapelure.

Mamita était visiblement aussi douée qu'Effie pour garder un secret. Elle regarda Lena avec une mine de conspiratrice.

– Tu vois, il y a un garrrçon… c'est comme notre petit-fils à Bapi et à moi. Il est trrrès gentil…

Elle lui adressa un clin d'œil.

Lena s'efforça de figer le sourire qui lui montait aux lèvres. Sa grand-mère n'était quand même pas en train d'essayer de la caser avec un garçon six heures à peine après son arrivée ? Lena détestait ce genre de coup monté.

Effie avait l'air peinée pour sa sœur.

– Il s'appelle Kostos, insista Mamita, qui ne se rendait compte de rien. C'est le petit-fils de nos meilleurs amis et voisins.

En scrutant le visage de sa grand-mère, Lena soupçonna que cette idée géniale ne lui était pas venue comme ça. Elle devait comploter depuis un bon moment. Elle savait que les mariages arrangés étaient encore assez répandus en Grèce, surtout dans les îles, mais… mon Dieu !

Effie se mit à rire, un peu gênée.

– Hum, Mamita… Les garçons aiment beaucoup Lena, mais elle, elle est très difficile, tu sais.

Lena eut l'air choquée.

– Ah bon ? Merci, Effie !

Sa sœur haussa gentiment les épaules.

– Mais c'est vrai.

– Lena n'a pas encorrre rencontré Kostos, fit Mamita d'un ton confiant. Tout le monde aime Kostos.

– Ma puce !

Le cœur de Carmen décolla plus vite que ses pieds lorsqu'elle vit son père qui lui faisait signe derrière la cloison de Plexiglas des arrivées. Ça faisait un peu cliché de courir comme ça dans un aéroport, mais c'était tellement bon.

– Hé, papa ! s'écria-t-elle en se jetant sur lui.

Elle savoura ce mot. La plupart des enfants l'utilisent constamment sans y penser. Mais Carmen était obligée de le ranger dans un coin, sans s'en servir, pendant tant de mois…

Il la serra dans ses bras juste assez longtemps. Quand il la relâcha, elle leva les yeux vers lui. Il était si grand, ça lui plaisait. Il prit le sac qu'elle portait en bandoulière bien qu'il soit tout léger. Elle sourit : il avait un certain style avec son sac turquoise à paillettes sur l'épaule !

– Alors, mon cœur, dit-il en lui passant le bras autour du cou, tu as fait bon voyage ?

– Impeccable, répondit-elle en essayant de le suivre pour aller récupérer ses bagages.

Elle avait toujours du mal à s'accorder à son pas lorsqu'il marchait comme ça, en la tenant par les épaules, mais peu importe, elle adorait ça. Les filles qui voyaient leur père tous les jours pouvaient râler. Mais elle, elle ne voyait le sien que de rares fois dans l'année.

– Tu es toute belle, ma petite brioche. Et j'ai l'impression que tu as grandi, ajouta-t-il en posant la main sur sa tête.

– Oui, je fais un mètre soixante-douze et demi, presque soixante-treize, annonça-t-elle fièrement, heureuse d'être grande, comme lui.

– Waouh ! siffla-t-il du haut de son mètre quatre-vingt-dix. Waouh. Comment va ta mère ?

Il lui posait toujours cette question dans les cinq premières minutes.

– Ça va, répondit Carmen qui savait qu'il n'attendait pas une réponse détaillée.

Malgré le temps qui passait, sa mère était toujours d'une curiosité maladive au sujet de son père alors que lui ne demandait des nouvelles que par politesse.

La culpabilité s'insinuait, rongeait peu à peu, sans bruit, la joie de Carmen. Elle mesurait presque un mètre soixante-treize alors que sa mère atteignait à peine le mètre cinquante. Son père l'appelait « ma petite brioche » et lui disait qu'elle était belle, mais il se fichait de ce que devenait sa mère.

– Comment vont tes copines ? demanda-t-il alors qu'ils prenaient l'escalator.

Ils durent se serrer sur une marche car il la tenait toujours par le cou.

Il savait comme elles étaient proches, avec Tibby, Lena et Bridget. Il se souvenait toujours d'une fois sur l'autre de ce qu'elle lui avait raconté sur ses amies.

– Ce n'est pas un été comme les autres pour nous. C'est le premier où nous sommes séparées. Lena est en Grèce chez ses grands-parents, Bridget fait un stage de foot à Bahia California et Tibby est restée toute seule à Bethesda.

– Et toi, tu vas passer tout l'été ici, conclut-il avec une pointe de doute dans la voix.

– Oh oui, je suis tellement contente d'être là, soupira-t-elle. J'avais hâte, si tu savais... Mais ça fait bizarre... pas dans le mauvais sens du terme, bien sûr. Ça va nous faire du bien de mener un peu notre vie chacune de notre côté. Tu sais comment on est...

Elle s'aperçut qu'elle jacassait pour dissiper le léger malaise qui s'était installé. Elle en voulait à son père d'avoir un instant remis en cause leur projet pour l'été.

Il tendit le bras vers un tapis roulant où les bagages tournaient en rond.

– Je crois que c'est celui-ci.

Elle se rappela alors comment, à l'aéroport de Washington, il l'avait fait courir sur le tapis roulant en lui tenant les bras au-dessus de la tête. Mais un agent de sécurité les avait finalement interpellés et son père avait dû l'aider à descendre.

– C'est une grosse valise noire toute bête, avec des roulettes, expliqua-t-elle.

Ça paraissait étrange qu'il ne sache pas à quoi elle ressemblait car elle, elle l'avait toujours vu une valise à la main.

– La voilà ! s'écria-t-elle soudain.

Il se précipita pour l'attraper d'une main experte, comme s'il avait fait ça toute sa vie. Les paillettes de son sac turquoise scintillèrent.

Il portait la grosse valise à bout de bras au lieu de la rouler.

– Parfait ! On y va !

Il lui indiqua le parking où il était garé.

– Tu as toujours ta Saab ? lui demanda-t-elle.

C'était un des trucs qu'ils avaient en commun : ils s'intéressaient tous les deux aux voitures.

– Non, j'ai acheté un break au printemps dernier.

– Ah bon ?

Là, elle ne comprenait vraiment pas.

– Et tu en es content ?

– Bah, ça fait l'affaire…, affirma-t-il en se dirigeant vers une grosse Volvo beige. (Sa Saab était rouge.) Allez, en voiture !

Il lui ouvrit la portière, la laissa s'installer et lui rendit son sac à main avant d'aller mettre sa valise dans le coffre. Où les pères apprenaient-ils ce genre de galanteries ? Pourquoi ne les enseignaient-ils pas à leurs fils ?

– Et la fin de l'année, à l'école, ça s'est bien passé ? lui demanda-t-il en manœuvrant pour sortir du parking.

Elle adorait lui faire un petit compte rendu de ses notes.

– Très bien. J'ai eu 17 en maths et en sciences nat, 16 en anglais et en français et 15 en histoire.

Sa mère trouvait qu'elle était trop stressée par les études mais son père, lui, s'intéressait beaucoup à ses résultats.

– Super, ma petite brioche ! La seconde, c'est une classe importante.

Il espérait qu'elle irait à la même université que lui, et il savait qu'elle le voulait aussi, même s'ils n'avaient jamais franchement abordé le sujet.

– Et le tennis ?

La plupart des gens détestaient ce genre d'interrogatoire, mais Carmen se donnait à fond toute l'année en pensant aux réponses qu'elle lui ferait quand il lui poserait ces questions.

– Bridget et moi, on joue en double. On n'a perdu qu'un seul match.

Elle ne trouva pas nécessaire de lui dire qu'elle avait eu 11 en poterie (la note ne figurerait pas sur son bulletin), que le garçon dont elle était amoureuse avait invité Lena à la soirée de fin d'année ou qu'elle avait fait pleurer sa mère le dimanche de Pâques. Ils parlaient de ses réussites, rien d'autre.

– J'ai réservé un court pour samedi, annonça-t-il en entrant sur l'autoroute.

Carmen regarda le paysage. Elle retrouva les mêmes motels et les mêmes bâtiments qu'autour de n'importe quel aéroport, mais l'air semblait plus lourd, plus salé par ici. Elle se tourna vers son père. Il était déjà un peu bronzé, ce qui faisait ressortir ses yeux bleus. Elle aurait aimé en hériter, plutôt que d'avoir les yeux marron de sa mère. Il venait de se faire couper les cheveux, et sa chemise était toute propre et fraîchement repassée. Elle se demanda s'il avait eu une augmentation ou quelque chose comme ça.

– J'ai hâte de voir ton appartement, dit-elle.

– Mmm..., répondit-il d'un air absent, en jetant un coup d'œil dans le rétroviseur avant de changer de file.

– Tu ne trouves pas ça dingue que je ne sois jamais venue te voir avant ?

Il était concentré sur la route.

– Tu sais, ma petite brioche, ce n'est pas que je ne voulais pas que tu viennes, mais je voulais être bien installé pour te recevoir.

Il y avait comme un air d'excuse dans ses yeux lorsqu'il la regarda.

Oh non ! Elle n'avait pas voulu le mettre mal à l'aise.

– Papa, je me fiche que tu sois bien installé ou non. Ne t'en fais pas. On va bien s'amuser, c'est tout ce qui compte !

Il sortit de l'autoroute.

– Je ne pouvais pas t'imposer cette vie de fou : bosser sans arrêt, vivre seul dans un studio, ne jamais manger à la maison.

– Mais justement, c'est ça que je veux, répliqua-t-elle du tac au tac. J'adore manger au resto. J'en ai assez de ma petite vie bien rangée.

Et elle le pensait.

C'était leur été, l'été de Carmen et Al.

Il se tut alors qu'ils s'enfonçaient dans une banlieue résidentielle aux petites rues bordées d'arbres et de grandes maisons victoriennes. De grosses gouttes de pluie vinrent s'écraser sur le pare-brise. Le ciel était tellement sombre qu'on avait l'impression qu'il allait bientôt faire nuit. Il ralentit et s'arrêta devant une imposante maison beige avec des volets gris-vert et un porche qui s'étendait sur toute la façade.

– Où on est ? demanda Carmen.

Son père coupa le moteur et se tourna vers elle.

– C'est là que j'habite.

Il évitait son regard, comme pour ne pas y lire son immense surprise.

– Cette maison ? Ici ? Je croyais que tu vivais dans un appartement en ville.

– J'ai déménagé le mois dernier.

– Ah bon ? Mais pourquoi tu ne me l'as pas dit au téléphone ?

– Parce que… il s'est passé beaucoup de choses, ma petite brioche. Et je voulais t'en parler de vive voix.

Elle ne savait pas quoi penser de ce « beaucoup de choses ». Elle plongea les yeux dans les siens.

– Alors ? Qu'est-ce que tu as à me dire ?

Carmen n'avait jamais trop aimé les surprises.

– On va d'abord entrer, d'accord ?

Il descendit de voiture et courut lui ouvrir sa portière avant qu'elle ait le temps de répondre. Il ne déchargea pas sa valise mais étendit son manteau au-dessus de leurs têtes tandis qu'ils grimpaient l'escalier de pierre qui menait à la maison. Il lui prit le bras et la conduisit vers les marches en bois du perron.

– Attention, ça glisse quand il pleut, la prévint-il.

Comme s'il avait toujours vécu là.

Le cœur de Carmen battait à tout rompre. Quelle surprise pouvait-il bien lui réserver ?

Elle sentit la petite pomme de l'avion dans son sac.

Son père ouvrit la porte sans frapper.

– Nous voilà ! annonça-t-il.

Carmen se rendit compte qu'elle retenait son souffle. À qui s'adressait-il ?

La réponse ne se fit pas attendre : une femme entra dans la pièce, suivie d'une fille qui devait avoir à peu près l'âge de Carmen. Tandis qu'elles l'embrassaient, elle resta pétrifiée, clouée sur place par la surprise. Elles furent vite rejointes par un grand jeune homme d'environ dix-huit ans. Il était blond, large d'épaules, une vraie carrure d'athlète. Heureusement, il ne lui fit pas la bise.

– Lydia, Krista, Paul, je vous présente ma fille, Carmen, annonça son père.

C'était étrange d'entendre son prénom dans sa bouche. D'habitude, il l'appelait toujours « ma puce », « mon cœur » ou « ma petite brioche ». Mais jamais Carmen. Sans doute parce que c'était le prénom de sa grand-mère portoricaine, pensait-elle. Après le divorce, Carmen senior avait envoyé des lettres assez virulentes à son père. Sa grand-mère paternelle, elle, était morte. Elle s'appelait Mary.

Ils la regardaient tous en souriant, attendant visiblement quelque chose. Mais elle n'avait aucune idée de ce qu'elle devait dire ou faire.

– Carmen, je te présente Lydia…

Silence.

– … ma fiancée. Et voici Krista et Paul, ses enfants.

Carmen ferma les yeux puis les rouvrit. Les petites lampes tamisées de la pièce étoilaient son champ de vision de taches flottantes.

– Mais… depuis quand tu as une fiancée ? demanda-t-elle dans un murmure.

Elle était consciente que ce n'était pas une façon très polie de formuler les choses.

Son père se mit à rire.

– Le 24 avril, pour être exact. J'ai emménagé ici en mai.

– Et tu vas te marier ?

Elle savait que c'était une question affreusement stupide.

– En août. Le 19.

– Oh.

– C'est dingue, hein ?

– Complètement dingue, répéta-t-elle d'une toute petite voix, mais pas sur le même ton.

Quand Lydia lui prit la main, Carmen eut l'impression qu'elle se détachait de son poignet.

– Nous sommes tellement heureux de t'accueillir ici pour l'été, Carmen. Viens, entre et mets-toi à l'aise. Voudrais-tu quelque chose à boire, un soda ou une tasse de thé ? Albert va te montrer ta chambre pour que tu puisses t'installer.

Albert ? Personne n'appelait jamais son père

Albert. Qu'est-ce que c'était que cette histoire ? Elle n'avait aucune envie de s'installer. Que faisait-elle dans cette maison ? Pas question qu'elle passe l'été ici.

– Carmen ? reprit son père. Un thé ? Un soda ?

Elle se tourna vers lui, les yeux écarquillés, sans comprendre, et hocha la tête.

– Quoi ? Tu veux les deux ?

Elle jeta un œil à la cuisine. Des appareils en acier chromé, des trucs de riches. Un tapis d'Orient sur le sol. Franchement, qui irait mettre un tapis oriental dans sa cuisine ?

Au plafond, un ventilateur de style colonial tournait lentement. Elle entendait la pluie battre contre la vitre.

– Carmen ? Carmen ? insista son père, qui commençait à s'impatienter.

Elle s'aperçut que Lydia attendait sa réponse.

– Désolée, murmura-t-elle. Je ne vais rien prendre. Pourriez-vous me dire où je pourrais poser mes affaires, s'il vous plaît ?

Son père eut l'air peiné. Mais voyait-il la peine qu'elle avait, elle ? L'avait-il remarquée ?

– Oui, viens avec moi, répondit-il. Je vais te montrer ta chambre puis je te monterai ta valise.

Elle le suivit dans les escaliers moquettés, ils passèrent devant trois chambres et entrèrent dans la quatrième, qui donnait sur l'arrière de la maison. Moquette pêche, meubles anciens et deux boîtes de Kleenex en plastique transparent, une sur le bureau et une sur la table de nuit. Bien sûr, il y avait des rideaux à fleurs et un couvre-lit assorti. Et Carmen aurait parié un million de dollars qu'il y avait un gâteau en train de cuire dans le four de la cuisine.

– C'est la chambre d'amis ? demanda-t-elle.

– Oui, répondit-il sans comprendre ce qu'elle voulait dire. Bon, je te laisse t'installer, dit-il en employant pour la deuxième fois cette expression idiote. Je te monte ta valise.

Il se dirigea vers la porte.

– Hé, papa ?

Il se retourna, l'air méfiant.

– C'est juste que…

Sa voix se brisa.

Elle voulait lui dire que c'était un peu exagéré de la mettre devant le fait accompli comme ça. Que c'était un peu dur de se retrouver chez des inconnus sans être prévenue.

Mais ses yeux la suppliaient de ne pas le faire. Elle le sentait plus qu'elle ne le voyait. Il avait juste voulu que ça se passe bien entre eux.

– Rien, conclut-elle dans un souffle.

Elle le regarda quitter la pièce, comprenant qu'elle était comme lui, dans un certain sens. Quand elle était avec lui, elle ne voulait pas aborder les sujets qui faisaient mal.

Chère Bee,

Le fabuleux été de Carmen et Al a tourné court. Désormais, mon père s'appelle Albert. Il va épouser Lydia, vit dans une maison pleine de boîtes de Kleenex design et joue les pères modèles pour deux gosses blonds. Adieu tous mes beaux projets. Je ne suis qu'une invitée dans la chambre d'amis d'une famille qui ne sera jamais la mienne.

Désolée, Bee. Une fois encore, je me comporte en égoïste. Je sais que je suis un gros bébé, mais j'ai le cœur en bouillie. Je déteste les surprises.

Je t'aime tant, tu me manques,

Carmen

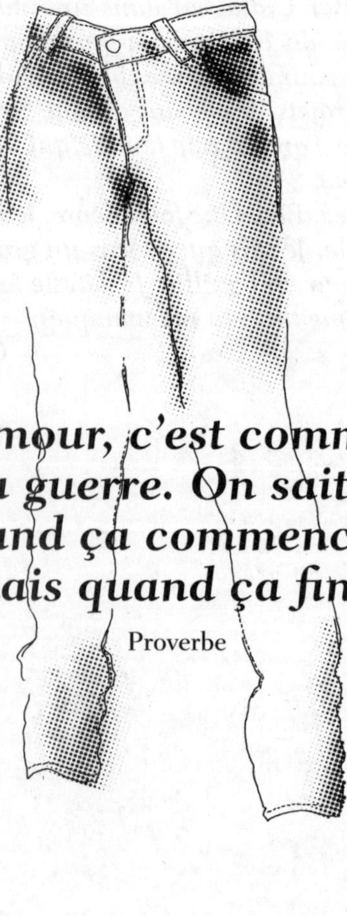

L'amour, c'est comme la guerre. On sait quand ça commence, jamais quand ça finit.

Proverbe

– Lena ?

Lena leva les yeux de son journal en voyant sa sœur apparaître à la porte de sa chambre. Effie vint s'asseoir sur son lit.

– Les gens sont arrivés, tu sais. La fête commence.

Lena avait bien entendu des voix en bas, mais sa mauvaise foi aurait pu lui faire soutenir le contraire.

– Il est là, poursuivit sa sœur d'un air entendu.

– Qui ça ?

– Kostos.

– Et alors ?

Effie la regarda dans les yeux.

– Lena, je ne plaisante pas, il faut que tu le voies.

– Pourquoi ?

Elle se pencha vers sa grande sœur, en appui sur les coudes.

– Je sais ce que tu penses. Tu te dis que c'est juste… le petit chouchou de Mamita mais, sincèrement, Lena, il est… il est…

Quand Effie se laissait emporter par l'émotion, elle ne finissait jamais ses phrases.

– Il est quoi ?

– Il est…

Lena haussa un sourcil.

– … in-cro-ya-ble.

Naturellement, Lena était un peu intriguée, mais jamais elle ne l'aurait avoué.

– Ef, je ne suis pas venue en Grèce pour trouver un petit ami.

– Bon, alors il est pour moi ?

Lena sourit enfin.

– Oui, Effie. Mais ce n'est pas gênant que tu aies déjà un petit copain ?

– J'en *avais* un… jusqu'à ce que je rencontre Kostos.

– Il est si génial que ça ?

– Tu verras.

Lena se leva.

– Alors, allons-y.

C'était parfait : on lui avait tellement vanté ce fameux Kostos qu'elle serait sûrement déçue en le voyant.

Effie la retint.

– Tu avais dit à Mamita que tu montais te changer !

– Ah oui, c'est vrai.

Lena fouilla dans son sac. Il faisait plus frais maintenant que le soleil s'était couché. Elle enfila un col roulé marron – ce qu'elle avait trouvé de moins sexy dans toute sa garde-robe – et se fit une queue-de-cheval bien sévère. Enfin, bon, elle portait toujours le jean.

– Tu sais, ce jean doit vraiment être magique, s'extasia Effie. Tu es terrible avec. Encore mieux que d'habitude.

– Merci, répliqua Lena. Allez, on y va.

– C'est partiiii !

Finalement, Kostos ne la déçut pas. Il était grand. Il avait déjà l'air d'un homme : on lui donnait au moins dix-huit ans. Et il était assez beau pour la rendre méfiante.

D'accord, Lena se méfiait de beaucoup de choses. Mais particulièrement des garçons. Elle les connaissait bien : pour eux, il n'y avait que le physique qui comptait. Ils vous faisaient croire que vous étiez amis pour gagner votre confiance et, dès que c'était fait, en avant le pelotage ! Pour attirer votre attention, ils vous racontaient qu'ils voulaient bosser leur histoire avec vous ou donner leur sang pour votre association mais, dès qu'ils avaient compris que vous ne vouliez pas sortir avec eux, brusquement, ils se fichaient complètement du Moyen Âge et de la dramatique pénurie de sang. Encore pire, ils pouvaient aller jusqu'à sortir avec une de vos meilleures amies pour se rapprocher de vous sans craindre de lui briser le cœur lorsqu'elle découvrirait la vérité. Lena préférait les garçons quelconques à ceux qui étaient un peu trop mignons. Et encore, même les plus quelconques la décevaient parfois.

Elle avait conçu une théorie selon laquelle la plupart des filles supportaient les garçons juste parce qu'elles avaient besoin qu'on leur dise qu'elles étaient jolies, pour se rassurer sur leur physique. Et s'il y avait bien une chose, peut-être la seule, sur laquelle Lena n'avait pas besoin d'être rassurée, c'était bien son physique.

Ses amies la surnommaient Aphrodite, déesse de l'amour et de la beauté. Pour la beauté, c'était plus ou moins bien vu, mais pour l'amour, alors là, c'était une blague. Lena n'était pas le moins du monde romantique.

– Lena, je te prrrésente Kostos, dit Mamita.

On voyait bien qu'elle essayait de garder son calme alors qu'elle était au bord de l'infarctus.

– Kostos, voici ma petite-fille, Lena, poursuivit-elle théâtralement, comme si elle dévoilait au gagnant d'un jeu télévisé la superbe voiture rouge qu'il venait de remporter.

Lena lui tendit la main d'un air guindé, coupant court à toute démonstration de spontanéité grecque en évitant un baiser.

En lui rendant sa poignée de main, Kostos

la dévisagea. Elle voyait bien qu'il essayait de croiser son regard, mais elle garda les yeux obstinément baissés.

– Kostos va partir étudier à l'université de Londres l'automne prochain, se vanta Mamita comme s'il s'agissait de son propre petit-fils. Il a joué un match amical contre l'équipe nationale de football. Nous sommes tous tellement fiers de lui !

C'était au tour de Kostos de baisser les yeux.

– Valia est encore pire que ma grand-mère, murmura-t-il.

Lena nota qu'il avait un léger accent mais qu'il parlait parfaitement anglais.

– Mais cet été, Kostos aide son *bapi*, annonça Mamita en essuyant une petite larme (si, si !). Bapi Doumas a des ennuis avec son… (Elle tapota son cœur.) Du coup, Kostos a annulé ses vacances pour rester ici lui donner un coup de main.

Maintenant, le pauvre garçon avait franchement l'air mal à l'aise. Lena eut soudain pitié de lui.

– Valia, Bapi n'a jamais été en aussi bonne forme ! protesta-t-il. J'ai toujours aimé travailler à la forge.

Lena savait qu'il mentait et elle trouva ça chouette de sa part. Puis elle eut une idée.

– Kostos, est-ce qu'on t'a présenté ma sœur, Effie ?

Comme Effie tournait autour d'eux depuis un bon moment, elle n'eut qu'à tendre la main pour la tirer par la manche.

Kostos sourit.

– On voit que vous êtes sœurs, remarqua-t-il.

Lena aurait voulu l'embrasser. Bizarrement, les gens soulignaient toujours leurs différences au lieu de chercher leurs points communs. Les Grecs avaient peut-être une autre façon de voir les choses...

– Qui est la plus âgée ? demanda-t-il.

– Je suis la plus âgée, mais Effie est la plus sympa, répliqua Lena.

– Oh, Lena, arrrête ! grommela sa grand-mère.

– Elle n'a qu'un an de plus, intervint Effie. Quinze mois, pour être exacte.

– Mmm, je vois, fit Kostos.

– Effie n'a que quatorrrze ans, souligna Mamita. Alors que Lena fêtera ses seize ans à la fin de l'été.

– Et toi, tu as des frères et sœurs ? demanda Effie, pressée de changer de sujet.

Brusquement, Kostos se rembrunit.

– Non, il n'y a que moi.

– Oh, firent les deux filles.

À en juger par son expression, Lena se dit que ce devait être plus compliqué que ça et elle croisa les doigts pour qu'Effie la curieuse n'insiste pas.

Elle n'avait aucune envie de s'engager dans ce genre de conversation intime.

– Kostos… euh… joue au foot, dit-elle soudain, juste pour couper court à toute initiative maladroite.

– Joue au foot ? répéta sa grand-mère, faussement scandalisée. C'est un champion, oui ! C'est un véritable hérrros ici, à Oia.

Kostos éclata de rire et les filles en firent autant.

– Bon, les jeunes, je vous laisse discuter, fit Mamita avant de disparaître.

Lena se dit que c'était l'occasion de laisser Kostos et Effie seuls.

– Je vais chercher à manger, annonça-t-elle.

Puis elle alla s'installer devant la maison pour se régaler d'olives et de délicieuses feuilles de vigne fourrées baptisées *dolmades*. Jamais les nombreux plats grecs qu'elle avait mangés dans le Maryland n'avaient eu ce goût-là.

Kostos glissa un œil par l'entrebâillement de la porte.

– Ah, tu es là ! Tu aimes rester toute seule ?

Elle hocha la tête. Elle s'était surtout assise là parce qu'il n'y avait qu'une seule et unique chaise.

– Mmm, je vois.

Ses cheveux étaient bruns ondulés et ses yeux vert doré. Il avait une légère bosse sur l'arrête du nez. Il était vraiment très, très beau.

« Va-t'en », le supplia-t-elle intérieurement.

Kostos s'engagea dans la ruelle.

– J'habite là, dit-il en désignant une façade blanche, cinq maisons plus bas environ.

Au deuxième étage, un balcon de fer forgé peint d'un vert éclatant retenait une avalanche de fleurs.

– Ouh là ! Ça fait loin ! s'exclama-t-elle.

Il sourit.

Elle allait lui demander s'il vivait avec ses grands-parents, mais elle se ravisa en réalisant que ce serait engager la conversation.

Il s'appuya contre le mur blanchi à la chaux. Et dire qu'on racontait que les Grecs étaient petits !

– On va se promener ? proposa-t-il. Je te montrerai Ammoudi, le petit village au pied de la falaise.

– Non, merci.

Elle ne prit même pas la peine d'inventer une excuse. Elle avait appris depuis longtemps que les garçons interprétaient les excuses comme une raison de plus d'insister.

Il la dévisagea un moment, sans cacher sa déception.

– Bon, ce sera pour une autre fois, alors, dit-il finalement.

Elle aurait voulu qu'il retourne à l'intérieur pour proposer à Effie d'aller voir Ammoudi mais, au lieu de cela, il descendit lentement la ruelle et rentra chez lui.

« Désolée, tu n'aurais pas dû me demander ça,

lui dit-elle mentalement. Sinon, j'aurais peut-être pu t'aimer… »

Il s'avéra qu'il y avait des garçons au camp de foot. Il y avait un garçon. Non, il y en avait plusieurs mais, pour Bridget, un seul comptait.

Et, visiblement, c'était un entraîneur. Il était de l'autre côté du terrain, en train de discuter avec Connie. Il avait les cheveux raides, bruns et la peau mate. D'origine hispanique, peut-être. Agile et musclé, il devait jouer milieu de terrain. Même à cette distance, il avait des traits vraiment fins pour un entraîneur de foot. Bref, il était beau.

– Ce n'est pas poli de fixer les gens comme ça.

Bridget se retourna avec un grand sourire aux lèvres.

– Je ne peux pas m'en empêcher.

Ollie hocha la tête.

– Il est carrément sexy.

– Tu le connais ?

– Oui, l'an dernier, il assistait l'entraîneur de notre équipe, expliqua Ollie. On a bavé d'envie tout l'été.

– Il s'appelle comment ?

– Eric Richman. Il vient de Los Angeles. Il joue dans l'équipe de l'université Columbia. Il doit être en deuxième année.

Il était donc plus vieux qu'elle, mais pas tant que ça.

– Ne t'emballe pas, lui conseilla Ollie qui lisait dans ses pensées. Le camp a des règles très strictes là-dessus. Et il les suit, bien que plusieurs filles aient essayé de le détourner du droit chemin.

– Rassemblement ! cria alors Connie.

Bridget détacha ses cheveux. Ils tombèrent sur ses épaules, attirant les rayons du soleil. Puis elle rejoignit Connie qui les attendait avec les autres entraîneurs.

– Je vais former les équipes, annonça-t-elle.

Comme tous ceux qui faisaient ce métier depuis longtemps, elle avait une voix puissante qui portait loin.

– C'est très important, OK ? Vous allez passer deux mois avec votre équipe, des premiers entraînements jusqu'au championnat de la Coyote Cup, à la fin de l'été, OK ? Alors apprenez à vous connaître et à vous aimer.

Elle jeta un regard circulaire aux filles qui l'entouraient.

– Vous savez toutes que le football, ce n'est pas une question de joueurs, mais d'équipe.

Tout le groupe l'acclama. Bridget adorait ce genre de discours. Elle savait que c'était du blabla mais, sur elle, ça avait toujours marché. Elle imagina Tibby lever les yeux au ciel.

– Avant de désigner les équipes, je vais vous présenter les entraîneurs, les assistants et les soigneurs.

Connie les passa en revue en résumant brièvement le parcours de chacun et termina par Eric. Bridget eut l'impression qu'il recueillait plus d'applaudissements que les autres, mais ce n'était peut-être que dans sa tête…

Elle expliqua que les filles seraient réparties en six équipes sans rapport avec le numéro de leur bungalow. Elle leur donnerait un maillot à la couleur de leur groupe quand elle les appellerait. Pour l'instant, on numéroterait les équipes de un à six mais, par la suite, elles auraient l'honneur de se trouver un nom. Bla, bla, bla… Connie désigna un entraîneur, un assistant et un soigneur pour chaque équipe. Eric s'occuperait de la quatre.

« Pourvu que je sois dans celle-là », supplia Bridget en silence.

Connie consulta le bloc dont elle ne se séparait jamais.

– Aaron, Susanna, équipe cinq.

Pas la peine de s'exciter : elle appelait les filles par ordre alphabétique. Bridget se surprit à détester chacune de celles qui étaient envoyées dans l'équipe quatre.

Enfin, Connie arriva aux V.

– Vreeland, Bridget, équipe trois.

Grave déception. Mais, quand Bridget s'approcha pour prendre ses trois maillots verts, elle nota avec plaisir qu'Eric, si incorruptible soit-il, n'était pas insensible à ses cheveux.

Carma,

Il n'y a qu'à moi que ça arrive ce genre de truc : réussir à tomber amoureuse dans un camp où il n'y a quasiment que des filles ! Je ne lui ai pas encore parlé. Il s'appelle Eric. Et il est trôôôôp bôôôô. Il me le faut.

Je suis sûre qu'il te plairait. Mais, de toute façon, il est à moi, rien qu'à moi !

Je suis complètement folle. Bon, je vais nager. C'est tellement romantique, cet endroit.

Bee

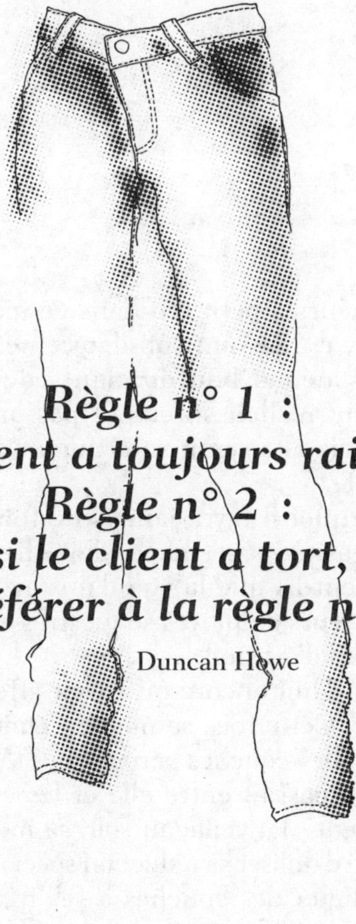

Règle n° 1 :
le client a toujours raison.
Règle n° 2 :
si le client a tort,
se référer à la règle n° 1.

Duncan Howe

« Je meurs à petit feu dans ce magasin », se dit Tibby en passant son deuxième après-midi sous les néons bourdonnants de Wallman. Ce boulot n'allait sûrement pas précipiter sa mort, mais elle serait sans aucun doute lente et pénible.

« Pourquoi il n'y a jamais de fenêtres dans ces magasins ? » se demandait-elle. Peut-être craignaient-ils que la vue d'un rayon de soleil donne à leurs employés séquestrés et pâlichons des envies d'évasion...

Aujourd'hui encore on l'avait affectée à l'allée deux. Cette fois, sa mission était de mettre en rayon des couches gériatriques. Mais qu'est-ce qui se passait entre elle et les couches, en ce moment ? La veille au soir, sa mère lui avait demandé d'utiliser sa réduction spéciale employés pour acheter des couches à ses frère et sœur.

Elle n'avait pas avoué qu'elle n'y avait déjà plus droit.

Alors qu'elle empilait les paquets de Dépendance, son corps et son cerveau s'étaient mis en veille. Elle imaginait le tracé de son électroencéphalogramme, complètement plat. Elle était en train de mourir, lentement mais sûrement.

Soudain, un bruit fracassant lui fit tourner la tête. Médusée, elle vit une fille tomber sur sa pyramide de déodorants, qui s'écroula comme un château de cartes. Bizarrement, la fille n'essaya pas de se rattraper, elle s'étala de tout son long et sa tête heurta le sol avec un bruit sourd. Chtonck!

«Oh, mon Dieu!» pensa Tibby en courant à son secours. Elle avait l'impression de regarder la scène à la télé plutôt que de la vivre. Les déo-billes roulaient dans tous les sens. La fille devait avoir dans les dix ans. Elle avait les yeux fermés, ses cheveux blonds s'étalaient en éventail sur le sol. «Si ça se trouve, elle est morte», se dit Tibby, paniquée. Elle se souvint alors de son casque.

– Allô? Allô? cria-t-elle, en appuyant sur tous les boutons.

Si seulement elle savait comment ce maudit truc fonctionnait!

Elle piqua un sprint jusqu'à la caisse principale en criant :

– Vite, il y a eu un accident dans l'allée deux. Appelez les secours !

C'était rare qu'elle prononce autant de mots d'affilée sans y glisser une pointe de sarcasme.

– Une fille s'est évanouie dans l'allée deux.

Voyant que Brianna avait pris le téléphone, Tibby retourna auprès de la fille. Elle était toujours par terre, immobile. Tibby lui prit la main pour lui tâter le pouls. Elle avait l'impression de se retrouver projetée dans une série télé. Ah, elle avait un pouls. Elle allait regarder si la fille avait un porte-monnaie, ou des papiers sur elle, mais elle se ravisa. Il valait mieux ne rien toucher avant l'arrivée de la police, non ? Oh non, ça, c'était en cas de meurtre. Elle était en train de confondre *Urgences* et *Columbo*. C'était bon, elle pouvait y aller, alors. Elle trouva un portefeuille. Il fallait prévenir les parents de cette fille qu'elle était tombée dans les pommes au milieu du magasin.

Il y avait une carte de bibliothèque. Un thème astral découpé dans un magazine. La photo d'une gamine qui souriait de toutes ses dents, avec écrit « Gros bisous, Maddie » derrière. Quatre billets de un dollar. Bref, rien d'intéressant. Exactement le genre de trucs que Tibby avait dans son portefeuille à cet âge-là.

Juste à ce moment, trois types du SAMU déboulèrent dans l'allée avec une civière. Deux d'entre eux se penchèrent sur la fille tandis que l'autre étudiait son bracelet médical en argent. Tibby n'avait pas pensé à regarder ses poignets.

Le troisième homme s'intéressa ensuite à elle.

– Vous avez vu ce qui s'est passé ? lui demanda-t-il.

– Pas vraiment. J'ai entendu un bruit et, quand je me suis retournée, je l'ai vue s'effondrer sur l'étalage. Elle s'est cogné la tête par terre. Je crois qu'elle s'est évanouie.

Le type du SAMU ne la regardait plus, il avait baissé les yeux vers le portefeuille qu'elle avait gardé à la main.

– Qu'est-ce que c'est ?

– Ça ? Oh… euh… son portefeuille.

– Vous lui avez pris son portefeuille ?

Tibby écarquilla les yeux. Elle venait de comprendre ce qu'il était en train de s'imaginer.

– Non, mais je… je voulais juste…

– Approchez et donnez-le-moi gentiment alors, lui dit l'homme d'un ton anormalement calme.

C'était de la paranoïa ou il la traitait comme une criminelle ?

Tibby n'avait pas le cœur de lui clouer le bec avec une de ses répliques habituelles. Là, elle avait plutôt envie de pleurer.

– Je cherchais son numéro de téléphone, expliqua-t-elle en lui tendant le portefeuille. Pour prévenir ses parents.

Le regard de l'homme s'adoucit.

– Pourquoi n'iriez-vous pas vous asseoir une minute pendant que nous la montons dans l'ambulance ? L'hôpital se chargera de contacter ses parents.

Le portefeuille à la main, Tibby suivit les ambulanciers et la civière dehors. En deux temps, trois mouvements, ils la chargèrent dans leur véhicule. À la tache humide sur son jean, elle remarqua alors que la fille s'était fait pipi dessus. Elle détourna la tête, comme lorsqu'elle voyait un inconnu pleurer. S'évanouir et s'assommer, passe encore, mais là, c'était vraiment trop gênant.

– Je peux venir ?

Tibby ne savait pas pourquoi elle avait posé cette question. Ce qui l'inquiétait, c'était que la fille se réveille entourée d'affreux types du SAMU. Ils lui firent donc de la place pour qu'elle puisse s'asseoir à côté d'elle. Elle lui prit la main, une fois de plus sans trop savoir pourquoi. Elle se disait juste que, si elle avait été à sa place, sur ce brancard, elle aurait aimé qu'on lui tienne la main.

Au croisement des avenues Wisconsin et Bradley, la fille reprit connaissance. Elle regarda autour d'elle en clignant des yeux, hébétée. Elle serra la main de Tibby dans la sienne puis leva la tête pour voir à qui appartenait cette main. En la découvrant, elle eut l'air perplexe, puis sceptique. Elle fixa son badge « Bonjour, je m'appelle Tibby!» et sa blouse verte avec de grands yeux. Puis elle se tourna vers l'ambulancier qui était assis de l'autre côté et demanda :

– Pourquoi une vendeuse de Wallman me tient la main?

On frappa à la porte. Carmen se redressa. Sa valise était ouverte à côté d'elle, par terre, mais elle n'avait pas commencé à la défaire.

– Oui?

– Je peux entrer?

Elle était persuadée que c'était Krista.

«Non, va-t'en!»

– Euh, ouais…

La porte s'ouvrit timidement.

– Carmen? C'est… hum, l'heure du dîner? Tu es prête? demanda Krista.

Elle passa juste la tête par l'entrebâillement de la porte. Carmen sentit l'odeur sucrée de son brillant à lèvres. Elle soupçonnait Krista d'être une de ces personnes qui ne s'expriment que par questions. Même ses phrases affirmatives avaient un ton interrogatif.

– Je descends dans une minute.

Krista referma la porte.

Carmen se rallongea un moment sur le sol. Comment en était-elle arrivée là? Comment était-ce possible? Elle s'imagina l'autre Carmen, celle qui, dans un univers parallèle, mangeait un bon hamburger avec son père dans un bar en ville, avant de le défier au billard. Elle était jalouse de cette fille-là.

Elle se traîna jusqu'au rez-de-chaussée et découvrit une table dressée comme dans un grand restaurant. Elle s'y installa. Plusieurs fourchettes dans un trois-étoiles, passe encore, mais chez soi ? Devant elle s'alignaient une batterie de plats sous cloche qui gardaient au chaud tout un assortiment de spécialités maison. Côtelettes d'agneau, pommes de terre au four, courgettes sautées et poivrons rouges, carottes râpées et pain chaud. Carmen sursauta quand Krista voulut lui prendre la main.

Elle la retira machinalement.

Krista s'empourpra.

– Désolée, murmura-t-elle. On se tient la main pour dire les grâces.

Carmen regarda son père qui donnait tranquillement une main à Paul, il lui tendit l'autre. « Bon, d'accord, ils font ce qu'ils veulent, mais… nous aussi, non ? avait-elle envie de lui dire. Nous aussi, on forme une famille, n'est-ce pas ? »

À contrecœur, elle tendit la main à cette étrangère. Son père avait toujours refusé de se convertir au catholicisme, alors que ça aurait tellement fait plaisir aux parents de son ex-femme, et le voilà qui disait les grâces !

Carmen fut triste pour sa mère. Maintenant, elles remerciaient Dieu pour chaque repas, mais lorsque son père vivait encore avec elles, il n'en était pas question.

Elle dévisagea Lydia. Quelle sorte de pouvoir avait donc cette femme ?

– Lydia, c'est délicieux, dit son père.

– C'est extra, renchérit Krista.

Carmen sentit que son père la fixait. Elle était censée dire quelque chose. Mais elle se contenta de mâcher en silence.

Paul ne disait rien. Il lui jeta un regard puis baissa les yeux.

La pluie battait les carreaux. L'argenterie crissait et les dents mastiquaient.

– Tu sais, Carmen, risqua Krista, tu n'es pas du tout comme j'imaginais ?

Carmen avala une grosse bouchée tout rond puis elle s'éclaircit la gorge.

– Tu veux dire que j'ai l'air d'une Portoricaine ? répliqua-t-elle en la défiant du regard.

Avec un petit rire nerveux, Krista battit en retraite.

– Non, pas du tout. Je voulais juste dire que... tu es brune, tu vois... avec les yeux noirs et les cheveux ondulés, quoi ?

« Et que j'ai la peau mate et un gros cul ? » avait envie d'ajouter Carmen.

– C'est vrai, dit-elle, j'ai l'air d'une Portoricaine, comme ma mère. Ma mère est portoricaine. C'est une Hispano, quoi. Mais mon père a peut-être oublié de mentionner ce détail.

Krista reprit la parole d'une voix à peine audible.

– Euh… je ne savais pas… Je…

Sa phrase se termina dans un marmonnement adressé à son assiette.

– Carmen a hérité de ma taille et de ma bosse des maths, intervint son père.

C'était assez pitoyable, mais Carmen lui en fut tout de même reconnaissante.

Lydia hocha la tête d'un air grave. Paul n'ouvrit toujours pas la bouche.

– Alors, Carmen…

Lydia posa sa fourchette sur son assiette.

– … Ton père m'a dit que tu étais une grande joueuse de tennis.

Il se trouve que Carmen avait la bouche pleine à ce moment-là. Il lui fallut cinq bonnes minutes pour mâcher et avaler.

Un maigre « Je me défends » fut le résultat de cette pénible séance de mastication.

Carmen savait bien qu'elle exagérait. Elle aurait pu développer ou répondre par une autre question. Mais elle était en colère. Elle était tellement en colère qu'elle ne se reconnaissait plus. Elle ne voulait pas que la cuisine de Lydia soit si bonne. Elle ne voulait pas que son père l'apprécie autant. Elle ne voulait pas que Krista soit si mignonne avec son petit cardigan bleu lavande. Elle aurait voulu que Paul dise quelque chose au lieu de rester là à la regarder comme si elle était folle. Elle détestait ces gens. Elle n'avait pas envie d'être là. Soudain, la tête lui tourna. Elle sentit l'angoisse lui nouer l'estomac. Elle avait des palpitations.

Elle se leva.

– Je peux appeler maman ? demanda-t-elle à son père.

– Bien sûr, répondit-il en se levant aussi. Tu n'as qu'à téléphoner de la chambre d'amis.

Elle quitta alors la table sans ajouter un mot et se précipita au premier étage.

– Maman ! sanglotait-elle dans le combiné une minute plus tard.

Depuis la fin des cours, elle avait pris de plus en plus de distances avec sa mère, pour se préparer à passer l'été avec son père. Mais, maintenant, elle avait besoin d'elle.

– Qu'est-ce qui se passe, ma puce ?

– Papa va se marier. Il a une nouvelle famille, maintenant. Avec une femme, deux enfants blonds et une belle maison. Qu'est-ce que je fais là ?

– Oh, Carmen. Bon sang. Il va se marier, alors ? Avec qui ?

Sa mère s'inquiétait pour elle, mais sa curiosité l'emportait. Elle ne pouvait pas s'en empêcher.

– Oui, en août. Elle s'appelle Lydia.

– Lydia comment ?

– Je ne sais même pas.

Carmen se jeta sur le couvre-lit à fleurs.

Sa mère soupira.

– Et les enfants, ils sont comment ?

– Je ne sais pas. Blonds. Sages.

– Ils ont quel âge ?

Carmen n'avait pas envie de répondre à toutes ces questions. Elle avait envie de jouer les bébés. Elle avait envie de se faire plaindre.

– Ce sont des ados. Le garçon est plus vieux que moi. Je ne sais pas exactement.

– Mmm… Il aurait dû t'en parler avant que tu partes là-bas.

Carmen sentait la colère poindre dans la voix de sa mère. Mais elle n'avait pas envie de discuter de ça maintenant.

– C'est bon, maman. Il a dit qu'il préférait me le dire de vive voix. C'est juste que… je n'ai pas envie de rester ici.

– Oh, ma chérie, tu es déçue de ne pas avoir ton papa pour toi toute seule.

Si on présentait les choses comme ça, l'indignation de Carmen perdait toute sa dimension.

– Ce n'est pas ça, gémit-elle. Mais ils sont si…

– Quoi ?

– Je ne les aime pas.

Elle ne trouvait pas ses mots, elle était trop en colère.

– Pourquoi ?

– C'est comme ça. Ils ne m'aiment pas non plus.

– Comment peux-tu le savoir ? demanda sa mère.

– Je le sais, c'est tout ! pleurnicha Carmen qui, en même temps, s'en voulait de faire le bébé.

– Tu es en colère contre eux ou contre ton père ?

– Je ne suis pas en colère contre papa, répliqua-t-elle sans même réfléchir.

Ce n'était pas sa faute s'il était tombé amoureux d'une femme qui avait des enfants zombies et une chambre d'amis aussi impersonnelle que dans une chaîne d'hôtels.

Elle dit au revoir à sa mère et promit de la rappeler le lendemain. Puis elle se retourna sur le ventre et se mit à pleurer pour des raisons qui lui échappaient.

Une partie d'elle-même, saine et raisonnable, lui disait qu'elle aurait dû être heureuse pour son père. Il avait rencontré une femme qu'il aimait assez pour l'épouser. Il avait une vie bien comme il faut. Et c'était visiblement ce qu'il voulait. Elle savait qu'elle aurait dû se réjouir qu'il ait tout ce qu'il souhaitait.

Mais elle les détestait. Et elle se détestait de les détester.

Bridget entra doucement dans l'eau chaude. Aussitôt, des centaine de petits poissons se faufilèrent entre ses chevilles.

– Je veux Eric, confia-t-elle à Diana, qui était

dans l'équipe quatre. Tu ne voudrais pas changer de groupe avec moi ?

Ce n'était pas la première fois qu'elle lui proposait ce marché.

Diana éclata de rire.

– Tu crois que quelqu'un s'apercevrait de quelque chose ?

– Il organise un footing à cinq heures, leur apprit Emily.

Bridget consulta sa montre.

– Merde, c'est dans cinq minutes.

– Tu ne vas pas y aller, quand même ? s'étonna Diana.

Mais Bridget était déjà sortie de l'eau.

– Bien sûr que si.

– Il faut courir dix kilomètres, précisa Emily.

Il est vrai que Bridget n'avait pas couru un seul kilomètre depuis plus de deux mois.

– Où est-ce qu'ils se sont donné rendez-vous ?

– Près du hangar, répondit Emily en s'enfonçant dans l'eau.

– À tout à l'heure ! lança Bridget par-dessus son épaule.

Dans le bungalow, elle enfila un short sur son bas de maillot et échangea le haut contre une brassière de sport, puis elle mit ses chaussettes et ses baskets. Était-il choquant de courir en brassière ? Bah, il faisait trop chaud pour se poser la question.

Le groupe était déjà parti. Bridget dut les rattraper en courant sur un chemin poussiéreux. Elle ne s'était même pas échauffée.

Ils étaient une quinzaine. Bridget resta en arrière pendant les deux premiers kilomètres, le temps de trouver son rythme. Elle avait de longues jambes et pas un kilo de trop, ce qui en faisait naturellement une excellente coureuse, même sans entraînement.

Elle finit par rejoindre le milieu du peloton. Eric la remarqua. Elle s'approcha de lui.

– Salut, je m'appelle Bridget.

– Bridget ?

Il ralentit pour qu'elle puisse le rattraper.

– Mais tout le monde m'appelle Bee.

– Bee. Comme une abeille ?

Elle hocha la tête en souriant.

– Moi, c'est Eric.

– Je sais.

Il se tourna vers le reste du groupe.

– Aujourd'hui, on essaye de conserver une moyenne de douze kilomètres à l'heure. J'ai l'impression qu'il y a de bons coureurs parmi vous. Si vous fatiguez, revenez à votre rythme. Tout le monde n'est pas obligé de me suivre.

Bon Dieu. Douze kilomètres à l'heure. Et ça montait, en plus. Bridget soulevait des nuages de poussière à chaque foulée. Arrivé en haut des collines, le chemin redevint plat. Ils couraient le long d'une rivière, réduite à un filet d'eau en cette saison.

Elle transpirait mais elle n'était pas essoufflée. Elle arrivait à suivre le rythme d'Eric.

– J'ai entendu dire que tu venais de Los Angeles, fit-elle.

C'était un test. Certaines personnes aimaient parler en courant. D'autres détestaient ça. Elle voulait savoir dans quelle catégorie il se trouvait.

– Ouais, répondit-il.

Elle allait le ranger dans la deuxième catégorie lorsqu'il rouvrit la bouche :

– Mais j'ai passé pas mal de temps dans le coin.

– Ici, à Bahia ?

– Mmm, ma mère est mexicaine. Elle est de Mulege.

– C'est vrai ?

Voilà pourquoi il était si brun.

– C'est à quelques kilomètres plus au sud, c'est ça ? demanda Bridget, avec un intérêt sincère.

– Oui, confirma-t-il. Et toi ?

– J'habite à Washington. Mais mon père est originaire d'Amsterdam.

– Waouh ! Alors tu connais parfaitement le syndrome du parent-venu-d'ailleurs.

– Oh que oui !

Elle se mit à rire, ravie du tour que prenait la conversation.

– Et ta mère ? demanda-t-il.

Oh. Voilà qu'elle se retrouvait entraînée dans la seconde partie du test. Celle qu'elle réservait en principe pour beaucoup plus tard.

– Ma mère…

Est ? Était ? Elle ne savait jamais quel temps employer lorsqu'elle abordait le sujet.

– Ma mère… venait d'Alabama. Elle est morte.

Les quatre premières années, Bridget disait que sa mère « les avait quittés », puis elle s'était lassée de cette formule. Ça ne collait pas à la réalité.

Il tourna la tête pour la regarder bien en face.

– C'est vraiment triste.

Elle en eut la chair de poule malgré la chaleur. C'était une réaction d'une franchise désarmante. Elle détourna les yeux. Au moins, il n'avait pas répondu « Désolé », comme tous les autres. Elle se sentit soudain très nue dans cette petite brassière.

Avec la plupart des garçons, elle parvenait à repousser indéfiniment le moment d'aborder le sujet. Elle était déjà sortie avec des types pendant des mois sans jamais parler de ça. C'était bizarre qu'avec Eric la question se soit posée dès les premières minutes. Carmen aurait interprété ça comme un signe, mais Carmen voyait des signes partout. Pas elle.

– Tu es à l'université Columbia, c'est ça ? demanda-t-elle, laissant son malaise quelque part sur le chemin, derrière eux.

– Ouais.

– Ça te plaît ?

– C'est une drôle d'école pour quelqu'un qui aime le sport. On ne peut pas dire que ce soit leur première préoccupation, là-bas.

– Mmm.

– Mais ils ont une bonne équipe de foot et d'excellents profs dans toutes les matières. C'est très important aux yeux de ma mère.

– Ça se comprend.

Il était monstrueusement beau, de profil.

Il accéléra. Elle décida de relever le défi. Elle avait toujours adoré les défis.

En jetant un coup d'œil en arrière, elle constata que le groupe s'était singulièrement réduit. Elle suivait le rythme d'Eric, foulée après foulée. Elle aimait sentir cette tension dans ses muscles, cette ivresse que lui procurait l'effort.

– Tu as quel âge ? lui demanda-t-il de but en blanc.

Hum. Elle espérait esquiver la question. Elle savait qu'elle était l'une des plus jeunes ici.

– Seize ans, répondit-elle.

Enfin, bientôt. Ce n'était pas un crime d'arrondir un peu les chiffres, n'est-ce pas ?

– Et toi ?

– Dix-neuf.

Ça ne faisait pas une si grande différence d'âge. Surtout si on considérait qu'elle avait seize ans.

– Tu sais déjà dans quelle fac tu veux aller ? lui demanda-t-il.

– Peut-être à l'université de Virginie.

En fait, elle n'en avait pas la moindre idée. Mais l'entraîneur de l'université avait déjà contacté celui de son lycée pour discuter d'elle. Elle savait qu'elle n'avait pas à s'inquiéter, même si ses notes n'étaient pas spectaculaires.

– C'est une bonne fac, commenta-t-il.

Maintenant, c'était elle qui accélérait le rythme. Elle se sentait bien, et le fait de se trouver si près d'Eric lui donnait de l'énergie. Ils redescendirent pour finir leur footing sur la plage.

– Tu dois sacrément t'entraîner, remarqua-t-il.

Elle se mit à rire.

– Je n'ai pas couru depuis des mois.

Et, sur ces mots, elle partit comme une flèche. Le reste du groupe était loin derrière. Elle était curieuse de voir si Eric allait garder son rythme ou accélérer pour la suivre.

En sentant son coude frôler le sien, elle sourit.

– On fait la course ?

Pour les derniers cent mètres, ils piquèrent un sprint sur la plage. Bridget était tellement surexcitée qu'elle se sentait pousser des ailes.

Elle se laissa tomber dans le sable. Lui aussi.

– Je crois qu'on a battu le record, dit-il.

Elle s'étira, heureuse.

– Quand je me fixe un but, je l'atteins.

Elle se roula dans le sable jusqu'à en être couverte comme un beignet saupoudré de sucre glace. Il la regardait faire en riant.

Le reste du groupe allait les rejoindre dans deux minutes. Elle se leva, envoya promener ses baskets et ses chaussettes, puis le regarda droit dans les yeux en enlevant son short, découvrant son bas de maillot de bain. Enfin, elle se détacha les cheveux. Quelques mèches dorées vinrent se coller à son dos en sueur.

Il détourna les yeux.

– Tu viens nager ? proposa-t-elle.

Il avait l'air grave, maintenant. Il resta immobile.

Elle ne l'attendit pas. Elle fit quelques mètres dans l'eau et plongea. Quand elle remonta, elle vit qu'il avait enlevé son T-shirt trempé. Elle le fixa ostensiblement.

Eric finit par plonger, juste comme elle l'espérait. Il passa à côté d'elle et ressortit la tête de l'eau quelques mètres plus loin.

Bridget leva les bras sans raison particulière.

Elle sautillait dans l'eau, incapable de contenir son énergie.

– C'est le plus bel endroit du monde.

Il se mit à rire sans retenue.

Elle plongea à nouveau sous l'eau, jusqu'au fond. Elle passa tout doucement à côté de lui. Et soudain, sans réfléchir, elle tendit la main et frôla sa cheville du bout du doigt, comme un petit poisson.

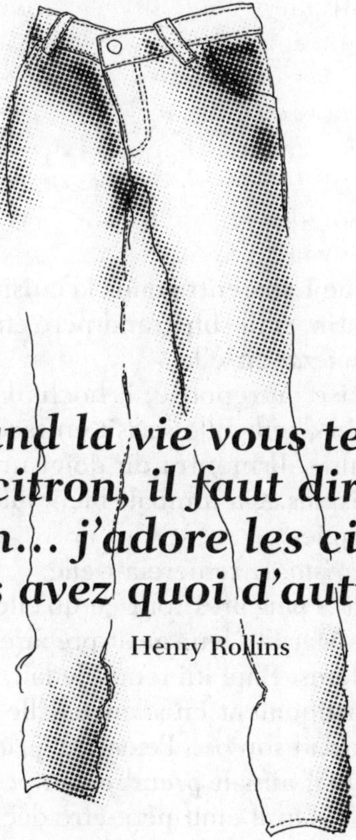

Quand la vie vous tend un citron, il faut dire :
– Mmm... j'adore les citrons.
Vous avez quoi d'autre ?

Henry Rollins

Lorsque Lena entra dans la cuisine le lendemain matin, seul son grand-père était réveillé.

– *Kalimera*, dit-elle.

En guise de réponse, il hocha la tête et lui fit un clin d'œil. Elle s'assit en face de lui à la petite table. Il montra du doigt un paquet de Rice Krispies. Ça tombait bien, elle aimait les Rice Krispies.

– *Efharisto*, le remercia-t-elle.

C'était à peu près tout ce qu'elle savait dire en grec. Mamita leur avait préparé des bols et des cuillères. Bapi lui tendit le lait.

Ils mastiquaient en silence. Elle le regardait et il regardait son bol. Peut-être qu'elle le dérangeait ? Qu'il aimait prendre son petit déjeuner tout seul ? Ou il était peut-être déçu qu'elle ne parle pas grec ?

Il se versa un second bol de céréales. Bapi n'était pas gros, plutôt sec même, mais visiblement il avait un sacré appétit. C'était drôle. En l'observant, elle reconnut certains de ses propres traits. Le nez, par exemple. Presque tout le monde dans la famille avait le fameux nez Kaligaris : son père, sa tante, Effie... Ce grand nez proéminent leur donnait tout de suite du caractère. Bien sûr, sa mère n'avait pas le même, elle avait le nez Patmos, tout aussi remarquable.

Lena, elle, avait un petit nez délicat, sans caractère. Elle s'était toujours demandé d'où elle le tenait. Et voilà qu'elle le retrouvait au beau milieu du visage de son grand-père. Peut-être que, en fait, c'était elle qui possédait le vrai nez Kaligaris ? Depuis qu'elle était toute petite, elle souhaitait en secret avoir le même grand nez que toute sa famille. Maintenant qu'elle savait d'où lui venait le sien, elle l'aimait un peu mieux.

Elle se dit qu'elle ferait mieux d'arrêter de fixer Bapi. Elle allait finir par le mettre mal à l'aise, à force. Il fallait qu'elle dise quelque chose. Ce n'était pas poli de rester assise là, sans parler.

– Je vais peindre ce matin, annonça-t-elle en faisant semblant d'agiter un pinceau.

Elle vit qu'elle l'avait tiré de sa rêverie. Elle connaissait tellement bien cette sensation. Il leva les sourcils en hochant la tête. Impossible de savoir s'il avait compris.

– Je pensais descendre à Ammoudi. Il y a des escaliers jusqu'en bas ?

Bapi réfléchit puis hocha encore la tête. Elle

voyait bien qu'il avait envie de se replonger dans la contemplation de la boîte de céréales. Peut-être qu'elle l'agaçait ? Qu'il en avait assez ?

– Bon, eh bien, à plus tard. Bonne journée, Bapi. *Andio*.

Elle remonta dans sa chambre prendre son matériel de peinture avec la drôle de sensation d'être Effie et d'avoir pris le petit déjeuner avec Lena.

Elle enfila le jean et mit une chemise en lin blanc froissé. Elle jeta sur son épaule le sac à dos où elle avait rangé sa palette, son chevalet pliant et ses toiles.

Juste au moment où elle allait redescendre, elle aperçut Kostos à la porte d'entrée. Il apportait un plateau de gâteaux tout frais de la part de sa grand-mère. Mamita le serra dans ses bras, l'embrassa et le remercia en grec. Elle parlait tellement vite que Lena ne comprit pas un seul mot de ce qu'elle disait.

Quand elle repéra sa petite-fille en haut des escaliers, elle eut ce drôle de regard. Vite, elle invita Kostos à entrer.

Regrettant qu'Effie ne soit pas encore levée, Lena se dirigea vers la porte.

– Lena, viens donc t'asseoir avec nous. Prrrends un gâteau, ordonna sa grand-mère.

– Je vais peindre. Il faut que je m'y mette avant que le soleil soit trop haut et qu'il n'y ait plus d'ombres, protesta-t-elle.

Techniquement, ce n'était pas vrai. Vu qu'elle commençait un nouveau tableau, peu importait dans quel sens étaient les ombres.

Kostos se dirigea lui aussi vers la porte.

– Il faut que j'aille travailler, Valia. Je suis déjà en retard.

Mamita eut l'air satisfaite que ses deux protégés fassent un bout de chemin ensemble. Elle adressa un clin d'œil à Lena qui sortait à la suite de Kostos.

– C'est un très gentil garçon, lui chuchota-t-elle.

Décidément, c'était son refrain préféré.

– Alors tu aimes peindre, constata Kostos lorsqu'ils furent dehors, au soleil.

– Oui, et tout particulièrement ici.

Elle ne savait pas bien pourquoi elle avait ajouté ce compliment gratuit.

– Je sais que le paysage est très beau, remarqua-t-il pensivement en regardant l'eau qui scintillait au loin, même si je ne m'en rends pas vraiment compte. C'est le seul que je connaisse.

Lena sentait qu'ils auraient pu avoir une véritable conversation. Et elle trouvait qu'il disait des choses intéressantes. Mais elle pensa à sa grand-mère, qui les observait sûrement par la fenêtre.

– Tu pars de quel côté ? demanda-t-elle.

Elle lui tendait un piège un peu sournois.

Kostos la regarda de biais, essayant de deviner

quelle serait la meilleure réponse. L'honnêteté l'emporta.

– Je redescends à la forge.

Facile !

– Ah, moi, je monte. Je vais peindre l'arrière-pays aujourd'hui.

Et elle commença à s'éloigner, vers le haut de la falaise.

Il était visiblement déçu. Avait-il senti qu'elle lui avait joué un sale tour ? En général, les garçons n'étaient pas si fins.

– OK… Bonne journée, alors, fit-il.

– Toi aussi, répondit-elle d'un ton désinvolte.

En fait, c'était vraiment bête de monter là-haut alors que, ce matin, elle s'était réveillée avec une terrible envie de peindre le hangar à bateaux d'Ammoudi.

Tibou d'chou,

Tu détesterais cet endroit. De bons Américains bien comme il faut qui passent leurs journées à faire du sport. Qui se tapent dans les mains. Ou pire, qui se sautent au cou parce qu'ils ont marqué un but ! Bref, tous les clichés du sport !

Tu es beaucoup plus heureuse chez Wallman, tu ne crois pas ?

Je blague, Tibou.

Bien sûr, moi, ça me plaît. Mais, quand même, je suis contente de ne pas vivre tous les jours avec des gens comme moi, parce que sinon je ne t'aurais jamais rencontrée, pas vrai ?

Ah, au fait, je suis amoureuse. Je ne te l'avais pas encore dit ? Il s'appelle Eric. C'est un entraîneur donc 100 % inaccessible. Mais tu me connais...

Ta MAM (Meilleure Amie au Monde),

Bee

Quand Tibby revint chez Wallman, elle découvrit deux choses.

D'abord qu'elle avait « commis une faute passible de renvoi » en quittant le magasin si longtemps pendant ses heures de travail, comme Duncan ne manqua pas de l'en informer. Il lui donnait une dernière chance, mais elle ne serait pas payée de la journée même pour les heures où elle avait travaillé. Elle commençait à se dire que, bientôt, elle allait leur devoir de l'argent.

Ensuite, elle s'aperçut que le portefeuille de la fille qui s'était évanouie était à côté du sien, dans son sac transparent de mauvaise employée. Et merde.

Quand elle eut finalement trouvé le nom de la fille sur sa carte de bibliothèque – Bailey Graffman –, elle sortit téléphoner à la cabine. Grâce à Dieu, dans l'annuaire, elle repéra une famille Graffman avec deux f qui habitait à proximité de Wallman.

Elle reprit illico son vélo et fonça chez eux.

Une femme qui devait être Mme Graffman lui ouvrit la porte.

– Bonjour. Euh… je m'appelle Tibby, et euh…

– Ah, c'est vous qui vous êtes occupée de Bailey chez Wallman, c'est ça ? demanda-t-elle, l'air reconnaissante.

– Oui, c'est moi. Euh… en fait, il se trouve que j'avais pris son portefeuille pour chercher vos coordonnées et que… euh, j'ai oublié de le lui rendre, expliqua Tibby. Et il n'y avait que quatre dollars à l'intérieur, précisa-t-elle, sur la défensive.

Mme Graffman la regarda, perplexe.

– Hum. Oui. Bien sûr…

Puis elle sourit.

– Pourquoi n'allez-vous pas le lui rendre vous-même ? Je suis sûre qu'elle tient à vous remercier en personne. C'est en haut et tout droit, ajouta-t-elle tandis que Tibby montait l'escalier d'un pas traînant.

– Euh, bonjour…, bafouilla-t-elle, toute gênée, en arrivant à la porte de la chambre.

La frise de papier peint et les rideaux jaunes à froufrous détonnaient avec les posters de boys bands qui couvraient le moindre centimètre carré de mur.

– Euh… je m'appelle Tibby. Et, euh, je…

– Tu es la fille de chez Wallman, l'interrompit Bailey en s'asseyant dans son lit.

– Ouais, c'est ça.

Elle s'approcha pour lui tendre son portefeuille.

– Tu m'as volé mon portefeuille ! s'écria Bailey en fronçant les sourcils.

Tibby leva les yeux au ciel. Quelle sale petite peste !

– Je ne te l'ai pas volé. L'hôpital en avait besoin pour contacter tes parents et je l'ai gardé, c'est tout. Enfin, bref. De rien, c'est tout naturel.

Elle le jeta sur le lit.

Bailey s'en empara et l'ouvrit pour compter les billets.

– Je crois que j'avais plus de quatre dollars.

– Non, je ne crois pas.

– Tu les as pris, hein ?

Tibby secoua la tête. C'était incroyable !

– Tu plaisantes ? Tu t'imagines vraiment que je m'amuserais à venir jusque chez toi te rendre ton petit portefeuille minable, si je t'avais volé ton argent ? S'il n'y avait plus les billets, qu'est-ce qu'il resterait d'important là-dedans, tu peux me le dire ? Ton horoscope ? « Méfiez-vous, la lune noire est dans votre signe, vous risquez de vous retrouver aux urgences » ?

Bailey eut l'air surprise.

Tibby se sentit coupable. Peut-être avait-elle été trop loin.

Mais la petite ne se calma pas pour autant.

– Et toi ? Qu'est-ce qu'il y a d'important dans ton portefeuille ? Ton permis vélo ? Ta carte de vendeuse de chez Wallman ?

Elle avait prononcé ce dernier mot avec plus de mépris que Tibby elle-même ne pouvait en éprouver.

Elle n'en revenait pas.

– Non, mais tu as quel âge ? Dix ans ? Comment se fait-il que tu sois aussi méchante ?

Les sourcils de Bailey formaient maintenant une barre furieuse au-dessus de ses yeux.

– J'ai douze ans.

Tibby se sentit encore plus mal. Elle aussi, rien ne l'énervait tant que les gens qui la prenaient pour une gamine tout ça parce qu'elle était petite, maigre et qu'elle n'avait pas de poitrine.

– Et toi, tu as quel âge ? voulut savoir Bailey, les yeux brillants de colère. Treize ans ?

– Bailey ! C'est l'heure de prendre tes médicaments, annonça sa mère d'en bas. Tu veux bien m'envoyer ton amie ?

Tibby regarda autour d'elle. C'était elle, l'« amie » en question ?

– D'accord, répondit Bailey, l'air amusée. Ça t'embête ?

Elle secoua la tête.

– Pas du tout. C'était un plaisir, vu comme tu es reconnaissante.

Elle se traîna jusqu'au rez-de-chaussée en se demandant ce qu'elle fabriquait là.

Mme Graffman lui tendit un grand verre de jus d'orange et une petite coupelle pleine de cachets.

– Tout se passe bien, là-haut ? demanda-t-elle.
– Mmm, je crois…
Elle étudia un moment le visage de Tibby, puis ajouta sans raison particulière :
– Bailey adore tester les gens.
« Tibby adore tester les gens. » Elle en avait la chair de poule. Combien de fois avait-elle entendu cette phrase dans la bouche de sa mère ?
– Sûrement parce qu'elle est malade.
– Qu'est-ce qu'elle a ? répliqua machinalement Tibby.
Mme Graffman eut l'air surprise qu'elle ne soit pas au courant.
– Elle a une leucémie.
Elle essayait d'avoir un ton détaché. Comme pour prouver qu'à force d'avoir répété ces mots, ils ne lui faisaient plus peur. Mais on voyait bien que si.
Tibby sentit un poids énorme tomber sur ses épaules. La mère de Bailey la fixait, à croire que ce qu'elle allait répondre pouvait avoir une quelconque importance.
– Je suis désolée de l'apprendre, marmonna-t-elle, gênée.
Puis elle remonta vite là-haut. Il n'y avait pas plus triste que le regard suppliant d'une mère dont l'enfant est malade.
Elle s'arrêta devant la porte de la chambre de Bailey, manquant de renverser le jus d'orange. Elle s'en voulait de lui avoir dit des trucs aussi

méchants. D'accord, c'était Bailey qui avait commencé, mais Bailey avait une leucémie.

Elle la trouva assise toute droite dans son lit, pressée de reprendre la bataille.

Tibby plaqua ce qui ressemblait vaguement à un gentil sourire amical sur ses lèvres et lui tendit ses médicaments.

– Alors tu as menti sur ton âge pour obtenir ce boulot chez Wallman ? Il faut avoir minimum quinze ans, non ? demanda Bailey.

Tibby s'éclaircit la gorge, en prenant garde de ne pas laisser son sourire retomber.

– Hum, mais *j'ai* quinze ans.

Bailey eut l'air sérieusement contrariée.

– Tu ne les fais pas.

Ce sourire forcé commençait à lui donner des crampes, mais Tibby ne se rappelait pas comment sourire normalement. Là, son rictus avait probablement dégénéré en grimace.

– Il faut croire que non, répondit-elle d'une petite voix.

Elle avait vraiment envie de s'en aller.

Mais soudain les yeux de Bailey se remplirent de larmes. Tibby détourna la tête.

– Elle te l'a dit, hein ?

– Dit quoi ? demanda Tibby à la couverture.

Elle se détestait de faire semblant de ne pas comprendre alors qu'elle savait parfaitement de quoi elle parlait. Elle ne supportait pas les gens qui faisaient ça.

– Que je suis malade ! explosa Bailey.

Son air de petite dure s'était envolé aussi vite que le sourire amical de Tibby.

– Non, murmura Tibby, dégoûtée par sa propre lâcheté.

– Je n'aurais pas cru que tu étais une menteuse, fit Bailey.

Les yeux de Tibby, qui cherchaient un endroit où se poser pour éviter de croiser son regard, atterrirent sur un morceau de tissu brodé de fil rouge étendu sur le lit. Les petites croix dessinaient une phrase : « Tu es mon... » Mon quoi ? Mon rayon de soleil ? C'était affreux. Tragique. Pathétique.

– Je ferais mieux d'y aller, finit-elle par dire.

– Très bien. Fous le camp.

– Bon... À plus, répliqua mécaniquement Tibby.

Elle tituba jusqu'à la porte.

– Au fait, pas mal, ta blouse ! lui lança méchamment Bailey.

– Merci, s'entendit-elle répondre alors qu'elle prenait la fuite.

Ma chère Carmen,

Un été, il faudrait qu'on vienne toutes ici. Ce serait merveilleux. Le premier jour, j'ai descendu un million de marches pour atteindre un petit village de pêcheurs qui s'appelle Ammoudi, sur la Caldeira. Après la terrible éruption du volcan qui a fait couler la majeure partie de l'île, l'eau a envahi ce qui restait du cratère : c'est ça qu'on nomme la Caldeira – ça veut dire « chaudron ». J'ai peint d'adorables petits bateaux grecs et, après, comme il faisait une chaleur pas possible, je me suis mise en maillot de bain et je me suis jetée dans l'eau fraîche et claire.

J'ai fait un tableau pour toi. C'est le clocher d'Oia. Mon grand-père, un vieil homme timide qui ne parle pas anglais, est venu me voir et a examiné ma peinture un long moment. Finalement, il a hoché la tête d'un air approbateur, c'était trop mignon.

Effie et moi, nous sommes allées à Mobylette jusqu'à Fira, le plus grand village de l'île. Nous avons bu un café incroyablement fort en terrasse. La caféine nous a shootées. Moi, j'étais super angoissée et incapable de dire un mot, tandis qu'Effie faisait du charme aux serveurs et même aux gens qui passaient par là.

Il y a aussi un garçon. Kostos. Il passe devant la maison environ six fois par jour. Chaque fois, il essaye de croiser mon regard et d'entamer la conversation, mais je ne marche pas. Le plus grand espoir de ma grand-mère, c'est que nous tombions amoureux. Franchement, ce serait affreusement antiromantique, non ?

Sinon, il ne s'est rien passé d'extraordinaire. Rien d'assez exceptionnel pour le jean, en tout cas. Il attend toujours patiemment la Grande Aventure.

J'ai hâte d'avoir de tes nouvelles. La poste est tellement lente ici, je regrette de ne pas avoir d'ordinateur.

J'espère qu'Al et toi, vous vous amusez bien.

Bises,

Lena

«Qu'est-ce que je fais là?» Carmen parcourut la pièce des yeux. Elle ne distinguait pas une voix ni un visage familiers dans ce brouhaha. Que des ados de Caroline du Sud.

Krista papotait avec ses copines. Paul faisait son intéressant devant ses potes avec un sosie de Barbie au bras. Carmen était au bas des escaliers, toute seule dans son coin, et tant pis si elle faisait tapisserie.

De toute façon, elle avait l'impression d'être invisible, coupée de la réalité. Ses amies lui manquaient vraiment et elle réalisait qu'elle avait besoin d'elles pour se sentir exister.

Lydia et son père étaient partis assister à un concert de musique de chambre. (Précision en passant, son père détestait la musique classique.) Ils pensaient que Carmen allait bien s'amuser à cette «soirée entre copains» avec Paul et Krista. Même une fille qui avait passé les quatre derniers jours à bouder dans la chambre d'amis ne pourrait résister à une bonne «soirée entre copains». Son père paraissait tellement sûr que tout allait ainsi s'arranger qu'elle avait accepté d'y aller. De toute façon, elle s'en fichait.

Un garçon de taille moyenne lui frôla l'épaule.

– Oh, désolé ! fit-il en renversant la moitié de son gobelet en plastique plein de bière sur la moquette.

Il s'arrêta pour la regarder.

– Salut.

– Salut, marmonna Carmen.

– Tu es une amie de qui ?

Il fixait sa poitrine comme si c'était à ses seins qu'il posait la question.

Elle croisa les bras.

– Euh… je… euh… Krista et Paul Rodman sont… euh… Leur mère est ma…

Il ne la regardait déjà plus. Elle ne termina pas sa phrase. Tout le monde s'en fichait.

– À plus, fit-elle en s'éloignant.

Elle croisa Paul. Toujours aussi pitoyable. Il lui adressa un signe de tête. Il avait un Coca à la main. Probablement entre deux bières.

– Tu connais Kelly ? demanda-t-il.

La Kelly en question le tenait par la taille. Elle était tellement jolie qu'elle en devenait affreuse. Elle avait les pommettes trop saillantes, les yeux trop écartés et son décolleté ne laissait voir que des os.

– Salut, Kelly, fit Carmen d'un ton las.

– Et toi, tu es… ?

– Carmen.

Kelly n'appréciait visiblement pas que Paul connaisse une fille dont elle n'avait jamais entendu parler. Et vu que Paul ne prononçait pas plus de sept mots par jour en moyenne, il n'avait pas dû lui expliquer qu'elle était venue vivre chez lui.

– J'habite chez Paul, précisa-t-elle avec un malin plaisir.

Kelly écarquilla ses grands yeux papillonnants tandis que Carmen s'éclipsait.

– Je vais me chercher un verre, murmura-t-elle en jetant à Paul son regard le plus sexy.

Le pauvre. Il allait dépenser son stock de mots de l'année pour s'expliquer.

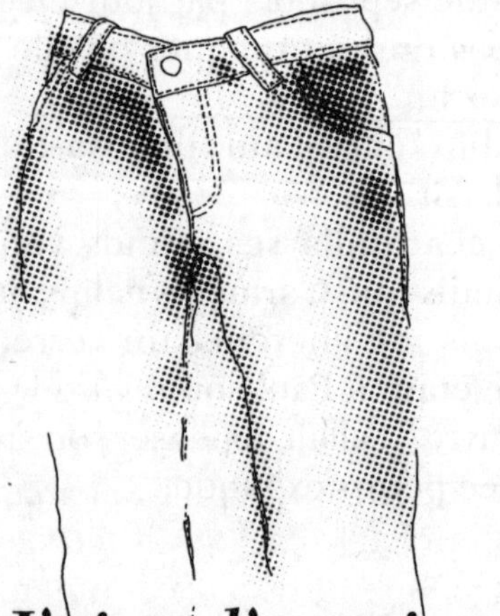

J'ai vu l'avenir.
C'est comme le présent,
mais en plus long.

Dan Quisenberry

– Tibby, tu veux bien couper le poulet de Nicky ? lui demanda sa mère.

D'habitude, Tibby aurait râlé mais, ce soir-là, elle se pencha sur l'assiette et s'exécuta sans broncher. Nicky attrapa le couteau.

– Veux couper ! À moi ! Moi, veux couper !

Patiemment, Tibby détacha ses petits doigts poisseux du manche du couteau.

– Les couteaux, c'est pas pour les bébés, Nicky, dit-elle mécaniquement, exactement comme l'aurait fait sa mère.

Nicky exprima sa frustration en prenant deux poignées de pâtes à pleines mains pour les jeter par terre.

– Empêche-le de faire ça ! ordonna sa mère.

Tibby fit au plus vite. Nicky avait la fâcheuse manie de ponctuer chaque soir le repas par un lancer de riz, de pâtes ou de légumes. Le truc, c'était de lui enlever son assiette à temps.

Abattue, Tibby baissa les yeux vers les nouilles qui gisaient sur le tapis bleu en fibres synthétiques lavables. C'était un truc antitaches en matière plastique, en toile cirée ou quelque chose comme ça. Avant, il y avait un tapis en paille qui piquait les pieds. Sur la table, il y avait des bougeoirs mexicains, avec une salière et une poivrière en terre qu'elle avait fabriquées elle-même. Mais tout avait été remplacé par des ustensiles design qu'ils avaient payés une fortune dans un magasin hype. Tibby n'aurait pas su dire quel jour exactement ils avaient disparu, mais elle pouvait dater à peu près la période. Ça correspondait au moment où sa mère avait abandonné sa carrière de sculpteur et passé un examen pour devenir agent immobilier.

– Vavourt ! Veux un vavourt ! brailla Nicky.

Sa mère soupira. Elle était en train de donner le biberon à Katherine, qui dormait déjà à moitié.

– Tibby, tu pourrais lui donner un yaourt, s'il te plaît ? demanda-t-elle d'une voix fatiguée.

– Je n'ai pas fini de manger, protesta Tibby.

Les soirs où son père rentrait tard du travail, sa mère comptait sur elle pour le remplacer et jouer le deuxième parent. Comme si Tibby avait décidé d'avoir ces enfants avec elle. C'était pénible, à la fin !

– Très bien.

Sa mère se leva et lui flanqua Katherine sur

les genoux. Le bébé se mit à hurler. Vite, Tibby lui fourra la tétine dans la bouche.

Quand elle était petite, son père avait été tour à tour journaliste, avocat commis d'office, puis il avait fait un bref essai comme fermier bio… En tout cas, il était toujours rentré à l'heure pour le dîner. Mais, depuis que sa mère passait ses journées à voir toutes les belles choses que les gens entassaient dans leurs grandes maisons luxueuses, son père était devenu avocat dans une boîte privée, il ne rentrait à l'heure du dîner qu'un jour sur deux. Tibby trouvait que ce n'était pas très malin d'avoir eu deux nouveaux enfants alors qu'ils n'étaient plus jamais à la maison.

Avant, ils n'avaient qu'un seul mot à la bouche : simplicité. Et maintenant ils travaillaient comme des fous pour acheter des tas de nouveaux trucs dont ils n'avaient pas le temps de profiter.

Nicky plongeait ses deux menottes dans son yaourt puis se léchait les doigts méthodiquement. Sa mère lui arracha le pot des mains et, bien sûr, il se mit à hurler.

Tibby aurait voulu lui parler de Bailey et de sa leucémie mais, comme toujours, il était difficile de trouver le temps de lui parler de quoi que ce soit.

Elle monta dans sa chambre recharger la batterie de sa caméra. Elle regarda son ordinateur endormi. Le bouton « marche » clignotait doucement sous le morceau de Scotch, comme un cœur qui bat.

D'habitude, il ronronnait et cliquetait toute la soirée au rythme des messages qu'elle envoyait à ses amies. Mais, ce soir, elles étaient toutes loin. Le bout de Scotch lui fit soudain penser à un bâillon sur la bouche du PC.

– Bonsoir, Mimi.

Le cochon d'Inde dormait. Elle remit un peu de graines dans sa mangeoire et changea son eau. Mimi ne se réveilla pas.

Plus tard, alors que Tibby commençait à s'assoupir, tout habillée et les lumières encore allumées, son esprit se mit à vagabonder. Elle revit les couches gériatriques, les déodorants, les lingettes stériles, les savons antibactériens, les serviettes super absorbantes et Bailey étendue par terre dans tout ce bazar.

– Voilà ton petit copain, annonça Diana en voyant Eric arriver sous la véranda.

Bridget le fixa. « Lève les yeux, allez ! »

Il leva les yeux, puis il les détourna si vite que c'en était presque flatteur. Il l'avait remarquée, c'était clair.

Il s'assit à l'autre bout du réfectoire. Bridget attaqua ses lasagnes. Elle mourait de faim. Si bizarre que cela puisse paraître, elle adorait la cuisine de cantine servie en quantité industrielle.

– Il a sûrement une petite amie à New York, affirma une fille qui s'appelait Rosie.

– C'est ce qu'on verra, répondit Bridget d'un air de défi.

Diana lui donna un coup de coude.

– T'es complètement folle, Bridget.

Emily secouait la tête.

– Arrête, tu vas te retrouver dans une galère pas possible.

– Qui vivra verra.

Diana prit son air à la Sigmund Freud.

– De toute façon, tu cherches les ennuis. C'est le but du jeu, n'est-ce pas ?

– Mais pas du tout, répliqua Bridget. Non, mais vous l'avez regardé, ce mec ?

Elle se leva pour aller reprendre des lasagnes au buffet et fit un détour pour passer près de lui. Elle savait que ses amies la regardaient.

Elle s'arrêta juste derrière. Il discutait avec Marci, son assistante. Elle profita d'un blanc dans la conversation pour se pencher vers lui. Il y avait tellement de bruit qu'il était parfaitement compréhensible qu'elle se penche à son oreille pour lui parler. Un rideau de cheveux blonds frôla alors son épaule.

– À quelle heure est le match amical ? demanda-t-elle.

Il tourna à peine la tête.

– Dix heures.

Elle le mettait mal à l'aise.

– OK, merci.

Elle se redressa en ajoutant :

– On va vous tuer !

Du coup, il se tourna et leva les yeux vers elle, surpris et presque énervé. À son expression, il vit tout de suite qu'elle le taquinait.

– C'est ce qu'on verra.

Au moins, il souriait.

Elle s'éloigna d'un pas nonchalant en direction du buffet, jetant un bref regard à ses amies, visiblement impressionnées.

– Alors ? articula-t-elle sans bruit.

Carmenita,

Les filles de mon bungalow ont estimé que, avec Eric, j'avais deux chances sur trois. Je joue un peu les allumeuses, c'est très mal... mais je suis sûre que ça te ferait rire. De toute façon, qu'est-ce que je pourrais faire d'autre, coincée ici à des milliers de kilomètres de tout, au bord de l'océan ?

Nous avons été visiter la ville la plus proche, Mulege, d'où la mère d'Eric est originaire. Nous avons vu la grande église des Missions et une prison surnommée « carcel sin cerraduras », *la prison sans verrous. Les prisonniers travaillent dans des fermes la journée et rentrent dormir dans leur cellule le soir.*

J'espère que tu t'amuses bien avec Al,

Bisou-bisou,

Bee

C'était le dernier jour où Lena pouvait porter le jean. Après, il faudrait qu'elle le renvoie à Tibby. Il fallait qu'elle en profite. Jusque-là, elle avait mené une petite vie tranquille, dans son coin, évitant soigneusement tout risque de contact humain spontané. Finalement, elle faisait une bien piètre aventurière pour le premier voyage du jean.

Mais aujourd'hui, ce serait différent. Elle allait faire quelque chose de sa journée. Elle n'allait pas décevoir ses amies. Il fallait qu'elle passe à l'action, pour elles, pour le jean. Et pour elle-même.

Elle monta en haut, tout en haut de la falaise, sur le plateau. Il n'y avait pas grand-chose. On voyait quelques collines dans le lointain, dissimulant certainement une autre falaise encore plus haute qui plongeait dans la mer. Mais là, c'était plutôt plat. Malgré la sécheresse du terrain, les rochers laissaient place aux prés et aux vignes bien vertes. L'air semblait plus chaud et le soleil encore plus fort.

« C'est un jean porte-bonheur », se dit-elle environ un quart d'heure plus tard en découvrant un petit berceau de verdure. C'était un bosquet d'oliviers aux feuilles vernissées d'un vert argenté. Les olives étaient minuscules et dures, pas encore mûres. Derrière les arbres, elle aperçut une mare naturelle. Ce petit coin perdu était si calme, si beau, qu'elle avait l'impression qu'il n'appartenait qu'à elle, qu'elle était la première personne au monde à poser les yeux dessus. Comme s'il n'avait pas même existé avant qu'elle arrive là avec son jean magique. Elle installa tout de suite son chevalet et se mit à peindre.

Quand le soleil eut atteint son zénith, Lena était trempée de sueur de la tête aux pieds. Il tapait si fort que la tête lui tournait. La sueur coulait de ses épais cheveux bruns le long de son cou et de ses tempes. Si seulement elle avait pris un chapeau… Elle regarda la mare avec envie. Et si seulement elle avait mis son maillot de bain !

Elle scruta les alentours. Il n'y avait personne en vue, aussi loin que portait son regard. Elle ne distinguait pas la moindre maison ni la moindre ferme. La sueur continuait de couler le long de sa colonne vertébrale. Il fallait qu'elle se baigne dans cette mare.

Pudique, même avec elle-même, Lena se déshabilla lentement. « Ce n'est pas possible. Je ne suis quand même pas en train de faire ça… » Elle entassait ses affaires par terre au fur et à mesure. Quand elle se retrouva en culotte et soutien-gorge, elle hésita un moment à se baigner en sous-vêtements, mais il ne fallait pas pousser la pudibonderie trop loin quand même. Elle jeta un coup d'œil au jean magique qui l'encouragea à se mettre toute nue, et vite.

– Aaaaahhhh ! fit-elle en entrant dans l'eau.

C'était drôle de s'entendre parler tout haut. D'habitude ses pensées et ses émotions étaient enfouies tellement profond en elle qu'elles faisaient rarement surface sans un effort délibéré. Quand elle voyait quelque chose de vraiment marrant à la télévision, elle ne riait jamais tout haut, même si elle était seule.

Elle plongea tout au fond de la mare puis remonta. Elle fit la planche, flottant sans effort, laissant juste son visage hors de l'eau. Le soleil caressait ses joues et ses paupières. Elle barbota un peu, savourant la fraîcheur de l'eau sur sa peau.

« C'est le meilleur moment de ma vie, le plus parfait », décréta-t-elle. Il lui semblait être une déesse de l'Antiquité grecque, seule sous le ciel.

Elle laissa ses bras flotter de chaque côté de son corps, bascula la tête en arrière, ferma les yeux et resta en suspension, parfaitement détendue. Elle aurait pu demeurer ainsi jusqu'à ce que le soleil se couche, jusqu'à ce qu'il se lève à nouveau, jusqu'au mois d'août, peut-être jusqu'à la fin des temps…

Un bruissement d'herbe, et tous ses muscles se contractèrent. En une fraction de seconde, ses pieds retrouvèrent le contact des galets, au fond de la mare, et elle se redressa.

Elle retint sa respiration. Il y avait quelqu'un. Elle voyait une ombre, une silhouette dissimulée derrière un arbre. Un homme ? Un animal ? Y avait-il de cruelles bêtes mangeuses d'homme sur l'île de Santorin ?

Fini son parfait moment de bonheur, sa sérénité vola en éclats. Elle avait l'impression que son cœur allait exploser.

La peur lui dictait de replonger sous l'eau, mais une peur plus grande encore lui conseillait de s'enfuir à toutes jambes. Elle s'arracha de l'eau. La silhouette sortit de l'ombre.

C'était Kostos.

Elle était face à lui, et pire, il était face à elle. Elle était tellement stupéfaite qu'elle mit un moment à réagir.

– K-Kostos ! cria-t-elle d'une voix stridente. Qu'est-ce que tu… qu'est-ce… ?

– Je suis désolé.

Il aurait pu détourner les yeux, mais il ne le fit pas.

En trois pas, elle avait atteint ses vêtements. Elle se jeta dessus et se couvrit avec le tas roulé en boule.

– Tu m'as suivie ? Tu m'espionnais ? Depuis combien de temps es-tu là ?

– Je suis désolé, répéta-t-il.

Puis il murmura quelque chose en grec, se retourna et repartit.

Encore trempée, elle enfila ses affaires précipitamment. Folle de rage, elle jeta son matériel de peinture dans son sac à dos, abîmant probablement sa toile. Elle traversa le pré à grandes enjambées, direction la falaise, trop en colère pour mettre de l'ordre dans ses pensées.

Il l'avait suivie ! Et s'il… Elle avait mis le jean à l'envers. Comment avait-il osé la fixer comme ça ! Elle allait…

Elle s'aperçut, en arrivant à la maison, que les pans de sa chemise étaient boutonnés n'importe comment et que, entre l'eau de la mare et la sueur, le lin collait à sa peau de façon obscène.

Elle entra en claquant la porte et jeta son sac à dos par terre. Mamita sortit précipitamment de la cuisine et se figea en la voyant.

– Lena, mon agneau, que t'est-il arrrivé ?

Le visage inquiet de sa grand-mère lui donna envie de pleurer. Son menton se mit à trembler comme lorsqu'elle avait cinq ans.

– Quoi ? Rrraconte-moi, insista Mamita en regardant son pantalon à l'envers et sa chemise mal boutonnée d'un œil anxieux.

Lena cherchait ses mots. Elle essaya de dompter le tourbillon de ses pensées, d'en attraper une ou deux au vol.

– K-Kostos n'est pas un gentil garçon ! explosa-t-elle finalement, tremblante de fureur.

Puis elle fila dans sa chambre.

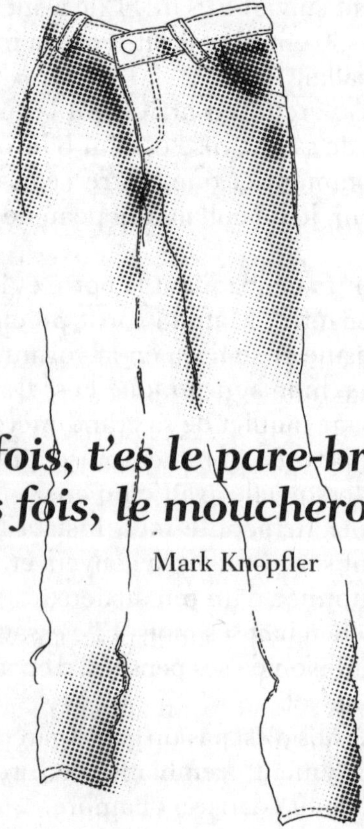

Des fois, t'es le pare-brise ;
des fois, le moucheron.

Mark Knopfler

Carmen regardait Krista, installée à la table de la cuisine, se débattre avec ses devoirs. Comme elle passait en première à la rentrée prochaine, elle suivait des cours d'été pour ne pas être trop larguée en géométrie. Visiblement, ce n'était pas un génie des maths.

– Bientôt prête, petite brioche ? lui cria son père qui se mettait en tenue de tennis dans sa chambre.

– Bientôt.

En fait, Carmen l'attendait depuis vingt bonnes minutes.

Krista se servait beaucoup de sa gomme. Elle n'arrêtait pas de souffler les petites épluchures rouges qui s'accumulaient sur sa feuille toute raturée. On aurait dit une gamine de CE1.

Carmen eut soudain pitié d'elle mais elle se reprit aussitôt. Elle ne pouvait pourtant pas s'empêcher de regarder discrètement sa copie.

Elle avait toujours adoré la géométrie. Elle avait la bosse des maths et c'était sa matière préférée.

Krista bloquait visiblement sur un problème. En jetant un simple coup d'œil à l'énoncé, Carmen vit comment le résoudre en un rien de temps. Elle mourait d'envie de s'emparer du crayon pour faire la démonstration.

Dans le salon, elle entendait Lydia qui jacassait au téléphone avec sa voix « spéciale mariage ». Ce devait être le traiteur parce qu'elle n'arrêtait pas de parler de « mini-soufflés ».

– On y va ? fit son père en apparaissant sur le seuil de la cuisine en tenue de tennis, T-shirt et short blancs.

Carmen se leva, le cœur battant.

Pour la première fois elle allait faire quelque chose avec son père depuis qu'elle était arrivée. Cinq longues journées déjà. C'était un immense privilège de l'avoir pour elle toute seule.

Elle quitta la maison en soupirant, regrettant juste d'abandonner ce pauvre problème de géométrie.

Après avoir passé la porte, elle réalisa que si Krista n'avait pas été Krista, si elle n'avait pas été la fille de Lydia, elle lui aurait proposé de l'aider.

Ma chère Bee,

Skeletor est encore venue cet après-midi. Quand Paul est là, elle passe presque tout son temps ici. C'est triste de se dire que ma seule joie dans la vie est de tourmenter cette pauvre fille. Aujourd'hui, j'ai mis un short et un débardeur bien échancrés et j'ai été frapper à la porte de Paul pour lui demander une pince à ongles. Je vois bien qu'il me hait, mais comme il ne dit jamais rien, ce n'est pas évident de savoir exactement ce qu'il pense. C'est complètement absurde d'imaginer que je puisse plaire à Paul et briser leur petit couple. Mais ça, Skeletor ne s'en rend pas compte…

Bisous de la part de ton amie machiavélique, à qui il reste juste assez de cœur pour penser à ses amies qui lui manquent affreusement,

Carmen

Pour une raison inexplicable, Bailey passa chez Wallman le lendemain.

– Qu'est-ce que tu fous là ? demanda Tibby, oubliant un instant d'être gentille et douce.

– J'ai décidé de te donner une seconde chance.

Bailey portait un pantalon beige ressemblant étrangement à celui que Tibby portait la veille. Elle avait mis un sweat à capuche et un peu d'eye-liner. Elle essayait visiblement de paraître plus âgée.

– Qu'est-ce que tu veux dire ? demanda Tibby bêtement, une fois de plus prise au piège par sa tendance à mentir systématiquement.

Bailey leva les yeux au ciel.

– Une chance de prouver que tu n'es pas complètement naze.

Malgré elle, Tibby prit la mouche.

– De nous deux, je me demande qui est la plus naze, franchement !

Bailey sourit.

– Hé, ta blouse, c'est une taille unique ?

– Pourquoi ? Tu veux l'essayer ? répliqua Tibby, contente de voir une étincelle espiègle illuminer le visage de Bailey.

– Nan, elle est carrément immonde !

Tibby éclata de rire.

– C'est du polyester double épaisseur, fabriqué à base de pur pétrole.

– Sympa. Tu veux un coup de main ?

Elle était en train de ranger des boîtes de tampons.

– Tu veux travailler chez Wallman ?

– Non, je me sens coupable d'avoir fichu en l'air la pile de déodorants.

– C'était de l'antiperspirant, précisa Tibby.

– Ouais…

Bailey entreprit de l'aider.

– Tu l'enlèves, des fois, ta blouse ? Ou tu la portes vingt-quatre heures sur vingt-quatre ?

C'était énervant à la fin. Tibby ne supportait plus qu'on lui parle de cette fichue blouse.

– Tu pourrais arrêter avec ça, s'il te plaît ? demanda-t-elle, agacée.

Elle hésitait à contre-attaquer avec le point

de croix. Mais sa propre mère en avait fait, alors…

Bailey avait l'air contente d'elle.

– Entendu… pour le moment.

Elle écarta une mèche de cheveux de ses yeux.

– Je t'offre une glace ou quelque chose après ton service ? proposa-t-elle. Tu sais, pour te remercier de m'avoir volé tout mon argent…

Tibby n'avait pas trop envie de traîner avec une gamine de douze ans mais, en même temps, elle ne pouvait pas vraiment refuser.

– Mmm, si tu veux…

– Super. Vers quelle heure ?

– Je finis à quatre heures, répondit Tibby sans enthousiasme.

– Bon, je passe te prendre, décida Bailey.

Elle commença à s'éloigner.

– Dis, tu es sympa avec moi juste parce que j'ai un cancer ? demanda-t-elle par-dessus son épaule.

Tibby réfléchit un instant. Elle pouvait mentir une fois de plus. Ou dire la vérité. Elle haussa les épaules.

– Ouais, je crois.

Bailey hocha la tête.

– OK.

Tibby eut vite fait d'apprendre les règles de base à suivre avec Bailey. Il n'y en avait que deux :

1) Ne pas mentir.

2) Ne pas lui demander comment ça allait.

Sinon, tout en dégustant leurs brownies dégoulinants de glace à la vanille et de coulis au chocolat, elles pouvaient aborder toutes sortes de sujets. Tibby se surprit à parler avec une liberté et un enthousiasme inhabituels du film qu'elle projetait de tourner. Bailey avait l'air fascinée et même Tibby ne pouvait rester insensible devant quelqu'un qui la trouvait si cool.

Du coup, elle se posait des questions. Ses amies lui manquaient peut-être encore plus qu'elle ne l'avait cru, pour qu'elle s'ouvre comme ça à la première gamine venue ?

Bailey partageait visiblement ses soupçons.

– Tu as des amis ? lui demanda-t-elle une fois.

– Bien sûr, répondit Tibby, sur la défensive.

Mais, alors qu'elle décrivait ses trois amies épatantes, étonnantes, éblouissantes et les endroits merveilleux, fabuleux, somptueux où elles avaient passé leurs étés, elle se dit qu'on aurait pu soupçonner que tout cela était de la pure invention.

– Et où sont-elles, tes amies à toi ? demanda-t-elle à son tour.

Bailey se mit à vanter une certaine Maddie qui vivait maintenant dans le Minnesota et une autre fille dont Tibby ne retint pas le nom. Car, à un moment, elle leva les yeux et aperçut Tucker Rowe au bar. Son cœur s'emballa. Était-il lui aussi condamné à passer ses vacances ici ? Elle avait découvert qu'il travaillait chez le petit disquaire super hype qui donnait sur le même parking que Wallman. Ils étaient séparés par un Burger King, une pizzeria et Poils et Plumes, une animalerie. Ce n'était donc pas forcé qu'ils se croisent, mais il y avait quand même de fortes probabilités. La preuve, ça s'était déjà produit une fois.

Certaines filles font des détours incroyables pour « croiser par hasard » le type sur lequel elles ont flashé. Tibby faisait au contraire tout son possible pour l'éviter. Généralement, avait-elle remarqué, Tucker se garait au fond du parking. Alors elle s'arrangeait pour attacher son vélo à l'autre entrée. Et ça avait plutôt bien fonctionné. Jusque-là. Jusqu'à ce qu'elle entre dans ce snack, qui se trouvait en face de Poils et Plumes. Tibby se maudit intérieurement pour ce mauvais calcul.

Tucker avait la tête à l'envers de quelqu'un qui vient de sortir du lit. Il avait probablement passé toute la nuit au Club 3000 pendant qu'elle dormait pour arriver en forme le lendemain chez Wallman. Elle espérait de tout cœur qu'il prendrait Bailey pour sa petite sœur et non pour sa meilleure amie.

– Pourquoi tu fais cette tête-là ? lui demanda justement Bailey.

Tibby lança un regard noir.

– Quelle tête ?

– Tu sais, tu rentres les joues comme ça, répondit-elle en la caricaturant.

Tibby sentit qu'elle commençait à rougir.

– N'importe quoi.

Pourquoi se mettait-elle à mentir comme ça? Elle qui habituellement était fière de se montrer toujours franche et honnête, surtout avec elle-même. Mais Bailey allait toujours droit au but, sans pitié. Certaines de ses réflexions lui donnaient envie de se ratatiner et de se cacher, attitude qu'elle détestait chez les autres.

Bailey n'avait pas encore fini. Ses yeux d'aigle scrutèrent le magasin.

– Il te plaît?

Tibby allait répliquer qu'elle ne voyait pas de qui elle voulait parler, mais elle se fit violence.

– Mmm… Il est pas mal, acquiesça-t-elle, gênée.

– Ah ouais? fit Bailey, incrédule. Qu'est-ce que tu lui trouves?

– Qu'est-ce que je lui trouve? Mais regarde-le!

Elle le fixa sans aucune discrétion. Tibby était mal à l'aise, même si elle détestait les petits jeux du genre : «Attention, faut pas qu'il remarque que tu l'as remarqué!»

– Moi, je trouve qu'il a l'air bête, annonça Bailey.

Tibby leva les yeux au ciel.

– Ah oui, vraiment?

– Il se croit cool avec ses boucles d'oreilles? Et puis, regarde ses cheveux. Il s'est renversé le pot de gel sur la tête ou quoi?

Tibby n'avait jamais réalisé que, en effet,

Tucker devait passer un certain temps devant la glace pour se donner un genre. C'est sûr, ses cheveux ne devaient pas tenir en l'air tout seuls.

Mais, malgré tout, elle n'avait pas envie de l'admettre devant cette petite gamine.

– Hum, excuse-moi, Bailey, tu n'as que douze ans. Tu n'as même pas atteint l'âge de la puberté. Ne te vexe pas, mais je ne me fierais pas à ton jugement d'experte en garçons, répliqua-t-elle avec condescendance.

– Ça ne me vexe pas, répliqua Bailey, qui s'amusait visiblement beaucoup. Mais tu sais ce qu'on va faire ? Je vais te trouver un vrai mec bien... et on verra ce que tu en penses, OK ?

– D'accord, répondit Tibby, persuadée que, de toute façon, elle ne resterait pas assez longtemps amie avec Bailey pour lui laisser le temps de dénicher ce fameux « mec bien ».

– Oh, oh.

Diana leva les yeux de son livre.

– Bee a sa tête de bandit.

– Pas du tout, se défendit-elle (la menteuse).

La plupart des filles du bungalow étaient déjà en chemises de nuit et tout et tout. Ollie était assise en tailleur sur son lit.

– Tu vas faire une descente dans le bungalow des entraîneurs ? demanda-t-elle.

Bridget haussa les sourcils, séduite par la proposition.

– Mmm… Ce serait une bonne idée, mais non, ce n'est pas ce que j'avais prévu.

– C'est quoi, ton plan ? voulut savoir Diana.

– Il tient en deux mots : hôtel Hacienda.

L'unique bar de Mulege où, paraît-il, les entraîneurs se retrouvaient le soir.

– Je ne crois pas qu'on ait le droit, remarqua Emily.

– Et pourquoi pas ? répliqua Bridget. Ollie a dix-sept ans, Sarah Snell dix-huit. La moitié d'entre nous vont entrer à la fac cet automne.

Ce n'était pas son cas, mais elle se garda bien de le préciser.

– On n'est plus en colo ! On n'est pas obligées d'éteindre nos lampes de poche à neuf heures ! Allez, les filles ! Il n'y a même pas d'âge minimum pour la vente d'alcool au Mexique.

En fait, elle n'était pas vraiment sûre de son info.

– On dispute notre premier match amical demain, fit remarquer Rosie.

– Et alors ? On joue mieux les lendemains de fête, répliqua Bridget avec désinvolture.

C'était une devise aussi intelligente que : « Après un verre ou deux, on conduit mieux » ou « Quand t'es défoncé, t'as de meilleures notes en physique », mais peu importe. Elle était surexcitée, rien ne pouvait l'arrêter.

– On irait comment ? demanda Diana qui malgré son esprit pragmatique ne manquait pas d'audace.

– On pourrait voler une camionnette ou y aller à vélo. Je pense qu'on en aurait pour une demi-heure si on pédale bien.

Bridget ne tenait pas à ce qu'on sache qu'elle n'avait pas encore le permis.

– Bon, on y va à vélo, décida Ollie.

Bridget ressentit un léger picotement dans ses veines, comme chaque fois qu'elle faisait quelque chose qu'elle n'aurait pas dû faire.

Diana, Ollie et Rosie viendraient. Les autres non.

Elles se changèrent rapidement. Bridget emprunta une jupe à Diana, qui était presque aussi grande qu'elle. Elle regrettait de n'avoir apporté que des vêtements qui lui donnaient l'air d'un garçon.

Puis elles filèrent toutes les quatre sur la grande route de Bahia, doublant à toute allure les camping-cars qui avançaient comme des escargots. Bridget n'arrêtait pas de rentrer dans le pneu arrière de Diana pour la faire crier. Les eaux calmes de la baie s'étendaient sur leur gauche et les collines se dressaient sur leur droite. La pleine lune s'était posée sur l'épaule de Bridget.

Elles entendirent la musique qui venait de l'hôtel avant de l'apercevoir.

– Waouh ! s'écria Bridget.

Elles se regroupèrent devant la porte.

– Bon, fit Ollie. Si Connie est là, on s'en va.

Sinon, je crois que les autres s'en fichent. On est venues deux, trois fois à la fin du camp, l'an passé, et personne n'a rien dit.

Elle se porta volontaire pour aller vérifier.

Plongeant dans la foule, elle ressortit aussitôt.

– C'est bondé, mais je ne l'ai pas vue. Si elle se pointe, on part.

Elle regarda Bridget avec insistance.

– OK?

– OK, acquiesça Bridget.

– Qu'Eric soit là ou pas.

– J'ai dit OK.

Bridget n'était pas souvent sortie dans ce genre d'endroits mais chaque fois c'était la même chose. Tous les regards – ceux des hommes, tout du moins – se fixaient sur ses cheveux. L'éclairage des bars, combiné à l'alcool qui coulait à flots, les rendait sans doute encore plus brillants que d'habitude.

Elles se dirigèrent vers la piste de danse. Bridget n'aimait pas particulièrement boire, mais elle adorait danser. Elle prit Diana par la main et l'entraîna au milieu de la foule. La danse, c'était comme le foot, le golf miniature ou le gin-rummy : un truc pour lequel elle était douée.

Le rythme de la salsa faisait vibrer son corps. On l'interpellait, on la sifflait, on la fixait, elle ou ses cheveux. Mais elle cherchait Eric.

Au début, comme elle ne le voyait pas, elle s'abandonna tout entière à la musique. Puis elle le repéra, assis avec d'autres entraîneurs, un peu à l'écart de la piste. Leur table était couverte de grands verres de margarita, vides pour la plupart.

Il la regardait. Il n'avait pas encore vu qu'elle l'avait vu, et c'était tant mieux. Elle mettait un point d'honneur à ne pas jouer les fausses timides, mais elle voulait qu'il puisse la regarder tranquillement s'il en avait envie.

Il avait l'air un peu parti, entre le soleil, leurs dix kilomètres de course et probablement la tequila. Il avait une façon de regarder les gens en penchant un peu la tête sur le côté… Très sexy.

Les hommes tournaient autour d'elle, mais elle préférait danser avec Diana. Quelques minutes plus tard, Ollie les rejoignit, une bière à la main.

Quand elle aperçut les entraîneurs à leur table, elle leur fit signe. Marci lui rendit son salut. Eric et un autre moniteur, Robbie, leur lancèrent un regard qui signifiait : « On fera comme si on n'avait rien vu. »

Et une autre tournée de margaritas plus tard, ils se retrouvèrent eux aussi sur la piste. C'était si bon, si fort, Bridget se sentit emportée par la musique. Elle ne pouvait pas résister, comme lorsqu'elle courait cet après-midi.

Elle se tourna vers Eric pour danser tout contre lui. Elle lui frôla les mains. Elle fixa ses lèvres. On sentait qu'il avait l'habitude de danser, il bougeait bien. Elle laissa ses yeux s'attarder dans les siens. Pour la première fois, il ne détourna pas le regard.

Elle posa les mains dans le bas de son dos pour synchroniser le mouvement de leurs hanches. Il était si près qu'elle respirait son odeur dans son cou. Tout son corps se mit à frissonner dès qu'il approcha les lèvres de son oreille.

Doucement, il enleva ses mains de ses reins et les lui rendit en chuchotant :

– On ne peut pas faire ça.

Lena se jeta sur son lit, prête à s'apitoyer sur son sort pendant des heures. Puis elle entendit des murmures, puis des cris en bas. Ce n'était pas possible, c'était son grand-père si calme qui hurlait comme ça ? Elle se releva d'un bond et changea sa chemise trempée pour une sèche. Puis elle retira le jean pour le remettre à l'endroit, les mains tremblantes. Que se passait-il ?

Quand elle arriva en bas des escaliers, elle vit Bapi, le visage violacé, se diriger d'un pas décidé vers la porte. Mamita, affolée, tournait autour de lui en essayant de le raisonner, dans un flot embrouillé de grec. Mais son discours n'avait pas grand effet. Bapi sortit comme un fou de la maison et partit vers le bas de la colline.

Lena comprit que les choses risquaient de

mal tourner. Elle resta pétrifiée, indécise. Elle savait, avant que Bapi n'arrive chez les Doumas, que c'était là qu'il se rendait. Il frappa violemment à la porte.

Le grand-père de Kostos ouvrit. Il eut l'air complètement abasourdi en découvrant l'expression de Bapi. Et encore plus lorsque celui-ci se mit à hurler. Lena l'entendit plusieurs fois prononcer le nom de Kostos mais, sinon, elle comprenait juste qu'il était en colère. Mamita voletait autour de son mari comme un insecte paniqué.

Le visage de grand-père Doumas passa petit à petit de la surprise à l'indignation. Il répliqua sur le même ton.

– Oh, mon Dieu, murmura Lena.

Tout à coup, Bapi voulut entrer de force dans la maison. Mamita essayait de le retenir et grand-père Doumas lui bloquait le passage.

– *Pou einai Kostos ?* tonna Bapi.

À ce moment-là, Kostos apparut sur le seuil, visiblement dépassé par la situation. Il voulait apparemment s'expliquer avec Bapi Kaligaris, mais Bapi Doumas refusait de le laisser passer.

Sous les yeux horrifiés de Lena, son *bapi* tenta de l'écarter violemment. Le vieil homme, les yeux exorbités, le repoussa. Alors Bapi Kaligaris prit son élan et envoya son poing dans le nez de Bapi Doumas.

Lena en avait le souffle coupé. Mamita poussa un cri d'effroi.

Les deux grands-pères échangèrent encore quelques coups avant que Kostos réussisse à les séparer. Il les tenait chacun d'un côté, bouleversé.

– *Stamatiste !* ordonna-t-il. Stop !

Bonjour, papa,

Peux-tu m'envoyer d'autres affaires ? Mes débardeurs et les petites robes à bretelles qui sont dans le troisième tiroir de ma commode ? Et puis mon maillot de bain noir, le deux-pièces ? Oh, et aussi les jupes du quatrième tiroir – la mini rose et la turquoise ?

Je me plais toujours autant ici. Nous disputons notre premier match amical aujourd'hui : je joue avant. Je t'appellerai samedi. Passe le bonjour à Perry.

Bisous,

Bee

Si tu as l'impression de maîtriser la situation, c'est que tu ne roules pas assez vite.

Mario Andretti

– Tu es content de te marier ? demanda Carmen à son père dans la voiture.

Elle espérait que sa voix ne trahissait pas trop son amertume.

– Oh oui, j'ai hâte.

Il la regarda tendrement.

– Et tu ne peux pas savoir le plaisir que ça me fait que tu sois là, ma petite brioche.

Carmen se sentait coupable. Pourquoi réagissait-elle ainsi ?

Pourquoi ne pouvait-elle pas arrêter un peu et se montrer agréable ?

– J'espère que tu aimes les mini-soufflés, lança-t-elle comme ça.

Il hocha la tête.

– Oui, Lydia s'occupe de tout ça.

– J'ai l'impression qu'elle y passe beaucoup de temps, remarqua Carmen d'un ton neutre.

Elle ne savait pas si elle voulait vraiment que son père note le sous-entendu.

– C'est très important pour elle. Elle veut que tout soit parfait.

Une question sournoise traversa alors l'esprit de Carmen : qui allait payer l'addition ?

– Elle n'a pas eu de vrai mariage la première fois, poursuivit son père.

Carmen essaya d'imaginer ce qui avait pu gâcher la fête : un mariage forcé ? la fuite du fiancé ?

– Pourquoi ?

– Elle avait prévu une grande cérémonie, mais sa mère est morte un mois et demi avant la date fixée. Du coup, elle n'avait plus le cœur à faire la fête. Elle s'est contentée d'un mariage à la mairie avec deux témoins.

Brusquement calmée, Carmen murmura :

– C'est affreux...

– Aujourd'hui, elle a une deuxième chance et je veux vraiment qu'elle en profite au maximum.

– Je comprends, marmonna Carmen.

Elle réfléchit un moment.

– Et qu'est devenu son ex-mari ?

– Ils se sont séparés il y a quatre ou cinq ans... Il est alcoolique. Il a essayé de se soigner mais il replonge constamment.

Carmen soupira. C'était trop triste. Elle ne voulait pas plaindre Lydia. Elle aurait trop de mal à la détester après. Mais elle l'imaginait… Sa mère morte, son mari soûl… et Paul, qui ne disait jamais rien, avec un père qui buvait. Vu sous cet angle, son silence se comprenait, c'était une défense. Et Krista qui admirait visiblement tant Al, un père solide, gentil, responsable… Ils devaient tous être tellement heureux de commencer une nouvelle vie avec lui.

Carmen se promit que, en rentrant, elle sourirait à Lydia et qu'elle ferait mine de s'intéresser aux préparatifs du mariage.

– Hé, ça t'embête si on s'arrête un peu avant d'aller au tennis ? Paul s'est inscrit à un tournoi de foot et il a un match important aujourd'hui. Je lui ai promis que je passerais le voir cinq minutes.

– Pas de problème, grommela Carmen.

Elle retrouva instantanément toute sa mauvaise humeur.

À l'aube, Bridget alla se baigner toute seule. Quand elle était excitée comme ça, elle ne pouvait pas dormir. Elle nagea loin, loin, loin, dans l'espoir de croiser un dauphin mais en vain. En revenant vers le rivage, elle contourna le bras de terre qui séparait leur petite plage du reste de Coyote Bay. La côte était constellée de camping-cars. Beurk !

Elle retourna à la plage du camp pour s'étendre

sur le sable. Elle s'endormit une heure ou deux puis le vacarme du petit déjeuner la réveilla. Elle fila au bungalow s'habiller. Elle mourait de faim, comme d'habitude.

Elle traversa la véranda avec ses trois portions de céréales, ses deux briques de lait et sa banane pour venir s'asseoir à côté de Diana.

– Ça t'arrive de dormir, des fois, Bee ? lui demanda-t-elle. Tu étais passée où, ce matin ?

– Je suis allée nager.

– Toute seule ?

– Oui, malheureusement.

Bridget chercha Eric du regard, mais il n'était pas là. Il avait peut-être la gueule de bois… Ou alors il était déjà en train de bosser sa stratégie pour le match. Elle se revit danser avec lui la veille et le rouge lui monta aux joues. Il avait dit : « On ne peut pas faire ça. » Et pas : « Tu ne peux pas faire ça. »

– Tu viens, Di ? On va s'échauffer ? proposa-t-elle.

Le premier match commença à neuf heures. L'équipe un, El Burro, menait déjà face à la deux, les Baleines Grises, deux buts à zéro. L'équipe trois, récemment baptisée les Tacos, et la quatre, Los Cocos, allaient s'entraîner sur l'autre terrain.

Bridget s'assit sur le banc de touche pour regarder Eric, qui discutait stratégie avec Marci et deux de leurs joueuses.

Elle était en train de lacer ses chaussures à crampons. Un acteur célèbre, elle ne se rappelait plus qui, avait dit que, pour construire un nouveau personnage, il commençait par ses chaussures. Eh bien, le personnage qu'elle préférait, c'était la Bridget avec ses crampons aux pieds. Celle qui traversait les vestiaires en faisant un raffut du tonnerre, qui dominait le monde avec ces deux centimètres supplémentaires, qui courait en enfonçant les crampons dans la terre meuble du terrain. Ses chaussures étaient dans un état… Pleines de boue, parfaitement faites à son pied. Elles lui donnaient une drôle de démarche, mais ça aussi, ça lui plaisait.

Elle fixa Eric jusqu'à ce qu'il lève les yeux vers elle. Elle sourit, pas lui. Alors elle hurla : « Vous êtes cuits, les gars ! » à quiconque écoutait ses pensées.

L'entraîneur de son équipe, Molly Brevin, les appela.

Bridget mit ses protège-tibias et s'attacha les cheveux avec un élastique ; elle était prête à entrer dans l'arène. Ollie et Emily lui tapèrent dans les mains. C'était la première fois qu'elles jouaient ensemble.

Tandis que Molly faisait son petit discours, Bridget sautillait sur place pour s'échauffer.

– Bon, les Tacos, écoutez-moi. Tout ce qui m'intéresse, c'est les passes. Je suis sérieuse. Je me fiche de tout le reste. Ce qui importe c'est de prendre la balle et de la passer, OK ?

Pourquoi la regardait-elle en disant cela ?

Les équipes entrèrent sur le terrain. En passant derrière Diana, Bridget la fit sursauter en lui chatouillant les côtes.

– Vous êtes morts ! fanfaronna-t-elle comme une gamine de cinq ans.

Elle prit sa position au milieu du terrain et attendit le long coup de sifflet qui annonçait le début du match.

Dans la vie, il lui fallait un objectif simple. Elle avait trop d'énergie, elle le savait, elle gâchait son talent par manque de discipline. Elle avait besoin de se concentrer sur un objectif précis pour ne pas passer en « avance rapide ». Sinon, l'autre solution, c'était de faire marche arrière, mais derrière, c'était le passé. Pas question qu'elle y retourne.

Aujourd'hui, son objectif, c'était Eric. Elle voulait lui montrer de quoi elle était capable. C'était pour lui que toutes ses petites cellules allaient coordonner leur action.

Son trop-plein d'énergie lui permit d'exploser dès la mise en jeu. Elle prit le ballon à Dori Raines et traversa le terrain avec. Elle se positionna face au but, fixa deux ou trois défenseurs puis fit une passe à l'autre avant, Alex Cohen. Comme elle était coincée, Alex lui repassa la balle.

Lorsque Bridget était concentrée sur son objectif, il lui semblait que le cours de la vie ralentissait. Elle prenait le temps de réfléchir, de faire les bons choix. Elle prit le temps d'évaluer la position du gardien de but, recula la jambe et glissa le pied sous le ballon… qui vola dans les airs, frôlant la tête du goal. Les filles de son équipe se jetèrent sur elle pour lui faire un triomphe. À travers la mêlée, elle aperçut Eric. Il était en train de discuter avec ses remplaçantes, sur la ligne de touche. Elle aurait tellement voulu qu'il la voie…

Alors elle se déchaîna pour attirer son attention. Elle interceptait balle sur balle. Elle savait qu'elle pouvait passer de l'excellence à la médiocrité, selon son humeur. Aujourd'hui, elle atteignait les sommets de la perfection. Elle planait même au-dessus des sommets ! Elle éclipsait toutes les autres joueuses, même les meilleures.

– Passe le ballon, Vreeland ! lui cria Molly.

Dans d'autres circonstances, Bridget n'aurait pas écouté ces conneries. Quand on a une joueuse bien placée, on la laisse jouer. On lui laisse la balle.

Mais elle la passa. Elle lui revint très rapidement. Les filles de son équipe, elles, reconnaissaient sa valeur, même si Molly ne voulait pas l'admettre. Elle marqua à nouveau. C'était quoi, déjà ? Son troisième ou quatrième but ?

Molly avait l'air furieuse. Elle fit un signe à l'arbitre qui donna un coup de sifflet.

– Remplaçante ! beugla-t-elle. Vreeland, tu sors !

C'était au tour de Bridget d'être furieuse. Elle s'assit dans l'herbe, sur la ligne de touche, le menton dans les mains. Elle n'était même pas essoufflée !

Molly la rejoignit.

– Bridget, c'est un match amical. Pour s'entraîner. Il faut que tout le monde puisse jouer. Pour moi, l'intérêt, c'est de voir ce que vous valez. Tu es une championne, OK. Je l'ai remarqué, tout le monde l'a remarqué. Alors, maintenant garde tes forces pour la coupe.

Bridget baissa la tête. Brusquement, elle sentit toute son énergie retomber, l'écraser. Elle avait envie de pleurer.

Elle savait qu'elle aurait dû en faire moins. Pourquoi avait-elle tant de mal à s'arrêter ?

Chère Tibby,

Mini-soufflés aux crevettes, saumon gravlax (ne me demande pas ce que c'est…), épinards croquants et filet mignon. Tubéreuses (???) et magnolias (ses fleurs préférées !) pour la décoration florale. Je pourrais continuer pendant quarante-cinq pages, mais je vais t'épargner ça, Tibou. Tout le monde ne parle que de ça ! Je deviens folle. Sincèrement, dans quoi s'est fourré mon père ?

Amitiés amères,

Carmen Zen

– C'est lequel, le vôtre ? demanda un homme au père de Carmen.

Elle était à quelques mètres de là, à bouder sur le bord du terrain. Paul était la star de l'équipe. Ils étaient arrivés depuis huit minutes à peine et il avait déjà marqué deux fois. Son père criait comme un fou. Près du but, elle repéra Skeletor, l'air encore plus coincée qu'une hôtesse de l'air. Par moments, elle s'arrêtait de piailler comme une fan hystérique pour lui lancer un regard mauvais.

– Le mien ? répéta son père sans comprendre.

– Votre fils, expliqua l'autre.

Son père hésita, mais pas assez longtemps.

– Paul Rodman. Il joue avant, répondit-il en tendant le bras.

Carmen sentit un frisson glacé monter le long de sa colonne vertébrale et lui hérisser les cheveux.

– C'est un sacré joueur, remarqua l'homme.

Il se tourna vers son père.

– Vraiment, et il est bâti comme vous, ajouta-t-il avant de s'éloigner pour suivre la progression du ballon.

Carmen avait envie de hurler à pleins poumons : « Comment peut-il te ressembler ? Ce n'est même pas ton fils ! C'est moi, ta fille ! »

Son père la rejoignit et lui passa le bras autour du cou. Ce n'était pas aussi bon qu'à son arrivée, cinq jours plus tôt.

« Maintenant, tu as le fils que tu as toujours voulu », pensa-t-elle amèrement. Elle savait qu'il en rêvait. Et c'était normal. Il avait une ex-femme aigrie, une fille râleuse et quatre sœurs complètement folles. Et voilà qu'il se retrouvait avec un garçon costaud, pas compliqué et pas bavard. Qui lui ressemblait.

Carmen en avait l'estomac retourné. Paul marqua un autre but. Elle le détestait de plus en plus.

Elle était nulle en foot. Quand elle avait six ans, elle avait joué dans un club pour enfants. Elle courait dans tous les sens sans jamais toucher la balle. Son père venait assister aux matchs aussi, à l'époque.

– C'est génial, hein ? dit-il, justement. Ça t'embête si on reste jusqu'à la mi-temps ?

– Qui ? Moi ? Pourquoi ça m'embêterait ?

Visiblement, ses sarcasmes étaient sans effet.

– Génial. Il y a des tas de courts de tennis au club. On ne devrait pas avoir de problème pour en trouver un plus tard.

Skeletor apparut soudain sous leur nez. Elle sourit au père de Carmen.

– Bonjour, monsieur Lowell, fit-elle d'une voix flûtée. Comment allez-vous ?

– Très bien, merci, Kelly. Tu connais ma fille, Carmen ?

Kelly s'efforça de ne pas montrer son dégoût.

– Oh oui, on est de vieilles copines. Salut, Kelly, fit Carmen.

– Bonjour, répliqua sèchement Skeletor.

Elle se tourna vers Al.

– Paul joue vraiment comme un pro. Vous devez être fier de lui.

Carmen leva un sourcil, surprise. Skeletor était-elle plus intelligente qu'elle ne l'avait cru ?

– Euh… oui, bien sûr, marmonna-t-il.

Ni Carmen ni son père ne relancèrent la conversation. Skeletor avait un seuil de tolérance très bas pour les situations délicates. Elle s'éclipsa rapidement.

– Bon, à plus tard, lança-t-elle en repartant vers la ligne de touche. Vas-y, Paul ! brailla-t-elle pour saluer une action particulièrement héroïque.

Carmen aperçut alors la pâle silhouette de Lydia qui arrivait du parking en courant.

Dès qu'il la vit, Al lâcha les épaules de sa fille et se précipita vers sa future femme.

– Qu'est-ce qu'il y a ?

– Le restaurant. Ils ont appelé pour dire qu'ils étaient débordés. Ils doivent refuser un mariage. Et ils disent que nous avons réservé après les autres, expliqua-t-elle, hors d'haleine.

Carmen vit les larmes perler à ses yeux.

– Oh, ma chérie, fit Al en la prenant dans ses bras. C'est affreux. Qu'est-ce qu'on peut faire ?

Il l'attira à l'écart pour lui parler seul à seule. Son père avait toujours tenu à préserver sa vie privée, même si, en l'occurrence, l'intrus n'était que sa fille.

Il revint une minute plus tard.

– Carmen, il faut que j'aille régler un problème avec Lydia. On jouera demain, d'accord ?

Ce n'était pas le genre de question qui appelait une réponse. D'ailleurs, il enchaîna de suite :

– Je te laisse les clés de ma voiture, Paul te reconduira à la maison.

Il l'embrassa sur le front.

– Désolé, ma petite brioche, mais je te promets qu'on le fera, ce match. Ne t'inquiète pas.

Carmen aurait pu réagir en grande fille au lieu de se vautrer dans l'herbe, juste au bord du terrain. Heureusement qu'elle était devenue invisible depuis son arrivée en Caroline du Sud, sinon on aurait pu qualifier son comportement de tout à fait déplacé.

Si elle avait été bien réelle et pas invisible, si elle avait pu se voir à travers les yeux de ses amies ou de sa mère, elle aurait pu analyser ce qu'elle ressentait. Mais seule, elle se sentait transparente et inconsistante.

Le soleil lui chauffait doucement le visage. Au bout d'un moment, elle finit par entendre le long coup de sifflet qui annonçait la fin du match. Une ombre lui cacha le soleil. En se protégeant les yeux de la main, elle vit que c'était Paul. Il la regarda une minute. S'il la trouvait ridicule, il ne le montrait pas.

– Tu veux faire un tennis ?

C'était la plus longue conversation qu'ils aient eue jusque-là. Elle accepta.

Et elle lui colla un 6-0, 6-0 dans la vue.

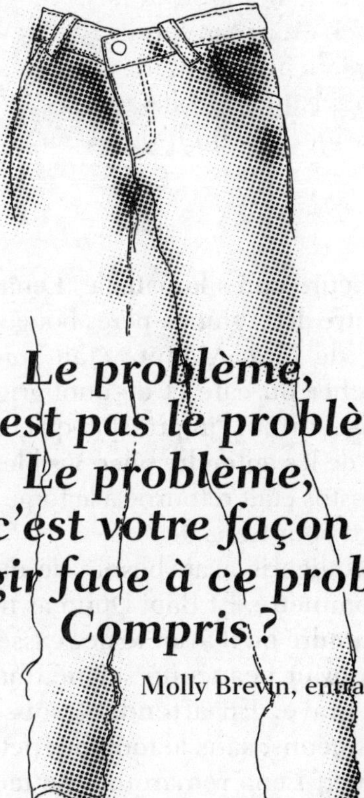

Le problème,
ce n'est pas le problème.
Le problème,
c'est votre façon
de réagir face à ce problème.
Compris ?

Molly Brevin, entraîneur

Une heure après la bataille, Lena se retrouva assise entre deux grands-pères bougons dans une clinique de Fira. Mamita était soi-disant partie chercher du café et de quoi grignoter, mais Lena avait surtout l'impression qu'elle ne supportait plus de les entendre râler. Visiblement bouleversé, Kostos était retourné à la forge, sans même un regard pour Lena.

Bapi Kaligaris avait besoin de quatre points sur la pommette. Et Bapi Doumas n'arrêtait pas de se plaindre qu'il avait le nez cassé. Bon, d'accord, ça avait beaucoup saigné, mais il n'avait rien de grave. En attendant sous la lumière crue des néons, sans le moindre petit magazine à feuilleter, Lena remarqua une tache de sang séché sur le jean.

« Désolée », lui dit-elle mentalement. Et elle alla aux toilettes pour essayer de le nettoyer avec un morceau de papier mouillé. C'était contre la règle n° 1 («Il est interdit de le laver»), mais elle ne pouvait quand même pas laisser le sang d'un vieux grincheux grec sur le jean magique pour le reste de l'éternité!

En sortant, elle aperçut son reflet dans le miroir. Ses cheveux avaient séché bizarrement après son bain dans la mare. Ils étaient tout gonflés au lieu d'être lisses et droits comme d'habitude. On aurait dit qu'elle était un peu pompette. Elle colla son nez contre la glace. «C'est vraiment moi, ça?»

De retour dans la salle d'attente, elle trouva que les deux grands-pères avaient vraiment l'air ridicules. Ils étaient assis l'un à côté de l'autre sur des chaises en plastique mais, pour montrer leur indignation, ils se tournaient presque le dos. Elle réalisa ce que toute cette histoire pouvait avoir de ridicule, d'absurde – et même de comique. Mais si, de l'extérieur, cela semblait drôle, ça ne la faisait pas rire du tout. Au contraire. C'était affreux. Elle avait tellement honte. Apparemment, sa grand-mère avait compris que Kostos l'avait agressée et c'était ce qu'elle avait raconté à Bapi. Maintenant, ils étaient tous les deux persuadés que leur bien-aimé Kostos était une sorte de monstrueux violeur.

Lena se rendait compte qu'elle avait eu une réaction exagérée. Elle aurait dû dire la vérité à Mamita, pour ne pas la laisser tirer des conclusions hâtives et dramatiser la situation.

D'accord, Kostos l'avait espionnée. Il l'avait vue nue. Ça ne se faisait pas, c'était idiot et ce n'était vraiment pas une preuve de maturité. Cependant, elle lui était reconnaissante d'être intervenu dans cette bagarre stupide pour séparer les deux grands-pères avant qu'ils ne s'entre-tuent.

Kostos l'avait espionnée et elle lui en voulait. Mais il n'avait pas fait ce que ses grands-parents s'imaginaient.

Bon, et maintenant ? Lorsque les choses se seraient calmées, après une bonne nuit de sommeil, elle irait présenter ses excuses à ses grands-parents et leur raconter exactement ce qui s'était passé.

Puis elle irait s'expliquer avec Kostos.

Et tout rentrerait dans l'ordre.

Lena,

J'en ai trop fait durant le match amical aujourd'hui, j'étais déchaînée. Qu'est-ce que tu me répètes toujours, déjà ? Du calme, baby Bee. J'essaye mais je ne tiens pas en place.

Je vais aller courir. Avec Eric. Je le VEUX. Je te l'ai déjà dit ? Je sais que toi, tu n'es pas esclave de tes hormones mais, malheureusement, je ne peux pas en dire autant.

Bisous,

Baby Bee

– Bonjour, je m'appelle Bailey Graffman. Je suis une amie de Tibby. Elle est là ?

Tibby n'en revenait pas. Encore elle ! Par la fenêtre de sa chambre elle avait aperçu Bailey qui sonnait à la porte. Voilà qu'elle se faisait harceler par une gamine de douze ans, maintenant !

Elle reposa doucement Mimi dans sa cage en priant pour que, par le plus pur hasard, Loretta ne sache pas qu'elle était rentrée. Dommage ! Deux secondes plus tard, elle reconnut le pas sautillant de Bailey dans l'escalier.

– Salut ! fit-elle en arrivant à la porte de sa chambre.

– Bailey, qu'est-ce que tu fais là ?

Elle s'installa confortablement sur le lit défait avant de répondre :

– Je n'arrête pas de penser à ton film. Je trouve ça tellement cool ! Je veux t'aider.

– Impossible, je n'ai même pas commencé.

– C'est bien ce que je disais : tu as besoin d'un coup de main. Je serai ton cameraman, ton preneur de son ou ton chef électricien. Ou alors ton homme à tout faire.

– Désolée, mais tu n'as pas vraiment l'air d'un homme, fit remarquer Tibby.

– Bon, alors je serai ton assistante. Je porterai tes affaires, tout ça.

Elle avait l'air tellement enthousiaste que ça crevait le cœur de la décevoir.

– Merci, mais je n'ai vraiment pas besoin d'aide.

Bailey s'était relevée pour voir Mimi.

– Qui c'est, ça ?

– C'est Mimi. Je l'ai depuis que j'ai sept ans, expliqua Tibby d'un ton morne.

Elle ne voulait pas montrer à quel point elle tenait à son cochon d'Inde.

– Elle est mignonne.

Bailey fronça le nez pour imiter le petit rongeur.

– Je peux la prendre dans mes bras ?

Depuis des années, personne, à part Nicky, n'avait jamais exprimé le désir de toucher Mimi. Ce devait être un des avantages d'avoir des amis plus jeunes.

– Bien sûr.

Avec précaution, mais d'un geste assuré, Bailey sortit le cochon d'Inde de sa cage.

Visiblement, ça ne le dérangeait pas. Il blottit son petit corps dodu contre sa poitrine.

– Ooh. Elle est toute chaude. T'as de la chance. Moi, je n'ai pas d'animaux.

– Elle ne fait pas grand-chose de sa vie, tu sais, précisa Tibby, avec la vague impression de trahir Mimi. Elle est vieille. Elle dort beaucoup.

– Tu ne crois pas plutôt qu'elle s'ennuie, là-dedans ? suggéra Bailey.

Tibby n'avait jamais envisagé cette hypothèse. Elle haussa les épaules.

– Je ne sais pas. J'ai l'impression qu'elle est

assez contente de son sort. Je ne pense pas qu'elle rêve de grands espaces et d'aventures.

Bailey s'assit sur une chaise avec le cochon d'Inde.

– Tu as décidé qui tu allais interviewer en premier ?

Tibby allait répondre non, mais elle se ravisa.

– Probablement Duncan, l'extraterrestre de chez Wallman.

– Pourquoi tu dis que c'est un extraterrestre ?

– Oh, parce qu'il est… Il parle une autre langue, en fait. La langue des assistants-managers. Il s'y croit tellement. C'est à mourir de rire.

– Mmm…

Bailey gratouillait le ventre de Mimi.

– Ensuite je m'attaquerai à cette bonne femme aux ongles incroyables, poursuivit Tibby, et je crois que Brianna mérite quelques minutes d'antenne, avec sa coiffure qui défie la gravité. Et puis il y a une fille qui travaille au Cinérama que j'aimerais interviewer. Elle connaît par cœur des scènes entières de films, mais seulement des pires navets.

Bailey gigotait sur sa chaise.

– J'ai toujours voulu faire un documentaire, affirma-t-elle d'un air mélancolique.

Tibby sentait qu'elle allait lui faire le numéro de la leucémie.

– Tu n'as qu'à en faire un, qu'est-ce qui t'en empêche ?

– Je n'ai pas de caméra. Et puis je ne saurais pas m'y prendre. J'aurais tellement aimé que tu me laisses t'aider.

Tibby soupira.

– Tu essaies de me faire culpabiliser parce que tu es malade, je me trompe ?

Bailey renifla.

– Non, tu as raison.

Elle serra Mimi contre elle.

– Hé, c'était ta petite sœur qui pleurait en bas ?

Tibby hocha la tête.

– Vous avez une grosse différence d'âge, dis donc.

– Quatorze ans. J'ai aussi un petit frère de deux ans. Il fait la sieste.

– Waouh. Un de tes parents s'est remarié ?

– Non, nous avons les mêmes parents. Disons qu'ils ont épousé un nouveau mode de vie.

Bailey eut l'air intriguée.

– Qu'est-ce que tu veux dire ?

– Oh, je ne sais pas…

Tibby se laissa tomber sur son lit avant de poursuivre.

– Quand je suis née, mes parents habitaient un petit appartement au-dessus d'un resto sur Wisconsin Avenue et mon père écrivait pour un journal socialiste en passant son diplôme de droit. Ensuite, après s'être tué au travail comme avocat commis d'office, il a voulu partir s'installer dans un mobile home, au col de Rockville, pour se mettre à l'agriculture biologique, tandis que ma mère sculptait des pieds. On a même passé tout un printemps sous la tente au Portugal.

Tibby embrassa sa chambre du regard.

– Et maintenant, voilà où on vit.

– Ils t'ont eue très jeunes ? demanda Bailey.

– À dix-neuf ans.

– Tu as été une sorte d'expérience pour eux, alors, commenta Bailey en posant une Mimi endormie sur ses genoux.

Tibby la regarda. Elle n'y avait jamais réfléchi en ces termes précis mais c'était exactement ce qu'elle pensait.

– Ouais, j'imagine...

– Puis ils ont grandi et ils ont voulu des enfants pour de vrai, poursuivit Bailey.

Tibby était à la fois stupéfiée et déconcertée par le tour que prenait la conversation. C'était l'exacte vérité. Lorsque tous leurs amis s'étaient mis à avoir des enfants, ses parents avaient voulu profiter de l'occasion pour recommencer « comme il fallait ». Avec un interphone pour bébé, des protège-prises et un mobile au-dessus du berceau. Pas comme pour Tibby, cette petite gamine aux cheveux emmêlés qu'ils traînaient partout avec eux.

Bailey la dévisageait avec de grands yeux compatissants. Tibby avait le cafard. Elle se demandait comment elle s'était retrouvée à parler de tout ça. Elle avait envie d'être seule.

– Euh… je vais devoir partir bientôt. Tu ferais mieux d'y aller, dit-elle.

Pour une fois, Bailey n'insista pas. Elle se leva aussitôt.

– Je repose Mimi dans sa cage, OK?

Tibby,

Je suis trop nulle. Kostos m'a surprise en train de me baigner toute nue et j'ai complètement disjoncté. Tu sais comme je suis pudique. Je me suis rhabillée n'importe comment (j'ai même réussi à mettre le jean à l'envers – c'est pas de la magie, ça?) et j'ai couru comme une folle jusqu'à la maison. Là, ma grand-mère me voit et s'imagine un truc bien pire que ce qui était réellement arrivé.

Et alors, oh, mon Dieu, c'est horrible quand j'y repense, elle raconte à mon grand-père (en grec, bien sûr) sa version des faits. Sur ce, je ne plaisante pas, Bapi se précipite chez les Doumas pour s'en prendre à Kostos. Le grand-père de Kostos refuse de le laisser entrer et, du coup, les deux papys en viennent aux mains.

Ça a l'air drôle, mais c'était affreux.

Maintenant mes grands-parents sont fâchés à mort avec leurs meilleurs amis, Kostos me hait et personne à part nous ne sait ce qui s'est passé.

Il faut que je dise la vérité, non?

Voilà le premier épisode de l'épopée du jean magique, signé Lena Kaligaris. Je ne suis pas sûre que ce jean ait les effets que nous escomptions. Oh, au fait, j'ai fait une petite tache de sang sur une jambe, qui pourrait par la suite nuire à son aura magique (j'ai essayé de la nettoyer de mon mieux). Je te l'envoie de Santorin en courrier rapide (ça risque de mettre un moment). J'espère que tu en seras plus digne que moi.

J'aimerais tant que tu sois là, Tibou. Non, oublie ça. J'aimerais qu'on soit ensemble n'importe où, mais pas ici.

Je t'embrasse,

Lena

Al et Lydia s'étaient encore rendus à une fête. Le père de Carmen, qui jusque-là n'avait pratiquement pas d'amis, passait maintenant son temps dans les soirées mondaines. Les amis de Lydia étaient tous devenus ses amis, d'un coup de baguette magique. Il avait adopté cette nouvelle vie prête à l'emploi – le kit complet, maison, enfants, amis –, sans rien garder ou presque de l'ancienne.

Paul était sorti avec Skeletor et Krista avait organisé une « soirée beauté » avec deux copines dans sa chambre. Elle avait poliment proposé à Carmen de se joindre à elles, mais c'était trop déprimant. Au milieu de ces poupées Barbie, elle sentait encore plus à quel point ses amies lui manquaient.

Elle en avait pourtant marre de la chambre d'amis. Ses vêtements s'entassaient sur les meubles, et le reste de ses affaires était étalé par terre. Elle se demandait si elle n'était pas en train de virer schizo. Comment elle, la grande maniaque, pouvait-elle vivre dans un tel bazar alors qu'elle ne pouvait habituellement pas supporter ça ?

Dans la cuisine, elle vit que Krista avait laissé son devoir de géométrie sur la table. Elle en avait l'eau à la bouche. Krista s'était arrêtée au milieu du deuxième exercice et il en restait encore huit.

Il n'y avait pas un bruit dans la maison. Carmen prit le cahier. Elle lut l'énoncé, prit aussi le crayon et se mit au travail. C'était un pur plaisir, ces démonstrations de géométrie. On commençait en ayant à la fois le problème et la solution.

Elle était tellement concentrée qu'elle n'avait pas remarqué que Paul était rentré et qu'il était planté devant elle. Dieu merci, Skeletor n'était pas avec lui. Il paraissait pour le moins perplexe.

Carmen sentit le sang lui monter au visage. Comment expliquer pourquoi elle faisait les devoirs de Krista ?

Il s'attarda encore un moment. Puis sortit avec un simple :

– Bonne nuit.

– Paul, c'est toi qui as fait mon devoir de maths ? demanda Krista le lendemain matin, mi-reconnaissante, mi-boudeuse.

C'était dimanche et Al avait préparé des pancakes pour tout le monde. Voilà qu'il s'était aussi mis à la cuisine, maintenant ! Pour le petit déjeuner, Lydia avait sorti son beau service en porcelaine à fleurs. Quelle faveur.

Paul ne répondit pas tout de suite.

– Tu t'imagines que je suis trop bête pour le faire moi-même ? insista Krista.

« Probablement », avait envie de répliquer Carmen.

– Non, répondit Paul, toujours aussi économe en salive.

Krista se redressa sur sa chaise.

– Non, quoi ? Tu n'as pas fait mon devoir, ou non, tu ne crois pas que je sois bête ?

– Ni l'un ni l'autre.

– Mais alors qui a fait ces exercices ?

Carmen s'attendait à voir les yeux de Paul se poser sur elle, mais non. Il se contenta de hausser les épaules sans rien dire.

Si Paul ne la dénonçait pas, devait-elle le faire elle-même ?

– Je ferais mieux d'y aller, annonça-t-il. Merci pour les pancakes, Albert.

Il sortit de la cuisine et prit un sac de marin près de la porte avant de quitter la maison.

– Où va-t-il ? demanda Carmen (la curieuse !).

Lydia et Krista échangèrent un regard. Lydia ouvrit la bouche, puis la referma.

– Il va… rendre visite à un ami, dit-elle finalement.

– Oh.

Carmen ne comprenait pas pourquoi les mots avaient eu tant de mal à sortir de sa bouche.

– Au fait, devine quoi ? lança Lydia pour changer de sujet. Nous avons trouvé un plan de rechange pour la réception.

Elle s'adressait à Carmen. Celle-ci s'en rendit compte parce qu'elle était visiblement la seule à ne pas être encore au courant.

– Oh, fit-elle à nouveau.

– On va faire ça dans le jardin. Nous avons loué une tente immense ! Ce sera chouette, non ?

– Oui, très chouette.

Carmen finit son verre de jus d'orange.

– J'étais toute retournée hier, tu sais, reprit Lydia, mais je n'ai pas voulu céder à la panique. Et puis Albert a eu cette idée géniale de faire la fête à la maison. Je suis folle de joie qu'on ait trouvé cette solution !

– Oui, ça va être… follement drôle, répondit Carmen.

Elle se sentait un peu coupable de réagir ainsi mais, décidément, personne dans cette maison n'était sensible à l'ironie.

– Allez, ma puce, dit son père en écartant sa chaise de la table. Si on allait faire un petit match ?

Carmen se leva aussitôt.

– On y va.

Enfin, ils allaient le faire, ce tennis.

Ils montèrent tous les deux dans son nouveau break beige.

– Ma petite brioche, commença-t-il après avoir démarré, tu te souviens de ce que je t'ai dit sur l'ex-mari de Lydia ? J'aimerais que tu le gardes pour toi. C'est un sujet sensible pour Lydia.

Carmen hocha la tête.

– Je t'en parle parce que Paul est parti rendre visite à son père aujourd'hui. Il est dans un centre de cure à Atlanta. Paul y va une fois par mois et, en général, il passe la nuit là-bas, lui expliqua-t-il.

Sans vraiment comprendre pourquoi, Carmen sentit les larmes lui monter aux yeux.

– Et Krista ? demanda-t-elle.

– Krista préfère ne pas avoir de contacts avec son père. Ça lui fait trop de mal.

« Elle a honte de lui », pensa Carmen.

Comme Lydia, visiblement. Maintenant qu'elle avait trouvé un nouveau modèle, plus performant, elle voulait oublier l'ancien.

– On ne peut pas abandonner sa famille comme ça, murmura Carmen.

Puis elle se tourna vers la fenêtre et, pour la première fois depuis des jours et des jours, elle pleura vraiment.

– J'ai pris rendez-vous pour la première interview de notre film ! annonça Bailey, tout excitée.

À l'autre bout du fil, Tibby faillit s'étrangler.

– *Notre* film ?

– Euh, pardon, ton film. Pour lequel je t'assiste.

– Qui a dit que tu m'assistais ?

– S'il te plaît ! Allez ! Allez ! supplia Bailey.

– Arrête, Bailey. Tu n'as rien de mieux à faire, franchement ?

Ses mots résonnèrent dans le vide. Peut-être que ce n'était pas une question à poser à une fille atteinte d'une maladie grave.

– J'ai pris rendez-vous à quatre heures et demie, après ton boulot, insista Bailey. Je pourrai passer chez toi prendre le matériel, si tu veux.

– Qui est-on censées interviewer ? demanda Tibby d'une voix méfiante.

– Le gamin qui passe sa journée devant les jeux vidéo du drugstore, en face de chez Wallman. Les dix meilleurs scores, c'est lui.

Tibby eut un petit rire méprisant.

– Il semble effectivement entrer dans la catégorie « gros nul ».

– Alors, à tout à l'heure ?

– Je ne sais pas encore…, répondit Tibby d'un air vague, comme si elle avait d'autres projets.

Mais elle n'avait visiblement pas convaincu Bailey, qui se pointa chez Wallman à la minute où elle finissait son service.

– Ça boume ? lui demanda-t-elle comme si elles étaient amies.

Hébétée par plusieurs heures de travail décérébrant sous les néons, Tibby répondit :

– Je meurs à petit feu.

Elle regretta instantanément ses mots.

– Alors viens, fit Bailey en prenant la caméra. On n'a pas de temps à perdre.

Si vous ne trouvez pas votre bonheur dans l'index, cherchez très attentivement dans tout le catalogue.

Catalogue Sears Roebuck

À l'instant même où elle fit la connaissance de Brian McBrian, Tibby comprit qu'elles ne s'étaient pas trompées et qu'elles allaient assister à un véritable festival. C'était le prototype même du loser, maigrichon et ramollo, avec la peau d'un blanc bleuté, comme du lait écrémé. Pour compléter le tableau, il avait les sourcils qui se rejoignent, des cheveux gras couleur crotte de chien, des bagues dentaires verdâtres et il parlait en envoyant un déluge de postillons. Tibby devait reconnaître que Bailey avait déniché un sacré spécimen.

Pendant qu'elles installaient leur matériel, il s'excitait sur *Dragon Master*. Impressionnée, Tibby regarda Bailey attacher le micro sur une perche de fortune. Avec tout le brouhaha ambiant, pas moyen de faire une interview correcte sans prise de son directe. Et Bailey prétendait n'avoir aucune expérience ?

Tibby commença par installer le décor. Elle fit un gros plan sur une boule coco d'un rose surnaturel, passa à la couverture d'un magazine trash qui annonçait la naissance d'un bébé que Pamela Anderson aurait eu avec un extraterrestre et enchaîna sur un présentoir de boules Quiès. Enfin, elle termina son plan-séquence sur le type de la caisse. Aussitôt, il se cacha le visage dans les mains, comme si Tibby était grand reporter pour le journal télévisé.

– Pas de caméra, pas de caméra ! aboya-t-il.

En zoomant sur le jeu vidéo, elle saisit au passage le visage rieur de Bailey, puis elle filma Brian de dos, avec ses clavicules qui tressautaient tandis qu'il se battait contre les dragons. Elle arrêta finalement sa caméra pour passer à l'interview.

– Prêts ? demanda-t-elle.

Il se retourna. Bailey mit le micro en place.

– Ça tourne, annonça-t-elle.

Il n'avait pas l'air coincé, ni raide, avec la tête penchée bizarrement comme la plupart des gens qui se retrouvent devant une caméra. Au contraire, il la regarda droit dans les yeux.

– Alors, Brian, nous avons cru comprendre que vous étiez un habitué de cet endroit, ouvert de sept heures du matin à onze heures du soir, rappelons-le.

Tibby pensait que les vrais imbéciles étaient imperméables aux sarcasmes.

Il hocha la tête.

– À quelle heure peut-on vous trouver ici ?

– Euh… de une heure à onze heures.

– Parce que c'est l'heure de la fermeture, c'est ça ? demanda Tibby, qui se tordait la bouche pour ne pas rire.

– Nan, parce que j'ai pas le droit de rentrer plus tard.

– Et pendant l'année scolaire ?

– Ah, pendant l'année scolaire, je suis là à trois heures cinq.

– Je vois, et à part ça, vous ne faites rien d'autre après les cours ?

Brian parut saisir la portée de sa question. Il agita la main vers la vitrine, en direction du parking.

– La plupart des gens vivent là-bas, dehors.

Il tapota l'écran du jeu.

– Moi, je vis là-dedans.

Son honnêteté et l'assurance de son regard agaçaient un peu Tibby. Elle s'était imaginé qu'elle allait l'intimider, et pas du tout.

– Alors, parlez-nous de *Dragon Master*, enchaîna-t-elle, sentant que c'était elle qui commençait à perdre son assurance.

– Je vais vous montrer, fit-il en glissant deux pièces de vingt-cinq cents dans la machine.

C'était visiblement pour lui faire une démonstration qu'il avait accepté de participer à cette interview.

– Le niveau un, c'est la forêt. On est en l'an 436 après Jésus-Christ. La toute première quête du Graal.

Tibby pointa sa caméra sur l'écran, en passant par-dessus son épaule. L'image n'était pas aussi nette qu'elle l'aurait voulu, mais ce n'était pas trop mal.

– Il y a vingt-huit niveaux en tout, qui s'étendent du cinquième au vingt-cinquième siècle après Jésus-Christ. Et une seule personne a réussi à atteindre le niveau vingt-huit sur cette machine.

– Vous ? demanda Tibby, retenant son souffle.

– Oui, moi, le 13 février.

En tant que réalisatrice à l'affût des personnages les plus pathétiques de Bethesda, Tibby savait que tout ça était excellent pour son film. Mais elle était légèrement impressionnée malgré elle.

– Peut-être que vous réussirez à y retourner aujourd'hui, suggéra-t-elle.

– C'est possible, répondit Brian. Mais, de toute façon, ce n'est pas le plus important. Il y a tout un monde à découvrir, là-dedans.

Tibby et Bailey regardèrent ensemble par-dessus son épaule et virent son personnage, un grand guerrier super musclé, rassemblant ses fidèles compagnons d'armes (que des hommes, plus une femme sacrément bien roulée).

– On ne croise pas un seul dragon avant le niveau sept, expliqua-t-il.

Au niveau quatre, il y eut une bataille navale. Au niveau six, les Vandales mirent le feu au village de Brian qui sauva les femmes et les enfants jusqu'au dernier. Tibby fixait ses mains. Rapide et sûr de lui, il actionnait boutons et manettes sans jamais les regarder.

Quelque temps après l'apparition du deuxième dragon, un bip signala à Tibby que sa batterie faiblissait, puis sa caméra s'éteignit, mais elle continua à regarder.

Après avoir fait le siège d'un château médiéval, Brian mit le jeu sur « pause » et se tourna vers elle.

– Je crois que votre batterie est morte.

– Oh, oui ! C'est vrai, fit Tibby d'un air désinvolte. Je n'en ai pas de rechange, on pourrait peut-être finir plus tard.

– Bien sûr, acquiesça Brian.

– Tu peux continuer à jouer, si tu veux.

– C'est ce que je vais faire.

Bailey leur offrit à chacun un cake aux fruits sous plastique et elles regardèrent Brian traverser héroïquement vingt-quatre niveaux avant de finir rôti sous les flammes d'un dragon.

Eric organisait un autre jogging à cinq heures. Bridget n'était pas sûre qu'il serait ravi de la voir.

– Aujourd'hui, on va passer à treize kilomètres à l'heure, annonça-t-il. Une fois encore, vous devez connaître votre corps, vous devez savoir quand vous dépassez vos limites. Il fait chaud, alors allez-y doucement. Ralentissez lorsque vous en avez besoin. C'est un entraînement, pas une compétition.

En disant cela, il regarda Bridget.

– Prêt ? demanda-t-il après leur avoir laissé quelques minutes pour s'échauffer.

Il se résigna vite à l'idée que Bridget allait passer son temps à courir à côté de lui, qu'il aille vite ou lentement.

– Tu es une sacrée joueuse, Bee, dit-il en pesant ses mots. Tu nous as fait une sacrée démonstration aujourd'hui.

Il trouvait qu'elle en avait fait trop. C'était clair.

Elle se mordit la lèvre, toute honteuse.

– Je me suis laissé emporter. Ça m'arrive de temps en temps.

Il fit une petite grimace pour dire que ça ne l'étonnait pas vraiment.

– Je voulais t'impressionner, avoua-t-elle.

Il la regarda droit dans les yeux, prêt à répliquer, mais se ravisa. Il se retourna pour voir à quelle distance étaient les autres.

– Ne fais pas ça, Bee, murmura-t-il entre ses dents.

– Quoi ?

– Ne… n'insiste pas.

Visiblement, il ne trouvait pas le mot qu'il voulait.

– Et pourquoi pas ? Pourquoi je n'aurais pas le droit de t'aimer ?

Sa franchise le prit de court. Il lui jeta un regard en biais et marmonna :

– Écoute, je suis… flatté. Honoré, même.

Bridget serra les mâchoires. « Flatté » et « honoré », ce n'était pas ce qu'elle voulait entendre. Et, en plus, elle n'y croyait pas.

Il accéléra un peu pour s'éloigner des autres.

– Bridget, tu es belle. Tu es incroyable, douée et… et… tout simplement irrésistible.

Sa voix s'était adoucie. Il croisa son regard.

– J'y suis sensible, crois-moi.

Elle avait repris espoir, maintenant.

– Mais je suis entraîneur et tu n'as que seize ans.

– Et alors ?

– D'abord ce ne serait pas bien et puis c'est formellement interdit par le règlement.

Bridget glissa une mèche de cheveux rebelle derrière son oreille.

– Je me fiche du règlement.

Eric se rembrunit.

– Moi, je dois le respecter.

Même si Lena avait maintenant l'habitude de prendre le petit déjeuner avec Bapi, l'atmosphère restait toujours aussi pesante. Surtout après ce qui s'était passé.

Ce matin-là, ses Rice Krispies croquaient,

craquaient, crépitaient tandis que Bapi mangeait ses Cheerios en silence.

Elle étudiait son visage, guettant le bon moment. Elle essayait de croiser ses yeux gris-vert, de la même couleur que les siens. Elle voulait avoir l'air sincère et repentante, mais le crépitement intempestif de ses céréales lui gâchait tout son effet. À la vue des petits points de suture sur sa peau ridée, elle eut atrocement honte.

– Bapi, je…

Il leva les yeux, l'air préoccupé.

– Eh bien, je…

Sa voix tremblait presque.

Qu'est-ce qu'elle s'imaginait ? Il ne parlait même pas anglais.

Il hocha la tête et posa la main sur la sienne. C'était un geste tendre. Aimant et protecteur. Mais qui voulait aussi dire : « On n'est pas obligés d'en parler. »

Ce matin, Lena regrettait vraiment qu'Effie dorme comme un loir. La veille au soir, elle était trop fatiguée et à bout de nerfs pour se confier à sa sœur, et ses grands-parents n'avaient pas abordé le sujet.

Quand Effie avait demandé pourquoi son grand-père avait un pansement sur la joue, Bapi avait écarté la question d'un haussement d'épaules, en marmonnant quelques mots de grec. Maintenant, Lena avait envie de raconter toute l'histoire à sa sœur et de savoir ce qu'elle pensait de tout ça. Effie était un juge redoutable, même si ce qu'elle avait à dire n'était pas toujours agréable à entendre. Après, elle irait parler à Mamita et, ensuite, Mamita expliquerait tout ça à Bapi. Et tout irait mieux. Mais Effie n'était pas encore levée.

Après le petit déjeuner, Lena monta prendre ses affaires de peinture. Pour lutter contre le stress, rien de tel que de répéter des gestes familiers, elle avait lu ça quelque part. Elle jeta un coup d'œil par la fenêtre à l'heure où Kostos passait habituellement devant la maison pour aller au café, avant de redescendre à la forge. Mais, ce matin-là, il ne passa pas. Évidemment.

Elle décida d'aller se promener un peu, en bas de la colline, cette fois. La lumière du soleil réfléchie par les murs blancs l'éblouit, éclairant son cerveau d'un jour nouveau, dévoilant des recoins poussiéreux et inexplorés.

Elle descendit vers chez Kostos. La maison était placée de telle sorte que, si jamais quelqu'un trébuchait et dévalait la pente en suivant la courbe du trottoir (et que la porte se trouve être ouverte), il finirait sa course au beau milieu du salon.

Elle passa devant lentement. Aucun signe de vie. Elle poursuivit sa route, dans la direction où il lui semblait que se trouvait la forge. Elle allait peut-être le croiser. Elle pourrait peut-être lui parler, ou au moins lui faire savoir par l'expression de son visage qu'elle pensait que tout était allé beaucoup trop loin.

Elle ne le vit pas. Elle continua à marcher. Sans grande conviction, elle installa son chevalet devant son église préférée et sortit ses fusains pour esquisser la silhouette du clocher. Ses pensées tournaient en rond, sa main hésitait.

Elle reposa le fusain.

Aujourd'hui, pour une fois, elle n'avait pas envie de rester seule. Elle rangea le reste de ses affaires et commença à remonter. Elle allait peut-être croiser Kostos, cette fois-ci. Elle pourrait aller faire les boutiques avec Effie. Sa sœur voulait acheter un de ces ridicules saladiers pour touristes en bois d'olivier.

Elle arriverait peut-être enfin à expliquer à sa grand-mère ce qui s'était réellement passé.

En tout cas, le bon côté des choses, c'était que Kostos ne l'embêterait plus maintenant… Mais, finalement, ce n'était pas vraiment réconfortant.

Carma,

Nous avons fait une randonnée sur une chaîne de volcans. «Los Tres Virgenes», on les appelle. Dommage, s'il y en avait eu quatre, ça aurait pu être nous! D'après notre guide, les volcans ne sont plus en activité depuis le dix-neuvième siècle. Pourtant, je te jure, ça sentait le brûlé!

Ensuite, nous sommes descendus dans des canyons pour admirer l'art rupestre indien. D'abord, on a vu des scènes de chasse et, après, il y avait toute une série de peintures représentant d'immenses pénis. Diana et moi, on riait tellement qu'on a dû s'asseoir par terre. Les entraîneurs qui nous accompagnaient ont eu du mal à nous faire relever. C'était délirant. J'aurais aimé que tu voies ça !

Ah, les plaisirs coquins de Bahia !

Bisous,

Bee

Avant de dire du mal de quelqu'un, faites un kilomètre dans ses baskets. Quand vous le critiquerez, vous aurez déjà un kilomètre d'avance et ses baskets en prime.

Frieda Norris

Le mardi après-midi, accueillant la couturière, Lydia commença par dire :

– Barbara, vous connaissez ma fille, Krista…

L'intéressée lui adressa un sourire ravi.

Lydia tendit ensuite le bras vers Carmen.

– Et voici ma…

Elle s'interrompit. Carmen savait qu'elle voulait dire « belle-fille », comme Al disait pour Krista, mais elle se dégonfla.

– Voici Carmen.

– Lydia est ma belle-mère, précisa alors Carmen, avec un malin plaisir.

Les cheveux blonds de Barbara étaient coupés au carré et parfaitement lisses, bien coiffés en forme de cloche. Quand elle souriait, elle découvrait un mur de dents blanches. « Rien que du toc et, en plus, elle s'y croit », conclut Carmen.

Barbara fixait ses cheveux tortillés en chignon improvisé, son débardeur rouge trempé de sueur.

– C'est la fille d'Albert ? s'étonna-t-elle en regardant Lydia et non Carmen pour confirmation.

« Oui, c'est la fille d'Albert », répondit mentalement Carmen.

Barbara voulut alors se rattraper. Après tout, c'était Albert qui payait.

– C'est juste que… vous devez ressembler à votre mère, dit-elle avec beaucoup de diplomatie.

– C'est ça, acquiesça Carmen. Ma mère est portoricaine. Elle a l'accent espagnol. Elle dit « rossaire » au lieu de « rosaire ».

Personne ne sembla relever son impertinence. La fille invisible.

– Elle est douée en maths, comme son père, reprit mollement Lydia, comme si, au fond, elle avait du mal à croire que Carmen ait un lien quelconque avec Albert.

Carmen avait envie de la gifler.

– Bon, passons à l'essayage, proposa Barbara en posant une ribambelle de sacs sur le lit de Lydia.

Enfin, le lit de Lydia et Albert.

– Krista, on commence par toi.

– Oh, on ne peut pas voir pour maman, d'abord ? supplia Krista.

Et elle joignit ses mains en signe de prière. Vraiment.

Carmen disparut dans un fauteuil capitonné près de la fenêtre tandis que Lydia paradait, drapée dans une centaine de mètres de satin blanc. Cette robe-meringue pleine de froufrous, c'était franchement ridicule pour une mariée de plus de quarante ans qui avait déjà deux grands enfants. Le corsage était moulant et les manches courtes laissaient voir un long bout de bras de plus de quarante ans.

– Maman, tu es superbe. Une vraie princesse. Je vais pleurer, couina Krista.

Sans vraiment pleurer, bien sûr.

Carmen s'aperçut qu'elle tapait nerveusement du pied sur le parquet miroitant. Elle s'arrêta.

Ensuite, la douce, minuscule, pâle Krista essaya une longue robe de taffetas mauve. Carmen n'avait plus qu'à prier pour qu'on ne lui réserve pas la même.

Celle de Krista devait être un peu reprise à la taille.

– Aïe, aïe, aïe ! piailla-t-elle tandis que Barbara repliait le tissu avec des épingles.

Cette robe était atroce, mais elle convenait parfaitement à cette fille sans forme et sans couleur.

C'était au tour de Carmen, maintenant. Elle avait beau être invisible, elle se sentait affreusement mal, humiliée de devoir enfiler la même robe, raide, brillante et trop petite sur sa peau moite. Elle n'osait plus regarder personne. Elle n'osait même pas se regarder dans le miroir, pour ne pas garder cette image en mémoire pour le restant de ses jours.

Barbara la toisa d'un œil critique.

– Oh, mon Dieu, il va y avoir du travail…

Elle fondit sur les hanches de Carmen et écarta les fils de bâti.

– Bon, il va falloir élargir ça. Je ne suis pas sûre d'avoir assez de tissu. Je vérifierai en rentrant à l'atelier.

« Espèce d'horrible sorcière », pensa Carmen.

Elle savait qu'elle était immonde avec cette robe, à mi-chemin entre la prostituée de saloon et la fille latino déguisée pour sa première communion.

Barbara examina le tissu tendu à craquer sur sa poitrine.

– Il va falloir qu'on reprenne ça aussi.

Carmen croisa les bras. « Ne t'approche pas de mes seins ! » la menaça-t-elle mentalement.

La couturière se tourna vers Lydia, consternée, comme si c'était la faute de Carmen si son idiote de robe ne lui allait pas.

– J'ai bien peur de tout devoir recommencer.

– Nous aurions dû vous donner ses mensurations avant, reconnut Lydia d'un air mortifié. Mais Albert voulait attendre qu'elle arrive pour lui parler du…

Elle s'interrompit, réalisant qu'elle s'aventurait en terrain dangereux.

– Un bâti comme celui-ci peut servir de point

de départ pour n'importe qui, en principe, affirma Barbara, renvoyant la faute sur Carmen et ses grosses fesses.

– Carmen doit vous quitter, désolée, fit Carmen en s'adressant à Barbara.

La colère enflait dans sa poitrine, écrasait son cœur, montait dans sa gorge. Elle ne supporterait pas cette femme une seconde de plus.

– Cette chambre est sordide, ajouta-t-elle à l'attention de Lydia, médusée. Et vous devriez porter des manches longues.

Sur ce, elle quitta la pièce en claquant la porte.

Elle ne s'attendait pas à croiser Paul dans le couloir.

– Tu as vraiment le don de te mettre les gens à dos, lui glissa-t-il au passage.

Elle fut aussi surprise par la longueur de sa phrase que par sa portée.

« Tu as dû rêver », se dit-elle en accélérant le pas.

– Pas mal, ton jean ! s'extasia Bailey en arrivant chez Wallman.

Elle débarquait tous les jours à quatre heures tapantes. Tibby avait fini par s'y faire. Elle ne protestait même plus.

Elle était accroupie, en train de coller des étiquettes sur des boîtes de crayons. Elle se releva et regarda son pantalon sans cacher sa fierté.

– C'est *le* jean, expliqua-t-elle. Je l'ai reçu hier.

Elle avait déchiré le paquet couvert de timbres si colorés qu'ils paraissaient faux. Puis elle avait serré le jean dans ses bras comme si c'était Lena, inspirant l'air de Grèce imprégné dans le tissu. Le jean avait une légère odeur d'huile d'olive, ce n'était pas un effet de son imagination. Et il y avait une petite tache marron sur la jambe droite, en haut de la cuisse. Ce devait être le sang du grand-père de Lena.

Bailey ouvrit de grands yeux, très impressionnée.

– Il te va super bien, fit-elle, le souffle coupé.

– Si tu l'avais vu sur mes copines ! répliqua Tibby.

Bailey lui demandait souvent de lui parler de ses amies et de lui donner de leurs nouvelles quand elle recevait une lettre. Tibby avait l'impression qu'elles vivaient ainsi toutes les deux leurs vacances par procuration.

– Alors, qu'est-ce qui lui est arrivé avec, comme aventure ? demanda Bailey, qui suivait attentivement la grande épopée du jean.

– Disons que ça s'est passé moitié avec lui, moitié sans lui. Un garçon a vu Lena nue et, pour la venger, son grand-père a essayé de l'assommer.

Tibby ne put s'empêcher de sourire en imaginant la scène.

– Si tu connaissais Lena, tu comprendrais pourquoi ça a fait toute une histoire.

– Lena, c'est celle qui est en Grèce ?

– Ouais.

– Et Bridget, elle l'a déjà eu, le jean ?

Bailey était fascinée par Bridget, Dieu sait pourquoi.

– Non, après moi, ce sera au tour de Carmen, et de Bee en dernier.

– Je me demande ce qu'elle fera avec, murmura Bailey.

– Un truc de dingue, répliqua Tibby sans réfléchir, puis elle se tut, consciente d'avoir mal choisi ses mots.

Bailey la dévisagea une minute.

– Tu t'inquiètes pour Bridget ?

Tibby était pensive.

– Peut-être un peu, oui, répondit-elle lentement. Comme nous toutes.

– À cause de sa mère ?

– Oui, entre autres…

– Elle était malade ?

– Elle n'avait pas une maladie… physique, expliqua prudemment Tibby. Disons qu'elle a fait une grosse dépression.

– Oh, fit Bailey.

Elle préférait visiblement en rester là, elle avait deviné la suite.

– Et… et toi, il t'est déjà arrivé quelque chose avec ce jean ? demanda-t-elle.

– J'ai renversé un Sprite, et Duncan m'a accusée de rétention de ticket de caisse.

Bailey sourit.

– Qu'est-ce que c'est que ça ?

– J'ai oublié de donner son ticket à une cliente.

– Oh, pas cool.

– Bon, tu es prête pour aller au Cinérama ? demanda Tibby.

– Ouais, j'ai apporté le matériel. Et j'ai rechargé toutes les batteries.

Bailey passait maintenant ses journées à travailler sur le film dans la chambre de Tibby pendant que celle-ci était chez Wallman. Elle lui avait appris les bases du montage et de l'arrangement sonore sur son ordinateur. Loretta laissait entrer Bailey sans problème. Au début, Tibby trouvait ça un peu bizarre mais, maintenant, elle s'en fichait.

Comme Margaret était encore à la caisse, elles durent attendre. En entrant dans le hall du cinéma, Tibby repéra immédiatement Tucker. Elle retint sa respiration. Après tout ce qu'elle avait entendu dire sur lui et sur les gens qu'il fréquentait, elle ne s'attendait pas à le croiser dans un cinéma.

Il faisait la queue pour acheter du pop-corn avec deux copains, bras croisés, l'air impatient.

– Qu'est-ce que tu lui trouves, à ce type ? demanda Bailey tout haut.

– C'est le mec le plus beau que j'aie jamais vu en chair et en os, répondit Tibby.

Quand il regarda dans leur direction et croisa son regard, elle se sentit très sûre d'elle, parce qu'elle portait le jean. Puis elle perdit toute sa belle assurance lorsqu'elle s'aperçut qu'elle portait sa blouse par-dessus. Mince… et si elle enlevait sa blouse vite fait, ça se remarquerait ?

Tucker paya son pop-corn et son soda de la taille d'un jerrican et vint à sa rencontre avec ses deux acolytes.

– Salut, Tibby ! Ça roule ?

Il fixait son badge « Bonjour, je m'appelle Tibby ! ». Pourtant, il connaissait déjà son prénom. Il ne pouvait pas ignorer une fille qui avait des copines aussi canon.

– Ça va, répondit-elle laconiquement.

Dès qu'il apparaissait quelque part, elle perdait tous ses moyens.

– Tu travailles chez Wallman ?

L'un de ses copains esquissa un sourire moqueur.

– Non, elle porte cette blouse parce qu'elle la trouve trop cool ! répliqua sarcastiquement Bailey.

– Euh… À plus, marmonna Tibby par-dessus son épaule en laissant Tucker planté là.

Elle tira Bailey hors du cinéma et, une fois sur le trottoir, elle explosa :

– Tu ne peux pas la fermer, non ?

Bailey la fixa d'un air de défi.
– Je ne vois pas pourquoi je me tairais.
C'est le moment que choisit Margaret pour sortir de sa guérite.
– Z'êtes prêtes, les filleuh ?
Tibby et Bailey se consultèrent du regard.
– Oui, c'est bon, répondit Tibby entre ses dents serrées.
– Margaret, depuis quand travaillez-vous ici ? lui demanda-t-elle une fois qu'elles furent installées dans un coin tranquille, devant une affiche de *Clueless* (un choix de Margaret, bien sûr).
– Aloreuh, voyons...
La caissière leva les yeux au plafond.
– J'crois qu'c'était... euh, en 71.
Tibby avala sa salive. Ça faisait plus de trente ans, alors. Elle la dévisagea attentivement. Ses cheveux blonds étaient relevés en queue-de-cheval haute et elle avait une tonne d'ombre à paupières sur les yeux. Elle était certainement plus âgée qu'elle ne le paraissait, mais Tibby n'aurait jamais imaginé qu'elle puisse être si vieille.
– Combien de films avez-vous vus en tout ?
– Plus d'dix mille, j'dirais.
– Et vous avez un préféré ?
– J'pourrais pas dire, honnêtement, répondit Margaret. Y en a tellement. J'ai adôôré çui-là.
Elle montra l'affiche derrière elle, puis réfléchit un peu.

– Y a aussi *Potins de femmes* qu'est un des meilleurs de tous les temps, d'après moi.

– Il paraît que vous connaissez des scènes entières par cœur, c'est vrai ? demanda Tibby.

Margaret rougit.

– Ouais. Enfin, j'veux pas m'vanter ou quoi. J'me rappelle que d'certains passages. Par exemple, en ce moment, y a un film trop bien avec Sandra Bullock. Vous voulez que je vous l'fasse ?

Quand Margaret ôta son gilet rose, Tibby remarqua comme elle était menue. On aurait dit qu'elle n'avait pas encore atteint la puberté. Impossible d'imaginer qu'elle avait fêté ses quarante ans il y a des années déjà.

« Qu'est-ce qui a bien pu lui arriver ? » se demanda Tibby. Elle regarda Bailey, qui proposa soudain :

– On pourrait voir un film avec vous ?

Margaret eut l'air surprise.

– Vous voulez dire entrer dans la salle et en regarder un, là ? Ensemble ?

– Ouais.

– Euh… oui, j'crois qu'on pourrait.

Son visage passa lentement de la perplexité à l'excitation.

– Y a çui dont j'vous parlais qui commence juste en salle quatre.

Margaret suivit les filles dans l'allée obscure jusqu'au rang du milieu. Elle avait l'air d'hésiter.

– D'habitude, j'm'assois dans l'fond. Mais on sera bien, là, pas vrai ?

Le film défilait, une comédie à l'eau de rose, et Margaret les regardait si souvent, guettant toutes leurs réactions, que Tibby se demanda avec une grosse boule dans la gorge combien de ses dix mille films elle avait vus en compagnie d'une autre personne.

Bridget n'arrivait pas à dormir. Même là, sur la plage, sous les étoiles, elle avait l'impression d'étouffer. Elle ne tenait pas en place, elle sentait qu'elle allait faire une bêtise.

Elle sortit de son sac de couchage et descendit au bord de l'eau, qui était tiède, comme d'habitude. Elle aurait voulu qu'Eric la rejoigne. Elle avait tellement envie d'être avec lui.

Elle eut alors une idée. C'était une mauvaise idée, aucun doute là-dessus, mais c'était comme un défi à relever. Elle ne pouvait pas s'empêcher.

Elle marcha sans bruit le long de la plage. Le sable crissait sous ses pieds. L'extrémité nord de leur petite baie était déserte. C'était là, elle le savait, que se trouvait le bungalow qu'Eric partageait avec d'autres entraîneurs.

Une phrase lui revint brusquement en mémoire. C'était les mots qu'un psychiatre avait écrits à son sujet quelques mois après la mort de sa mère. Normalement, c'était confidentiel, mais elle avait trouvé le rapport dans le tiroir du bureau de son père. « Bridget est déterminée à atteindre les buts qu'elle se fixe, avait écrit le docteur Lambert, coûte que coûte, au mépris du danger. »

« Je vais juste jeter un coup d'œil », se promit-elle. Elle ne pouvait plus s'arrêter, maintenant. Elle était arrivée. Elle trouva la porte sans problème. Elle distingua quatre lits à l'intérieur. Il y en avait un vide. Dans les deux autres dormaient des entraîneurs, des collègues d'Eric. Et, dans le quatrième, c'était lui. Il dormait en caleçon, étalé de tout son long sur le petit lit. Elle s'approcha.

Il dut sentir sa présence car il releva brusquement la tête. Il la reposa sur l'oreiller puis se redressa à nouveau, réalisant ce qu'il venait de voir. Il avait l'air complètement paniqué.

Elle ne prononça pas un mot. Elle n'avait pas vraiment voulu le surprendre ainsi. Visiblement, il avait peur qu'elle ouvre la bouche. Il se leva et sortit en titubant. Il lui prit la main et l'entraîna à l'écart, derrière les palmiers.

– Bridget, qu'est-ce qui te prend ?

Il était mal réveillé, vaseux.

– Tu ne dois pas venir ici, murmura-t-il.

– Désolée. Je ne voulais pas te réveiller.

Il cligna des yeux pour s'éclaircir la vue.

– Qu'est-ce que tu voulais, alors ?

Elle ne portait qu'un T-shirt blanc qui tombait à ras de sa culotte. Le vent rabattait ses longs cheveux en avant. Leurs pointes effleurèrent le torse d'Eric. Elle aurait aimé avoir des terminaisons nerveuses au bout de chaque mèche. C'était tellement dur de ne pas pouvoir le toucher.

– Je pensais à toi. Je voulais juste voir si tu dormais.

Il ne dit rien, ne bougea pas. Elle posa ses deux mains sur son torse. Fascinée, elle le regarda lever la main et la passer dans ses cheveux blonds pour les écarter de son visage.

Il était encore à moitié endormi. C'était comme dans un rêve. Il ne souhaitait qu'une chose : replonger dans ses rêves, elle le savait. Elle le serra dans ses bras, pressant sa poitrine contre la sienne.

– Mmmm, grogna-t-il.

Elle voulait sentir les contours de son corps. Elle le prit fiévreusement par les épaules, toucha les muscles bien dessinés de ses bras. Elle remonta jusqu'à son cou, passa les mains dans ses cheveux, sur son torse, son ventre dur. C'est à ce moment-là qu'il parut se réveiller. Il réagit, la saisit par les poignets et l'écarta de lui.

– Bon Dieu, Bridget, grommela-t-il, de colère et de frustration.

Elle recula d'un pas.

– Qu'est-ce que je suis en train de faire ? Il faut que tu t'en ailles.

Il la tenait toujours, mais plus doucement. Il

ne la laissait pas faire, mais il ne la laissait pas partir non plus.

– Je t'en prie, ne fais pas ça. Promets-moi que tu ne reviendras plus.

Il fixait son visage. Ses yeux suppliants lui demandaient des choses contradictoires.

– Je pense tout le temps à toi, déclara-t-elle solennellement. J'ai envie d'être avec toi.

Il lui lâcha les poignets et ferma les yeux. Quand il les rouvrit, il avait un air plus déterminé.

– Bridget, va-t'en et promets-moi que tu ne feras plus jamais ça. Je ne suis pas sûr que je pourrais le supporter.

Elle s'en alla mais sans rien promettre.

Il n'avait peut-être pas voulu que ses paroles aient l'air d'une invitation. Mais c'est comme cela qu'elle les interpréta.

La vérité vient avec le temps.

Proverbe trouvé
dans un biscuit chinois

– Je veux m'asseoir ici, décréta Bailey en installant une chaise près de la cage de Mimi.

Tibby se souvint brusquement de l'existence de son cochon d'Inde en le voyant.

– Et merde ! murmura-t-elle.

– Quoi ?

– J'ai complètement oublié de lui donner à manger hier, dit-elle en prenant la boîte de graines.

Cela faisait des mois qu'elle n'avait pas oublié.

– Je peux le faire ?

– Bien sûr, répondit Tibby (et pourtant, rien n'était moins sûr).

Personne d'autre ne lui avait jamais donné à manger. Elle fit les cent pas dans la pièce en attendant, pour s'empêcher d'intervenir.

Une fois sa mission accomplie, Bailey se rassit.

– Prête ? demanda Tibby en vérifiant le micro.

– Je crois.

– Bon.

– Attends, fit Bailey en se relevant.

– Qu'est-ce qu'il y a encore ?

Bailey voulait qu'elle l'interviewe pour leur film. Mais elle ne tenait pas en place.

Et, visiblement, elle venait d'avoir une idée.

– Je pourrais mettre le jean ?

– Le jean… *le* jean ?

– Ouais. Tu me le prêtes, dis ?

Tibby était indécise.

– D'abord, je ne crois pas qu'il t'irait.

– Je m'en fiche, répliqua Bailey. Je peux l'essayer ? Allez ! Tu ne l'as plus pour très longtemps, pas vrai ?

– Grrrr.

Agacée, Tibby sortit le jean de sa cachette. Elle avait une peur panique que Loretta le mette dans la machine avec deux ou trois bouchons d'eau de Javel, traitement qu'elle avait fait subir à ses pulls en laine.

– Tiens.

Bailey ôta son pantalon kaki. Tibby fut frappée par la pâleur de ses petites jambes toutes maigres. Un énorme bleu presque noir s'étendait de sa hanche à sa cuisse.

– Ouille, qu'est-ce que tu t'es fait ? demanda-t-elle.

Bailey lui envoya son regard « S'te plaît, pas de question » et enfila le jean. Il avait beau être magique, il était quand même trop grand pour elle.

Elle était minuscule.

Mais elle avait l'air contente. Elle se pencha pour remonter les jambes qui tombaient en accordéon sur ses pieds.

– C'est bon ? demanda Tibby.

– C'est bon, fit Bailey en se rasseyant.

Tibby leva la caméra.

– Ça tourne !

À travers l'objectif, Bailey paraissait un peu différente. Sa peau fine, presque transparente, était marquée, toute bleue autour des yeux.

– Alors, qu'est-ce que tu me racontes ?

Comme elle ne savait pas trop quel sujet Bailey voulait aborder, elle n'osait pas lui poser de questions.

Bailey remonta ses pieds nus sur la chaise, posa ses bras sur ses genoux pointus et son menton sur ses mains. La lumière oblique qui tombait de la fenêtre faisait scintiller ses cheveux.

– Demande-moi ce que tu veux.

C'était un défi.

– De quoi as-tu peur ?

La question était sortie de la bouche de Tibby plus vite qu'elle ne le voulait.

Bailey réfléchit.

– J'ai peur du temps.

Elle répondait courageusement, sans flancher devant le gros œil de Cyclope de la caméra.

– J'ai peur de ne pas avoir assez de temps, précisa-t-elle. Pas assez de temps pour comprendre les gens, savoir ce qu'ils sont vraiment, et qu'ils me comprennent aussi. J'ai peur des jugements hâtifs, de ces erreurs que tout le monde commet. Il faut du temps pour les réparer. J'ai peur de ne voir que des images éparpillées et pas le film en entier.

Tibby n'en revenait pas. Elle venait de découvrir un nouveau côté de Bailey, une Bailey philosophe et sage malgré son jeune âge. Peut-être que le cancer faisait mûrir plus vite ? Peut-être que tous ces médicaments et ces rayons avaient accéléré le développement de son cerveau ?

Tibby secoua la tête.

– Quoi ? s'inquiéta Bailey.

– Rien. C'est juste que tu me surprends un peu plus chaque jour.

Bailey lui sourit.

– Tu te laisses surprendre. C'est ce que j'aime.

Carma,

Je t'écris de la poste. Cet envoi express va me coûter plus que je ne gagne en deux heures de boulot chez Wallman, alors il a intérêt à t'arriver dès demain.

Je ne sais pas encore ce que le jean m'a apporté. Si c'était important ou pas. Je te le dirai quand je le saurai.

Je suis sûre que tu en feras un meilleur usage que moi, parce que tu es la seule et l'unique Carma Carmenita.

Bon, je vais te dire au revoir parce que, sinon, la bonne femme derrière sa vitre va devenir timbrée (ha, ha, ha !).

Bisou,

Tibby

Au déjeuner, Mamita avait l'air complètement dévastée. Elle les avait prévenues qu'elle n'avait pas envie de parler. Ce qui signifiait en fait qu'elle ne voulait pas entendre ce que Lena ou Effie avaient à dire. Elle préférait s'écouter jacasser.

– J'ai croisé Rena ce matin et elle ne m'a pas adressé la parrrole. Vous vous rendez compte ? Non, mais pour qui elle se prrrend, celle-là ?

Lena étalait son *tzadziki* dans son assiette. C'était déjà ça : Mamita n'était pas bouleversée au point de ne plus pouvoir cuisiner.

Bapi était parti régler une affaire à Fira, et Effie déployait sa panoplie de « regards entre sœurs », au-dessus de la table.

– Kostos a toujourrrs été un gentil garçon, un vraiment gentil garçon, mais on ne peut jamais savoirrr, hein ? murmurait leur grand-mère.

Lena avait le cœur en morceaux.

Mamita adorait Kostos. C'était un moins que rien, mais c'était visiblement une grande source de joie dans la vie de sa grand-mère.

Elle décida d'intervenir.

– Mamita, peut-être que Kostos… Peut-être qu'il…

– Quand on pense à tout ce qu'il a vécu, c'est norrrmal qu'il soit un peu bizarrrre, poursuivit sa grand-mère, imperturbable. Mais je ne m'en étais jamais aperçue avant.

– Qu'est-ce qui lui est arrivé ? voulut savoir Effie.

Lena avait pris la parole en même temps que sa sœur.

– Mamita, peut-être que ça ne s'est pas exactement passé comme tu le crois, risqua-t-elle timidement

Mamita les regarda toutes les deux d'un air las.

– Je n'ai pas envie d'en parrrler.

Dès qu'elles eurent suffisamment vidé les plats de leur grand-mère, Lena et Effie lavèrent leurs assiettes et filèrent.

À peine avaient-elles un pied hors de la maison qu'Effie demanda :

– Qu'est-ce qui s'est passé ?

– Pfffff ! soupira Lena.

– Bon sang, mais qu'est-ce que vous avez tous ?

Lena se sentait lasse, elle aussi.

– Écoute, Ef, je te raconte, mais tu promets

de ne pas crier, de ne pas hurler et de ne pas me critiquer, avant la fin ? D'accord ?

Effie acquiesça. Elle tint sa promesse jusqu'à ce que Lena arrive à la bagarre entre les deux grands-pères. Là, elle craqua :

– Nan ! Tu plaisantes ! Bapi ? Oh, mon Dieu.

Lena hocha la tête.

– Tu ferais mieux de leur dire la vérité avant que Kostos s'en charge ou tu vas passer pour une idiote, lui conseilla sa sœur avec sa diplomatie légendaire.

– Je sais.

– Mais pourquoi il ne leur a pas dit la vérité sur le coup ?

– Aucune idée. Tout s'est passé si vite. Je ne suis même pas sûre qu'il ait compris pourquoi les grands-pères se battaient.

Effie soupira.

– Pauvre Kostos. Il était tellement amoureux de toi.

– Eh bien, plus maintenant.

– Sûrement que non.

Bridget : Allô, euh, Loretta ?

Loretta : Allô ?

Bridget : Loretta, c'est Bridget, la copine de Tibby.

Loretta : Allô ?

Bridget (*hurlant presque*) : Bridget ! C'est Bridget. Je voudrais parler à Tibby. Elle est là ?

LORETTA : Oh… Bridget ?
BRIDGET : Oui !
LORETTA : Tibby pas là.
BRIDGET : Vous pourriez lui dire que j'ai appelé ? Il n'y a pas de numéro où me joindre, alors c'est moi qui la rappellerai.
LORETTA : Allô ?

Ce soir-là, quand Carmen descendit peu avant l'heure du dîner, elle était prête à se battre. En mettant le jean, elle avait eu l'impression de se retrouver. Elle s'était rappelé qui elle était vraiment. Rappelé comme elle se sentait forte quand elle était entourée de gens qui l'aimaient. Rappelé qu'elle était douée pour défendre son point de vue, normalement. Il fallait que la vraie Carmen descende parler à son père et à Lydia avant qu'elle ne s'évapore et redevienne invisible.

Lydia avait certainement raconté à son père comment l'essayage avait tourné au désastre et avait dû se plaindre de son comportement. Mais Carmen était prête pour l'affrontement. Ce serait tellement bon de lui crier dessus. Ce serait tellement bon de l'entendre crier aussi. Elle en avait besoin.

– Salut ! lui lança Krista, qui faisait ses devoirs sur son coin de table habituel.

Carmen la dévisagea, cherchant à détecter un soupçon d'ironie dans ses yeux. Mais rien.

– Carmen, tu veux quelque chose à boire ? lui proposa gaiement Lydia, occupée à mesurer le riz qu'elle versait dans une casserole.

Son père apparut dans l'encadrement de la porte, encore en costume.

– Bonsoir, ma petite brioche, tu as passé une bonne journée ?

Carmen les regarda, abasourdie.

Elle avait envie de crier : « Non, c'était une journée pourrie. J'ai été insultée et humiliée par une couturière avec de fausses dents. Et j'ai réagi comme une sale gosse ! »

Mais elle ne le dit pas. Elle se contenta de le fixer, le souffle coupé. Avait-il la moindre idée de ce qu'elle éprouvait ? Pouvait-il imaginer à quel point elle se sentait mal ici ?

Il était prêt à jouer sa scène. Tout comme Lydia.

– Mmm ! Ça sent délicieusement bon, commenta-t-il sans perdre le fil de son texte.

Elle lui rendit la réplique :

– C'est du poulet grillé.

– Miam, renchérit mécaniquement Krista.

Mais qui étaient ces gens ? Qu'est-ce qu'ils avaient dans le crâne ?

– J'ai passé une journée horrible, annonça Carmen, qui voyait ses rêves de violent règlement de compte s'envoler.

Elle était trop abattue pour finasser.

Son père était presque arrivé en haut des

escaliers pour aller se changer. Lydia fit comme si elle ne l'avait pas entendue.

Même avec le jean, elle était invisible. Et muette. Elle se dirigea théâtralement vers la porte d'entrée et la claqua de toutes ses forces derrière elle. Heureusement, la porte, elle, pouvait encore faire du boucan.

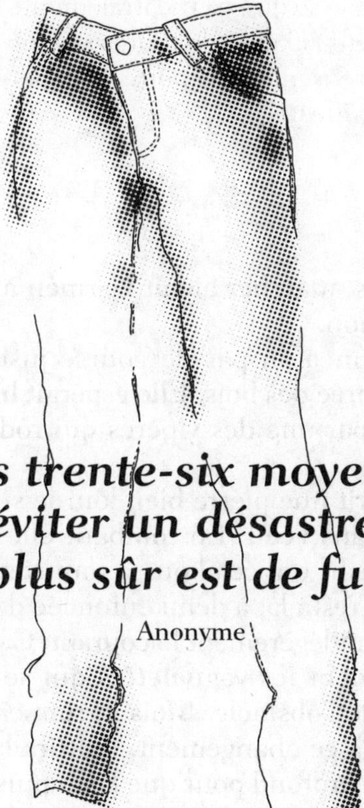

Des trente-six moyens d'éviter un désastre, le plus sûr est de fuir.

Anonyme

Parfois, marcher aidait Carmen à se calmer. Parfois non.

Elle fonça au pas de course jusqu'au ruisseau à l'orée des bois. Elle espérait bien se faire mordre par une des vipères qui rôdaient dans le coin.

Elle prit une pierre bien lourde sur la rive et la jeta dans l'eau. En tombant elle fit un bon gros splash ! qui éclaboussa tout son jean. Puis la pierre resta là, à demi enfoncée dans la vase, perturbant légèrement le courant. Carmen fixait obstinément les vaguelettes qui se formaient autour de l'obstacle. Mais le ruisseau s'adapta très vite à ce changement. Il attira la pierre un peu plus profond pour que l'eau puisse de nouveau couler librement.

Le dîner devait être prêt maintenant. L'attendaient-ils ? Se demandaient-ils où elle était passée ? Son père avait dû entendre la porte claquer. Il s'inquiétait sûrement… Peut-être qu'il était parti à sa recherche. Peut-être qu'il était parti d'un côté et Paul de l'autre, vers Radley Lane. Peut-être que le poulet de Lydia était en train de refroidir, mais que son père s'en fichait, qu'il voulait retrouver sa fille.

Elle reprit le chemin de la maison. Elle ne voulait pas que son père appelle la police ou un truc du genre. Et Paul, qui était rentré ce matin de chez son père. Il avait assez de soucis…

Elle accéléra le pas. Elle avait même un peu faim, à force. Elle ne mangeait presque rien depuis plusieurs jours. «Je mange quand je suis heureuse», avait-elle précisé la veille à son père devant l'assiette qu'elle n'avait pas touchée. Il n'avait pas relevé.

Son cœur battait à tout rompre quand elle monta les marches du perron. Elle imaginait la tête de son père. Si ça se trouve, il n'était pas là, il était parti à sa recherche. Elle ne voulait pas se donner la peine de faire une entrée triomphale juste pour Lydia et Krista.

Elle scruta les fenêtres. La lumière était allumée dans la cuisine, mais pas dans le salon. Elle contourna la maison pour mieux voir. Comme il faisait presque nuit dehors, on ne risquait pas de la remarquer.

Lorsqu'elle arriva devant la grande baie de la salle à manger, elle se figea, le souffle coupé. La colère l'envahit à nouveau. Elle la sentait dans sa gorge, ce goût cuivré de sang dans sa bouche. Elle lui tordait les intestins. Elle lui raidissait les bras et lui nouait les épaules. Elle lui compressait les côtes, si fort qu'elle avait l'impression qu'elles allaient se briser.

Son père n'était pas parti à sa recherche. Il n'avait pas appelé la police. Il était attablé devant une assiette débordant de poulet rôti, de riz et de carottes.

Apparemment, c'était le moment des grâces. Il tenait la main de Paul d'un côté et celle de Krista de l'autre. Lydia était en face de lui, dos à la fenêtre. Ils formaient un joli tableau, avec leurs bras qui encerclaient la table comme une guirlande, leurs têtes baissées qui se touchaient presque, recueillis, reconnaissants.

Un père, une mère et deux enfants. Une seule chose détonnait dans ce tableau : cette fille amère qui les regardait dehors, invisible.

La colère bouillonnait dans le ventre de Carmen, elle ne pouvait plus la contenir. Elle descendit le perron en courant, ramassa deux petits cailloux. Ses gestes n'étaient plus commandés par sa raison. Mécaniquement, elle remonta les marches et tendit le bras en arrière. La première pierre rebondit sur le cadre de fenêtre. La deuxième passa à travers la vitre. Elle entendit le verre se briser puis elle vit le caillou frôler la tête de Paul, cogner dans le mur du fond et finir sa course aux pieds de son père. Elle resta juste le temps de le voir lever la tête et apercevoir sa fille entre les éclats de verre brisé. Le temps qu'il comprenne que c'était elle et qu'elle avait vu qu'il l'avait vue et qu'ils savaient tous les deux.

Puis elle s'enfuit.

Tibby,

J'adore prendre ma douche en plein air. J'adore regarder le ciel. Je préfère même aller aux toilettes dans la nature plutôt que de m'enfermer dans un de ces affreux petits chalets.

J'ai retrouvé ma sauvagerie primale (c'est comme ça qu'on dit ?). L'idée même d'une cabine de douche me rend claustrophobe. Tu crois que ça gênerait les voisins si, en rentrant, je décidais de faire mes besoins dans le jardin ? Ha, ha, ha ! Je blaaague !

Je pense que je ne suis pas faite pour vivre dans une maison.

Bisous,

Bee, l'amoureuse de la nature

La dame de la boulangerie expliqua à Lena comment aller à la forge et lui donna un paquet de gâteaux.

– *Andio*, belle Lena.

Tout le monde la connaissait dans le petit village, maintenant. Pour les gens du coin, elle était devenue la « belle et timide » Lena. Enfin, les adultes la trouvaient « timide ». Pour les gens de son âge, elle était « snob ».

Lena se rendit donc à la forge, un bâtiment bas en briques, avec une petite cour sur le devant. Par la porte ouverte, elle apercevait un feu orange et bleu dans le fond. Alors on pouvait encore gagner sa vie en ferrant des chevaux et des accastillages de navires ? Elle ressentit soudain une immense peine pour Kostos et son grand-père. Bapi Doumas rêvait sûrement que son petit-fils reprenne l'affaire familiale. Mais elle se doutait aussi que Kostos n'allait pas entrer dans la plus prestigieuse école de commerce de Londres pour finir forgeron dans un minuscule village de Grèce.

C'était comme son père. Même s'il était devenu un avocat respecté de Washington, ses grands-parents regrettaient toujours qu'il n'ait pas ouvert un restaurant. Ils demeuraient persuadés qu'il le ferait un jour ou l'autre. « Il peut toujours se remettre à la cuisine », assurait Mamita dès qu'on parlait du métier de son fils. Il y avait un mystérieux abîme entre cette petite île et le reste du monde, entre les jeunes et les vieux, les anciens et les nouveaux.

Lena restait à l'entrée de la cour, pétrie d'angoisse. Kostos allait sortir pour déjeuner d'un instant à l'autre. Elle serrait le haut du sac en papier dans ses mains moites. Elle se demandait de quoi elle avait l'air, elle qui d'habitude ne se préoccupait jamais de ça. Elle ne s'était pas lavé les cheveux ce matin, ils devaient être un peu gras aux racines. Et elle avait pris un coup de soleil sur le nez, il était tout rose, maintenant.

Son pouls s'accéléra quand il apparut sur le seuil. Il avait une drôle d'allure, couvert de suie, dans ces vieux vêtements démodés. Il était tout ébouriffé à cause du masque de protection qu'il venait d'enlever et son visage rougi luisait de sueur. Elle ne le quittait pas des yeux. « Je t'en prie, regarde-moi ! » Il n'en fit rien. Il était cependant trop poli pour ne pas lui adresser un petit signe de tête en passant. Mais, maintenant, c'était à son tour de l'ignorer, de lui fermer toute possibilité de communication.

– Kostos ! finit-elle par crier.

Il ne lui répondit pas. Elle ne savait pas s'il l'avait entendue et délibérément ignorée ou si elle avait attendu trop longtemps pour parler.

Carmen courait avec l'impression que ses jambes n'étaient pas rattachées au reste de son corps. Elle courut jusqu'au ruisseau, le franchit d'un bond et s'assit sur l'autre rive. L'idée qu'elle risquait de salir le jean magique lui traversa l'esprit mais elle fut emportée par un flot d'autres pensées. Elle leva les yeux vers le ciel, où les feuilles de chêne découpaient une dentelle noire en ombre chinoise. Elle écarta alors les bras en croix, comme crucifiée.

Elle resta là longtemps, plusieurs heures, elle n'aurait pas su dire combien. Elle voulait prier mais elle se sentit coupable en réalisant qu'elle ne priait que lorsqu'elle avait besoin de quelque chose. Voilà comment Dieu devait la voir : la fille qui ne priait que lorsqu'elle avait besoin de quelque chose… Ça devait L'énerver. Elle ferait peut-être mieux de se retenir aujourd'hui et, à l'avenir, de prier simplement pour prier, en espérant qu'Il recommencerait à l'aimer. Mais, bon Dieu (euh, pardon, mon Dieu), qui pensait à prier quand tout allait bien ? Les gens bien, justement. Et elle n'en faisait pas partie.

Le temps que la lune fasse son apparition dans le ciel, puis qu'elle commence à décliner, sa colère était retournée bien sagement à sa place et son cerveau s'était remis en marche.

Maintenant qu'elle était de nouveau en état de réfléchir, elle se dit qu'il fallait qu'elle rentre à Washington. Mais son cerveau lui signala qu'elle avait tout laissé, son argent, sa carte de crédit, tous les trucs utiles, là-bas, chez Lydia. Pourquoi sa colère et son cerveau refusaient-ils de fonctionner en même temps ? Son sale caractère se conduisait comme un goinfre dans un restaurant trois étoiles, il commandait les plats les plus chers et disparaissait au moment de payer l'addition. Et il laissait son côté raisonnable et lucide faire la plonge.

« Oh, toi, je ne te réinviterai plus ! » dit-elle à sa jumelle colérique, Carmen la folle.

Carmen la sage, la pauvre, se faufila dans la maison endormie à trois heures du matin (la porte de derrière était ouverte ; était-ce fait exprès ?) et rassembla ses affaires sans un bruit. Carmen la folle espérait que quelqu'un l'entende et la prenne sur le fait, mais Carmen la sage l'empêcha de mettre son plan à exécution.

Carmen la sage se rendit à l'arrêt de bus et dormit sur un banc jusqu'à cinq heures du matin, heure où le service de bus reprenait. Elle en prit un pour la gare routière où elle acheta un billet qui la conduirait à Washington, avec pas moins de quinze arrêts en cours de route.

C'était Carmen la sage qui était arrivée en Caroline du Sud quelques jours auparavant et c'était Carmen la sage qui en repartait aujourd'hui. Mais entre-temps elle avait fait très peu d'apparitions.

Tandis que le car traversait le centre-ville de Charleston, elle regardait par la fenêtre les immeubles endormis, les boutiques, les restaurants, espérant que la Carmen de l'univers parallèle, celle dont le père était encore drôle et célibataire, s'amusait plus qu'elle.

Ma petite abeille,

Je suis dans un état ! Je n'ai pas le courage de te raconter tout ça pour l'instant. Je t'envoie simplement ce paquet par la voie la plus rapide et la plus chère possible. Disons juste que le jean ne m'a pas aidée à me conduire en adulte agréable et raisonnable. J'espère que tu feras mieux. J'espère…

Hum… j'espère que ce jean te donnera…

Du courage ? Non, tu en as déjà beaucoup trop.

De l'énergie ? Non, tu en as bien trop aussi.

Pas de l'amour. Tu en donnes et tu en reçois des tonnes.

Ah, je sais : j'espère que ce jean te donnera un peu de bon sens.

Je t'entends crier : « Mais c'est nul ! » et tu as raison. Cependant, une récente expérience m'a appris qu'un peu de bon sens ne fait jamais de mal. En plus, tu as tous les autres charmes de l'univers pour toi, Bee.

Profites-en bien.

Bisouxxx,

Carma

La vie, c'est tellement... enfin bref.

Kelly Marquette
alias Skeletor

Ce matin, Bridget ne pensait qu'à une chose : le sexe. Elle était encore vierge, comme ses meilleures amies. Elle était sortie avec des tas de garçons. Avec certains, elle avait été un peu plus loin que les bisous, mais pas beaucoup plus loin. Jusque-là, c'était plus la curiosité que le désir qui l'avait motivée.

Mais avec Eric, c'était différent. Son corps ressentait autre chose. Quelque chose de plus fort, de plus brut, de plus intense, qu'elle n'avait qu'entrevu auparavant. Elle avait envie de lui, c'était clair, douloureux, pressant, mais elle ne savait pas vraiment jusqu'où son corps voulait aller.

– Hé, ho ! Tu penses à quoi ? lui demanda Diana, en faisant tinter sa petite cuillère contre le fond de son bol.

– Au sexe, répondit Bridget, honnête.

– Oh, j'avais deviné.

– Ah bon ?

– Oui, ça n'aurait pas par hasard un rapport avec le fait que tu t'es éclipsée cette nuit ?

– Euh… un peu, si. J'ai été voir Eric. Mais on n'est pas sortis ensemble ni rien.

– Tu aurais voulu ?

Bridget hocha la tête.

– Je crois que ça pourrait se faire ce soir.

Elle essayait d'avoir l'air confiante, mais pas prétentieuse.

– Qu'est-ce qui va se passer ce soir ? voulut savoir Ollie, qui venait d'arriver avec son plateau.

– Ça pourrait être le Grand Soir, Olive.

– Tu crois ?

– Oui, affirma simplement Bridget.

Elle n'avait pas envie d'entrer dans les détails de ce qui s'était passé la veille. C'était trop personnel.

– Oh, j'ai hâte que tu nous racontes tout ça, répliqua Ollie, d'une voix incrédule qui sonna comme un défi pour Bridget.

Elle ne put s'empêcher de fanfaronner un peu.

– Mmm… je te ferai un rapport croustillant, promis.

Sherrie passa à leur table pour annoncer :

– Tu as reçu un paquet, Bridget.

Elle se leva, électrisée.

Elle se doutait de ce que contenait le fameux paquet. Impossible que ce soit déjà les vêtements qu'elle avait demandés à son père. Le connaissant, il n'avait sûrement pas choisi le courrier express. Alors, ce ne pouvait être que…

Elle courut pieds nus jusqu'au bâtiment principal et s'arrêta devant le comptoir, tout excitée.

– Bon-jour ! brailla-t-elle pour signaler qu'elle attendait.

S'il y avait une vertu qu'elle ne possédait pas, c'était bien la patience.

Eve Pollan, l'assistante de Connie, sortit du bureau.

– Ouais ?

Bridget ne tenait pas en place.

– Il y a un paquet pour moi ? Bridget Vreeland. V-R-E-E…

Eve leva les yeux au ciel. Il n'y avait qu'un seul paquet sur l'étagère. Elle le lui tendit.

Bridget déchira sans attendre l'enveloppe en kraft. C'était bien ça ! C'était le jean. Toujours aussi beau. Il lui avait manqué. Il était déjà un peu sale, surtout aux fesses – quelqu'un avait dû s'asseoir par terre avec. À cette pensée, elle eut envie de rire mais, en même temps, elle ressentit un petit pincement au cœur. Elle avait un peu de Lena, de Carmen et de Tibby avec elle, maintenant. Carmen n'aurait pour rien au monde porté un jean avec des taches de boue sur les fesses. Ce devait être Lena ou Tibby. Bridget l'enfila direct sur son short en nylon blanc.

Il y avait aussi une lettre. Elle la fourra dans sa poche, elle la lirait plus tard.

– Il est trop beau, ce jean, non ? demanda-t-elle à Eve, parce qu'il n'y avait que cette aigrie d'Eve dans le coin.

L'assistante la toisa sans un mot.

Bridget retourna en courant au bungalow prendre ses crampons et son maillot vert. Aujourd'hui, c'était la première journée de championnat de la Coyote Cup. Les Tacos affrontaient l'équipe cinq, les Puces de Sable.

– Hé, Diana ! Mate un peu ça ! cria Bridget en remuant les fesses sous le nez de son amie.

– C'est le jean magique ?

– Ouais ! Qu'est-ce que t'en dis ?

Diana l'examina des pieds à la tête.

– Ben, c'est un jean, quoi. Mais il te va super bien.

Bridget était rayonnante. Elle mit vite ses crampons et fila sur le terrain.

– Bridget, qu'est-ce qui te prend ? lui demanda Molly dès qu'elle la vit.

– Comment ça ? fit-elle d'un air innocent.

– Tu es en jean. Il fait quarante degrés à l'ombre et nous allons jouer notre premier vrai match !

– Mais ce n'est pas un jean comme les autres, lui expliqua patiemment Bridget. Il est un peu magique. Avec, je joue mieux.

Molly secoua la tête.

– Bridget, tu joues déjà très bien sans. Alors enlève-moi ça.

– Allez ! supplia Bridget en tapant des crampons. S'il te plaît ! Allez !

Mais Molly était butée.

– Non.

Elle ne put s'empêcher de rire.

– Tu es un sacré numéro, tu sais.

– Grumpf !

Bridget retira le jean à contrecœur. Elle le posa sur le banc de touche, soigneusement plié.

Molly lui passa un bras autour des épaules avant qu'elles entrent sur le terrain.

– Joue comme tu le sens, Bee. Mais ne monopolise pas le jeu, OK ?

Bridget se dit que Molly aurait fait une bonne grand-mère. Dommage qu'elle n'ait que vingt-trois ans !

Elle démarra en trombe au coup de sifflet, mais elle ne monopolisa pas le jeu. Elle passa le ballon aux autres filles. Elle était là quand elles en avaient besoin pour faire de jolis coups. Quel don de soi ! Elle se sentait l'âme d'une Jeanne d'Arc.

Les Tacos étaient premières du classement alors que les Puces étaient sixièmes, c'était donc normal qu'elles les battent. Mais, quand le score afficha douze-zéro, Molly les réunit.

– Bon, rappelez la cavalerie, les filles. Faut pas être cruel.

Elle se tourna vers Bridget.

– Vreeland, prends la place de Rodman.

– Quoi ? explosa Bridget.

Brittany Rodman était goal. C'était comme ça qu'on la remerciait ?

Molly la regarda avec son air « Pas la peine de discuter ».

– Très bien, grogna Bridget.

Elle alla prendre la place de Brittany en traînant les pieds. Elle n'avait jamais joué goal de sa vie.

Bien sûr, c'est le moment que choisit Eric pour venir les voir. Il ne put s'empêcher de sourire en la voyant campée dans le but, les poings sur les hanches, les pieds écartés. Elle le regarda en faisant la moue. Il lui rendit sa grimace. Une gentille grimace, quand même.

Elle était en train de lui tirer la langue quand une balle fonça sur elle. Elle avait de bons réflexes. Machinalement, elle bondit pour la rattraper.

Mais, voyant la déception se peindre sur tous les visages, même celui de Molly, elle jeta le ballon en arrière droit dans le but.

Tout le monde sauta de joie. Un long coup de sifflet marqua la fin du match.

– Douze buts à un pour les Tacos, annonça l'arbitre.

Bridget se tourna vers Eric. Il lui sourit en levant le pouce. Elle fit la révérence.

Même du banc de touche, le jean lui portait chance.

– Carmen ! Mon Dieu ! Qu'est-ce que tu fais là ?

Tibby était en T-shirt et culotte lorsque Carmen fit irruption dans sa chambre. Elle s'était arrêtée chez elle juste le temps de déposer sa valise et d'appeler sa mère au travail.

Elle se jeta sur son amie, manquant de la renverser. Elle lui colla un bisou sur la joue puis se mit à pleurer.

– Oh, Carma, dit Tibby en la faisant asseoir sur son lit défait.

Carmen pleurait vraiment. Elle était secouée de spasmes. Elle sanglotait, hoquetait, reniflait comme une gamine de quatre ans. Tibby la prit dans ses bras. Carmen reconnaissait bien là sa Tibou, cette façon de serrer ses amies dans ses bras, cette odeur... C'était tellement bon, tellement réconfortant de se retrouver avec quelqu'un qui la connaissait vraiment, réellement, qu'elle se laissa complètement aller. Comme une petite fille perdue dans un grand magasin qui attend de se retrouver dans les bras de sa maman pour fondre en larmes.

– Quoi ? Qu'est-ce qu'il y a ? Qu'est-ce qui se passe de si grave ? demanda doucement Tibby lorsque le volume et la fréquence des sanglots eurent diminué.

– C'était affreux, hoqueta Carmen. C'était l'horreur.

– Raconte-moi ce qui s'est passé, l'encouragea Tibby.

Ses yeux parfois si froids et distants étaient humides, préoccupés.

Carmen respira profondément deux ou trois fois pour se calmer.

– J'ai lancé une pierre dans la vitre de la salle à manger pendant qu'ils étaient en train de dîner.

Tibby ne s'attendait visiblement pas à ça.

– Ah bon ? Mais pourquoi ?

– Parce que je les déteste. Lydia, Krista.

Pause.

– Paul. Leur idiote de vie.

– D'accord, mais… qu'est-ce qui t'a énervée à ce point ? insista Tibby en lui frottant le dos.

Carmen haussa les sourcils. Quelle question. Par où commencer ?

– Ils… ils…

Elle dut s'arrêter pour mettre de l'ordre dans ses pensées.

Pourquoi Tibby la questionnait-elle comme ça ? Pourquoi ne la croyait-elle pas sur parole ? Ça ne lui ressemblait pas de réclamer des preuves autres que les affirmations de ses amies.

– Pourquoi tu me demandes ça ? Tu ne me crois pas ?

Tibby ouvrit de grands yeux.

– Bien sûr que si. Je… j'essaye juste de comprendre ce qui s'est passé.

Carmen s'énerva.

– Je vais te le dire, moi, ce qui s'est passé. Je suis partie en Caroline du Sud pour passer l'été avec mon père. J'arrive et oh, surprise ! Il s'est trouvé une nouvelle famille. Deux enfants, une belle maison, et tout et tout.

– Je sais tout ça, Carmen. J'ai lu tes lettres, je te jure.

Carmen remarqua alors que Tibby avait l'air fatiguée. Pas fatiguée par le manque de sommeil, fatiguée de l'intérieur. Ses taches de rousseur ressortaient davantage que d'habitude sur sa peau blanche.

– Je me doute, pardon, s'excusa-t-elle aussitôt.

Elle ne voulait pas se disputer avec Tibby. Elle avait besoin de l'amour de son amie.

– Et toi, ça va ?

– Ouais, ouais. Ça va. Enfin, c'est bizarre. Mais ça va… Enfin, je crois.

– Comment ça se passe, chez Wallman ?

Tibby haussa les épaules.

– C'est l'angoisse. Comme d'hab.

Carmen se tourna vers la cage du cochon d'Inde.

– Et ton rat, ça va ?

– Mimi va bien.

Carmen se releva et serra son amie dans ses bras.

– Désolée de t'avoir joué la grande scène des violons. Je suis tellement contente de te voir. En fait, j'avais tant besoin de me confier à toi, d'évacuer, c'est ridicule !

– Non, non, ne t'inquiète pas, la rassura Tibby en la forçant à se rasseoir. Raconte-moi ce qui s'est passé et je te dirai que tu es une fille bien et que ce sont eux qui sont nuls, promit-elle.

Ah, voilà qui ressemblait davantage à la Tibby que Carmen connaissait.

Elle avait envie de répliquer: « Je ne suis pas une fille bien », mais elle le garda pour elle. Elle soupira en s'allongeant sur le lit, sur cette vieille couverture en laine qui grattait.

– Là-bas, j'avais l'impression d'être… invisible, reprit-elle lentement, en pesant ses mots. Personne ne faisait attention à moi. Personne ne m'écoutait quand je disais que j'étais malheureuse. Personne ne réagissait quand j'étais odieuse. Ils voulaient juste que tout ait l'air parfait.

– Quand tu dis « ils », c'est Lydia ? Ton père ?

Tibby laissa ce dernier mot en suspens.

– C'est surtout Lydia.

– Mais… est-ce que tu en veux aussi à ton père ? demanda-t-elle prudemment.

Carmen se redressa. Pourquoi Tibby n'était-elle pas de son côté ? C'était pourtant la reine, question mauvais caractère. Elle s'emportait sans raison. Elle jugeait les gens sans savoir, elle pouvait les haïr pour un rien. D'habitude, quand Carmen avait un ennemi, Tibby arrivait à le détester encore plus qu'elle.

– Mais non ! protesta-t-elle. C'est à eux que

j'en veux, pas à mon père ! Je ne veux plus rien avoir à faire avec eux. Je veux qu'ils s'en aillent et qu'ils me rendent mon père !

Tibby s'écarta légèrement, hésitante.

– Carma, tu ne crois pas que… Enfin, tu crois vraiment que…

Elle replia ses jambes sur le lit.

– Ce n'est peut-être pas la fin du monde, quand même ? finit-elle par dire en baissant les yeux. Je veux dire, il y a des choses plus graves, non ?

Carmen n'en revenait pas. Alors, comme ça, Tibby était devenue miss N'exagérons-rien ? Miss Remettons-les-choses-à-leur-place ? S'il y avait bien quelqu'un qui rejetait tout sur le dos des autres quand ça n'allait pas, c'était bien elle, pourtant ! Pourquoi essayait-elle de la raisonner alors que Carmen ne cherchait rien d'autre qu'une oreille compatissante ?

– Qu'est-ce que tu as fait de notre Tibou ? demanda-t-elle finalement d'un air mélodramatique avant de quitter la pièce.

Chère Lena,

Le film avance mais pas vraiment comme je l'avais prévu. Bailey a décidé que j'avais besoin de son aide. Je l'ai laissée interviewer Duncan, l'Assistant-Manager Général de l'Univers. En fait, ça n'a rien donné de drôle, contrairement à ce que je pensais. Mais c'était pas mal quand même. Elle a l'air de trouver intéressants les gens qui me semblent les plus ridicules.

Alors comment va ton Bapi boxeur ? Et l'ineffable Effie ? Ne te torture pas, Lena. On t'aime trop.

Tibby

Cet après-midi, l'équipe de Bridget jouait contre les Baleines Grises. Entre-temps, l'équipe d'Eric, Los Cocos, avait aussi gagné son premier match. Et devait affronter l'équipe six, les Crânes d'Œuf, le lendemain. Et ensuite, ce serait la dernière journée de championnat de la Coyote Cup. Bridget était persuadée que les Tacos iraient en finale.

Elles attendirent six heures, que le soleil se couche et qu'il fasse plus frais, pour commencer le match. Tout le camp allait y assister, cette fois. Une jolie lumière rose tombait sur la pelouse. Bridget vit Eric assis sur une couverture à carreaux sur le bord du terrain. Marci venait sûrement de lui dire quelque chose de drôle car il riait. Une pointe de jalousie lui transperça le cœur. Elle ne supportait pas que d'autres filles le fassent rire.

Elle était encore venue avec le jean, qu'elle posa soigneusement plié sur le banc de touche.

Molly la fixait bizarrement. Bridget n'aimait pas ce regard. Allait-elle décider de la mettre dans les buts tout le match ?

– Bridget, tu joues en défense.

– Quoi ? Pas question.

– Oh que si. Va te placer. Tu ne dois pas dépasser le milieu de terrain, ajouta-t-elle d'un ton autoritaire, comme si Bridget n'avait jamais vu un match de foot de sa vie.

– Al-lez, Brid-get ! Al-lez, Brid-get ! scanda Diana qui était assise dans l'herbe avec des copines, à grignoter des chips mexicaines trempées dans la sauce piquante.

Bridget se mit en défense. Elle resta à l'arrière tout le match pendant qu'Ollie, Jo et les autres jouaient les vedettes. Bridget pouvait cependant se consoler en contrant toutes les attaques des Baleines.

Au milieu de la seconde mi-temps, le score était de 3-0. Bridget vit une occasion de marquer. Elle ne pouvait pas la laisser passer. Il y avait tout un attroupement vers la ligne de touche, et Bridget avait la voie libre jusqu'à l'autre bout du terrain. Ollie intercepta le ballon et le passa à Bridget, qu'elle avait repérée du coin de l'œil. En évitant soigneusement de dépasser le milieu de terrain, Bridget fit un contrôle et tira en cloche vers le but adverse, décrivant un arc parfait. Le public se tut. Tous les yeux étaient fixés sur la balle. Le goal sauta haut, aussi haut que possible, mais le ballon fila au-dessus de sa tête et tomba dans le coin du but.

Bridget regarda Molly dans les yeux. C'était la seule à ne pas l'acclamer.

– Bee, Bee, Bee ! scandaient Diana et ses copines.

Comme il fallait s'y attendre, le coach sortit Bridget du terrain.

Elle se demandait vaguement si elle aurait le droit de revenir au camp l'an prochain. On verrait bien… En attendant, elle s'assit dans l'herbe pour manger des chips trempées dans la sauce, savourant le piquant du piment sur sa langue et la caresse des derniers rayons de soleil sur ses épaules.

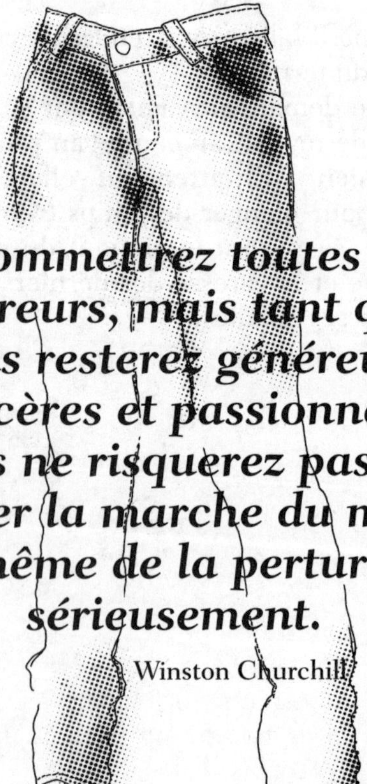

Vous commettrez toutes sortes d'erreurs, mais tant que vous resterez généreux, sincères et passionnés, vous ne risquerez pas de troubler la marche du monde ni même de la perturber sérieusement.

Winston Churchill

Lena avait besoin de se remettre à peindre. Elle passait ses journées à ne rien faire, espérant croiser Kostos, attendant qu'il daigne la regarder, attendant d'apprendre qu'il avait raconté à tout le monde ce qui s'était vraiment passé entre eux – le souhaitant presque. Elle arrivait la plupart du temps à se convaincre qu'il n'y avait pas moyen d'en parler avec ses grands-parents mais, au fond, elle était consciente que c'était un mensonge. Et elle se cherchait des excuses qui ne faisaient qu'aggraver son malaise.

Elle ne pouvait pas *encore* aller boire un café avec Effie dans ce petit bar où le serveur était si mignon. Elle ne pouvait pas passer un autre après-midi à rôtir sur le sable noir de la plage de Kamari. Elle ne pouvait pas une fois de plus retourner pour rien chez les Doumas puis à la forge. C'était pitoyable, voilà ce que c'était. Il fallait qu'elle se remette à peindre.

Elle décida de retourner au bord de la mare. De toutes les toiles qu'elle avait peintes, c'était celle des oliviers qu'elle préférait. Les couleurs avaient un peu bavé mais, sinon, elle avait plutôt bien survécu à la crise. Aujourd'hui, elle avait emporté un chapeau de soleil et un maillot de bain. Au cas où. Elle se trouvait courageuse de retourner là-bas. Mais il n'en fallait pas beaucoup pour qu'elle se trouve courageuse.

La montée lui sembla encore plus raide que neuf jours auparavant. Son pouls s'accéléra lorsqu'elle arriva en vue du petit berceau d'oliviers. Elle retourna pile à l'endroit où elle s'était installée la fois dernière. On distinguait encore la marque des trois pieds de son chevalet dans le sol. Avec précaution, elle sortit sa toile et déposa de nouvelles couleurs sur sa palette. Elle aimait l'odeur de sa peinture. C'était si bon de la retrouver.

Elle mélangea l'exacte quantité de gris argent, de vert et de bleu qu'il fallait pour retrouver la teinte exacte des feuilles d'olivier, avec une pointe de marron pour réchauffer. Vous n'imaginez pas la dose de bleu qu'il fallait ! Comme si chaque feuille reflétait un petit morceau de ciel. Infiniment concentrée, elle entra dans une sorte de transe hypnotique. C'était l'état dans lequel elle se sentait le mieux, protégée, rassurée. Elle se comparait à ces drôles de grenouilles en hibernation dont le cœur ne bat pas de tout l'hiver. Et ça lui plaisait.

Elle entendit l'eau remuer et leva la tête. Toujours dans un état second, elle s'efforça de remettre ses sens en alerte. De retrouver une vision normale. Il y eut un autre bruit dans l'eau. Quelqu'un qui nageait dans la mare ?

S'il y avait une sensation que Lena détestait, c'était bien de s'imaginer être seule et de découvrir qu'elle ne l'était pas.

Elle abandonna son chevalet et, dissimulée derrière un arbre, jeta un petit coup d'œil à la mare. Elle distingua une tête. La tête de quelqu'un. Qui était de dos. Ses mâchoires se crispèrent. Elle voulait cet endroit rien que pour elle. Quand la laisserait-on enfin tranquille ?

Elle aurait sans doute dû partir à ce moment-là. Mais, au lieu de cela, elle s'avança pour mieux voir. Le quelqu'un tourna la tête…

C'était Kostos. Et il la vit qui le regardait, bouche bée.

Cette fois, c'était lui qui était nu et elle habillée mais, comme la dernière fois, c'est elle qui rougit, toute honteuse, et lui qui resta très calme.

La dernière fois, elle était en colère contre lui. Là, elle était en colère contre elle-même. La dernière fois, elle l'avait pris pour un jeune coq présomptueux, maintenant, elle savait que c'était elle, l'idiote. La dernière fois, elle était devenue hystérique parce qu'il l'avait vue nue, cette fois, elle était gênée de le voir nu.

Il ne l'avait pas espionnée. Il ne l'avait pas suivie. Il avait probablement été aussi choqué qu'elle. Jusque-là, elle s'était imaginé qu'il avait violé son intimité. Maintenant elle savait que c'était elle, la coupable.

Lena,

Je sens que ça va être chaud, ce soir. Je ne sais pas ce qui va m'arriver, mais je porte le jean et c'est un peu comme si Tibby, Carmen et toi, vous étiez avec moi, alors ça va forcément être bien.

Vous me manquez tellement. Ça fait presque sept semaines. Mange une part de spanakopita *en pensant à moi, d'accord ?*

Bee

Bridget se glissa dans son duvet tout habillée (avec un débardeur et… le jean). C'était sûrement parce qu'il était magique qu'elle pouvait le supporter par cette chaleur, il paraissait fluide et léger. Il devait être chaud et confortable lorsqu'il faisait froid, elle en était persuadée.

Elle n'arrivait pas à dormir, bien entendu. Elle ne pouvait même pas rester allongée. Ses jambes ne tenaient pas en place. Mais, si elle allait se promener dans le camp, elle se ferait repérer avant d'avoir pu faire la moindre bêtise. Alors elle partit vers le cap. Elle s'assit sur un rocher et remonta le jean jusqu'aux genoux pour tremper ses pieds dans l'eau. Dommage qu'elle n'ait pas de canne à pêche !

Ça lui rappelait cet endroit dans la baie de Chesapeake où elle allait avec son frère quand elle était petite. Ils pêchaient tous les jours. C'était la seule activité de plein air qu'elle l'ait jamais vu faire. Chaque jour, il gardait ses meilleures prises. Il avait appris à nettoyer et à vider les poissons. Chaque jour, elle rejetait les siens à l'eau. Longtemps après, elle avait encore des remords en s'imaginant ces pauvres bêtes qui continuaient leur vie de poisson avec un trou dans la bouche.

Elle n'arrivait pas à se rappeler sa mère, alors qu'elle y était aussi, elle le savait. Elle devait être dans une de ses périodes d'abattement, passer ses journées au lit avec les volets fermés pour se protéger de la lumière.

Bridget bâilla. Maintenant que son surplus d'énergie l'avait quittée, elle se sentait complètement épuisée. Elle ferait peut-être mieux de dormir ce soir et de réserver la grande aventure pour demain.

Ou d'aller le voir tout de suite. Une fois de plus, c'était un défi qu'elle se lançait. Elle ne pouvait s'empêcher de le relever. « Je pense, donc j'agis. » Le fourmillement d'excitation reprit aussitôt dans ses pieds, gagnant bientôt ses mollets pleins de courbatures.

Tout était éteint. Il était assez tard, maintenant. Elle jeta un regard à son sac de couchage abandonné sur la plage, puis remonta les rochers glissants sur la pointe des pieds.

S'attendait-il à ce qu'elle vienne ? Soit il serait furieux, soit il succomberait. Ou entre les deux.

Elle lui forçait la main, elle le savait.

Elle se forçait à dépasser ses limites, elle aussi. Mais elle ne savait pas s'arrêter.

Comme un fantôme, elle passa sans bruit devant le bungalow. Il ne dormait pas. Il était assis dans son lit. En la voyant, il se leva aussitôt. D'un bond, elle sortit du chalet et s'enfonça entre les palmiers. Il la suivit torse nu, en caleçon. Il n'était pas obligé de la suivre.

Son cœur ronronnait. Elle se retourna vers lui.

– Tu savais que j'allais venir ?

Elle distinguait à peine sa silhouette dans l'obscurité.

– Je ne voulais pas que tu viennes, répondit-il.

Il marqua une longue pause.

– Mais je l'espérais.

Dans ses rêves les plus romantiques, Bridget élaborait des scénarios complexes, alternant rembobinage accéléré et avance rapide pour se repasser en boucle les meilleurs moments. Elle s'était rejoué la scène du premier baiser, encore et encore, toujours plus parfaite. Mais elle n'avait jamais été plus loin.

Longtemps après avoir quitté Eric, elle se retrouva dans son sac de couchage sans pouvoir dormir. Elle avait des frissons. Un trop-plein d'émotion. Qui débordait par les yeux. Des larmes de tristesse, de surprise ou d'amour. Elle pleurait pour faire un petit peu de place. Elle contempla le ciel. Il lui semblait plus grand, ce soir. Ce soir, ses pensées vagabondaient dans l'espace et ne trouvaient rien pour les arrêter. Alors elle comprit ce que Diana avait voulu dire. Ses pensées lui échappaient, happées par ce grand vide. Et plus rien ne lui semblait réel.

Elle s'était collée à lui, pleine de désir, hésitante, provocante, terrifiée. Une tempête grondait dans son corps, trop forte, trop puissante. Elle avait quitté son propre corps. Elle s'était laissée partir, flotter au-dessus des palmiers. Elle avait l'habitude. Elle laissait parfois le bateau voguer sans capitaine.

Quelque chose d'intime et d'insondable était né entre eux. Quelque chose qu'elle avait maintenant entre les mains, dont elle devait prendre soin. Bridget ne savait pas quoi en faire.

Elle rappela toutes ses pensées, les enroula comme la ficelle d'un cerf-volant.

Elle replia soigneusement son duvet, rentra au bungalow et se glissa sans bruit dans son lit. Elle s'allongea sur le dos. Ce soir, elle ne laisserait pas ses pensées s'envoler plus haut que les planches mal jointes du plafond.

Tibby,

Je me sens tellement bête. J'ai été assez présomptueuse pour m'imaginer que Kostos était si amoureux de moi qu'il n'avait pas pu s'empêcher de me suivre et de m'espionner pendant que je me baignais dans la mare. Puis j'y suis retournée et je l'ai vu qui s'y baignait aussi. Nu, bien sûr. Il doit y aller tous les après-midi depuis des années... Et moi qui croyais qu'il m'avait suivie !

Mais j'ai remarqué autre chose. Il était tout nu (mon Dieu !), au milieu des cris (les miens) et de la panique (la mienne aussi), et devine quoi ? Il m'a regardée droit dans les yeux. Finalement, après tout ce temps, il m'a regardée.

Si tu étais là, je sais que ça te ferait rire. J'aimerais tant que tu sois là.

Bisous,

Lena

PS : Tu as des nouvelles de Bee ?

Le téléphone sonna. Carmen regarda le numéro qui s'affichait, sûre que ce n'était pas pour elle. Qui pourrait bien l'appeler ? Sa grande amie Tibby ? Lydia ? Ou encore mieux, Krista ?

C'était le bureau de sa mère. Elle était secrétaire juridique et son patron avait tendance à la prendre pour sa nounou.

– Christina est là ? aboya M. Brattle avec son amabilité habituelle.

Carmen jeta un coup d'œil à l'horloge au-dessus du frigo. Il était dix heures et quart. Il devait avoir une bonne raison pour appeler à une heure pareille. Qu'est-ce que c'était, cette fois ? Il avait perdu un Post-it, fait une fausse manip sur son ordinateur ou bien il n'arrivait plus à nouer ses lacets ?

– Elle est partie rendre visite à ma grand-mère, à l'hôpital. Elle est très malade, vous savez, répondit Carmen d'un ton larmoyant.

Sa mère était en train de regarder la télé dans sa chambre et sa grand-mère enterrerait sûrement tous ses petits-enfants, mais elle voulait le faire culpabiliser d'avoir appelé si tard.

– Elle devrait rentrer aux alentours de minuit. Je lui dirai de vous rappeler.

– Euh, non, non, ce n'est pas la peine, répliqua-t-il. Je verrai avec elle demain.

– Très bien.

Carmen raccrocha. Ce qui était bien avec M. Brattle, c'est qu'il payait sa mère une fortune et qu'il n'osait jamais lui refuser une augmentation. Par peur, non par générosité, mais peu importe.

Elle voulait quelque chose à grignoter mais

elle hésitait entre une mandarine, un gros morceau de cheddar et un sachet d'abricots secs. Ce soir, elle avait décidé de ne manger que des trucs orange. Ça faisait joli sur la table de la cuisine !

Elle n'avait presque rien avalé à dîner et maintenant elle avait faim. Mais, depuis qu'elle était rentrée de Caroline du Sud – presque deux semaines maintenant –, rien ne lui faisait envie. Bon… Elle choisit un abricot dans le sachet. Il était doux au toucher mais, dans sa bouche, il devint caoutchouteux. Elle avait l'impression de mâchonner une oreille ! Elle le recracha vite dans la poubelle et rangea tout ce qu'elle avait sorti.

En montant au premier, elle glissa un œil dans la chambre de sa mère. Il y avait un vieil épisode de *Friends* à la télé.

– Coucou, ma puce. Tu regardes avec moi? Ross vient de tromper Rachel.

Carmen secoua la tête et fila dans sa chambre. Les histoires de Ross et de Rachel n'étaient pas censées intéresser les bonnes mères de famille ! Pourtant Carmen adorait cette série avant que sa mère se mette à la regarder. Elle se laissa tomber sur son lit et se couvrit la tête avec son oreiller pour ne pas entendre sa mère hurler de rire à transpercer les murs.

Elle s'était juré qu'elle n'allait pas s'énerver après elle. Qu'elle n'allait pas redevenir insolente et geignarde. Pas question de soupirer ou de lever les yeux au ciel. Il fallait au moins qu'un de ses deux parents continue à l'aimer. C'était facile de se dire ça quand elle ne l'avait pas en face d'elle. Mais lorsque c'était le cas, impossible ! Sa mère finissait toujours par faire un truc impardonnable, du genre rire trop fort en regardant *Friends* ou parler de son ordinateur en disant « mon péché ».

Carmen se redressa pour consulter le calendrier accroché au mur. Elle n'avait pas entouré la date du mariage de son père, mais ça lui sauta aux yeux : plus que trois semaines ! Mais est-ce que ça changerait quelque chose pour lui qu'elle soit là ou pas ?

Il avait passé un coup de fil rapide à sa mère le jour où elle était partie pour vérifier qu'elle était bien rentrée à la maison. Il avait rappelé il y a une semaine pour lui parler des cotisations pour sa mutuelle dentaire, à déduire de la pension alimentaire. Elle était toujours étonnée du temps qu'ils pouvaient passer tous les deux au téléphone à calculer comme des épiciers. Enfin, bref, il n'avait pas demandé à parler à sa fille.

Elle aurait pu l'appeler, bien sûr. Elle aurait pu s'excuser ou au moins lui fournir une explication. Mais non.

Comme la chatte qu'elle n'avait jamais eue, la culpabilité se frotta contre ses jambes et sauta sur son lit pour se blottir contre elle. « Va-t'en ! » Elle lui frôlait la joue avec sa queue. Elle était toujours collante quand elle aurait voulu être tranquille. Les chats adorent les gens qui leur sont allergiques.

Mais Carmen ne voulait pas la prendre sur ses genoux. Pas question. Elle allait la mettre à la porte et elle pourrait miauler tant qu'elle voudrait !

Sans y avoir été invitée, l'image de son père au milieu des éclats de verre surgit devant ses yeux. Il était plus que surpris. Il ne comprenait tout simplement pas ce qu'il voyait. Il pensait que Carmen valait mieux que ça.

« D'accord, allez, viens ! » La culpabilité fit patte-patte sur son ventre et se roula en boule pour faire un gros dodo.

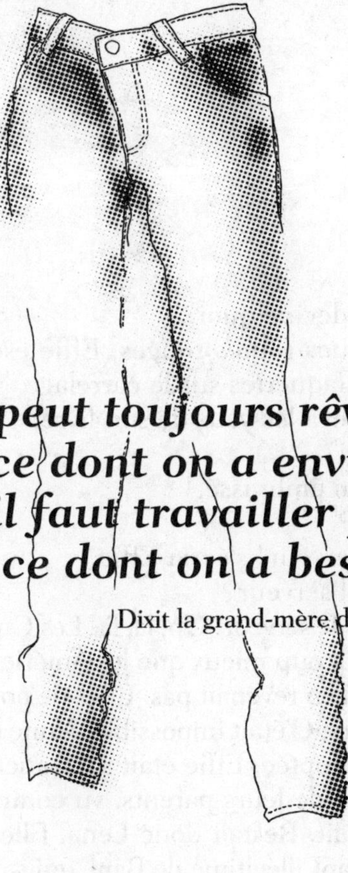

On peut toujours rêver de ce dont on a envie, mais il faut travailler pour avoir ce dont on a besoin.

Dixit la grand-mère de Carmen

– Hé, devine quoi ?

Les joues toutes rouges, Effie esquissait un solo de claquettes sur le carrelage.

Lena leva les yeux de son livre.

– Quoi ?

– Je l'ai embrassé.

– Qui ?

– Le serveur ! s'écria Effie.

– Quel serveur ?

– Mais le serveur ! Oh, là, là ! Les Grecs embrassent beaucoup mieux que les Américains.

Lena n'en revenait pas. Elles ne pouvaient pas être sœurs. C'était impossible. L'une d'elles avait dû être adoptée. Effie était sans aucun doute la digne fille de leurs parents, vu comme elle leur ressemblait. Restait donc Lena. Elle était peut-être l'enfant illégitime de Bapi, qui sait. Elle était peut-être née sur l'île de Santorin…

– Quoi ? Tu es sortie avec lui ? Et Gauvin, alors ? Tu te souviens, ton petit ami ?

Effie haussa les épaules, désinvolte. Sa joie la rendait imperméable à toute culpabilité.

– C'est toi qui as dit que Gauvin sentait le bacon.

C'était vrai.

– Mais, Effie, tu ne connais même pas le nom de ce type ! Tu l'appelles comment ? « Hep, garçon ! » ? C'est un peu gênant, non ?

– Je connais son prénom, répliqua-t-elle, imperturbable. Il s'appelle Andreas, il a dix-sept ans.

– Dix-sept ! Effie, tu n'as que quatorze ans ! fit remarquer Lena.

On aurait cru entendre la directrice d'une école de jeunes filles du dix-neuvième siècle !

– Et alors ? répondit sa sœur. Kostos a bien dix-huit ans.

Maintenant Lena aussi était rouge tomate.

– Mais… mais je ne suis pas sortie avec lui, bafouilla-t-elle.

– La faute à qui ? répliqua Effie en se dirigeant vers la porte.

Lena jeta son livre par terre. De toute façon, elle n'arrivait pas à lire. Elle était trop mal, trop angoissée.

Effie n'avait que quatorze ans, pourtant elle avait embrassé beaucoup plus de garçons qu'elle. Lena était censée être la plus jolie, mais c'était sa sœur qui collectionnait les petits amis. Effie serait une vieille dame heureuse, entourée d'une famille nombreuse qui l'aimerait, tandis que tante Lena serait une vieille fille aigrie qu'on inviterait seulement par pitié.

Elle sortit ses affaires et s'installa pour dessiner la vue qu'elle avait de sa fenêtre. Mais, lorsque son fusain toucha le papier, sa main ne traça pas une ligne d'horizon. Elle esquissa le contour d'une joue. La courbe d'une nuque. Puis un sourcil. Une mâchoire. Et une légère ombre pour la souligner.

Sa main volait sur la feuille. Elle dessinait beaucoup plus librement que d'habitude. Le front… comme ça. Une narine comme… ça. Un lobe d'oreille comme… Elle ferma les yeux pour essayer de se rappeler la forme exacte de son lobe d'oreille. On aurait dit qu'elle s'était arrêtée de respirer. Que son cœur s'était arrêté de battre. Deux lignes jusqu'en bas de la feuille pour ses épaules. Et maintenant, sa bouche. C'était toujours le plus dur. Elle ferma à nouveau les yeux. Sa bouche…

Quand elle les rouvrit, elle crut voir le vrai Kostos. Puis elle réalisa qu'il était bien là, au pied de sa fenêtre. Il leva les yeux. Elle les baissa. La voyait-il ? L'avait-il vue dessiner ? Oh non…

Son cœur sursauta. Il piqua un véritable sprint dans sa poitrine. Est-ce que le cœur de ces fameuses grenouilles qui hibernaient battait deux fois plus vite en été ?

Les filles qui se disaient ses amies la veille s'étaient transformées en vautours durant la nuit.

Ollie vint se poser sur le lit de Bridget avant même qu'elle ait ouvert les yeux.

– Alors ? Qu'est-ce qui s'est passé ? voulut-elle savoir.

Diana était en train de s'habiller. Elle rappliqua sans perdre une seconde quand elle vit Bridget entrouvrir les paupières.

Même Emily et Rosie se joignirent à la meute. Les filles qui ne prennent jamais de risques ont une drôle de fascination pour les filles qui osent : elles les adorent et les détestent en même temps.

Bridget se redressa. Ce qui s'était passé lui revenait lentement, alors que, durant son sommeil, elle était redevenue la Bridget d'avant.

Elle regarda tous ces yeux curieux, avides même, fixés sur elle.

Elle avait dû voir trop de films. Elle n'aurait jamais imaginé que ce qui s'était passé avec Eric serait si... intime et inexprimable. Elle avait cru qu'il s'agirait d'une aventure comme les autres. Dont elle pourrait se vanter le lendemain matin. Elle s'attendait à en tirer un certain sentiment de puissance. Mais non. Elle avait plutôt l'impression d'avoir le cœur récuré au tampon Jex.

– Allez, insista Ollie. Raconte-nous.

– Bridget ?

C'était Diana.

Ce matin, les mots de Bridget avaient du mal à sortir. Sa langue n'était pas aussi déliée que d'habitude.

– R-rien, réussit-elle à articuler. Il ne s'est rien passé.

Elle savait ce qu'Ollie pensait : «Ah, alors ce regard vague, ce n'est pas parce qu'elle a couché, c'est juste la déception.»

Diana hésitait. Son intuition lui disait qu'il y avait autre chose. Mais elle ne mit pas sa parole en doute. Elle attendit que les filles se soient éloignées pour lui poser la main sur l'épaule.

– Ça va, Bee ?

Sa douceur lui donna envie de pleurer. Elle ne pouvait pas en parler. Elle ne pouvait pas non plus regarder Diana si elle voulait garder ça pour elle.

– Je suis fatiguée, dit-elle à son sac de couchage.

– Tu veux que je te rapporte quelque chose à manger ?

– Non, j'arrive dans cinq minutes.

Elle fut soulagée de les voir toutes partir. Elle se pelotonna alors dans son duvet et se rendormit.

Plus tard dans la matinée, Sherrie, une des animatrices du camp, vint prendre de ses nouvelles.

– Ça va, Bridget ?

Elle hocha la tête, toujours enfouie dans son sac de couchage.

– Los Cocos et les Crânes d'Œuf vont disputer la demi-finale dans quelques minutes. Tu ne veux pas venir voir ?

– Je préfère dormir, affirma Bridget. Je suis fatiguée.

– OK, fit Sherrie en repartant. Je me doutais que toute cette énergie allait bien finir par s'épuiser un jour.

Diana, qui revint quelques heures plus tard, apprit à Bridget que Los Cocos avaient écrasé les Crânes d'Œuf. Ce serait donc une finale Tacos contre Cocos.

– Tu viens déjeuner ? lui demanda-t-elle.

Elle gardait un ton léger, mais on lisait son inquiétude dans ses yeux.

– Peut-être un peu plus tard, répondit Bridget.

Diana pencha la tête sur le côté.

– Allez, Bee, sors de ton lit. Qu'est-ce qui te prend ?

Bridget ne pouvait pas lui dire ce qu'elle avait. Elle avait plutôt besoin qu'on lui explique ce qui se passait dans son crâne.

– Je suis fatiguée, répéta-t-elle. J'ai du sommeil

à rattraper, c'est tout. Des fois, je m'écroule comme ça toute une journée.

Diana acquiesça, plus ou moins rassurée d'apprendre que c'était encore une bizarrerie propre à Bridget.

– Tu veux que je t'apporte quelque chose ? Tu dois mourir de faim.

Bridget était connue pour avoir bon appétit. Mais elle n'avait absolument pas faim. Elle secoua la tête.

Diana avait l'air songeuse.

– C'est drôle. En presque sept semaines, je ne t'ai jamais vue passer plus de trois minutes à l'intérieur. Je ne t'ai jamais vue t'arrêter sauf quand tu dormais. Je ne t'ai jamais vue sauter un repas.

Bridget haussa les épaules.

– Je suis une multitude.

Il lui semblait avoir entendu ça dans un poème, mais elle n'en était pas sûre. Son père adorait la poésie. Quand elle était petite, il lui lisait des poèmes. Elle savait rester tranquille plus longtemps à l'époque.

Papa,

S'il te plaît, prends cet argent pour remplacer la vitre que j'ai cassée. Je suis sûre qu'elle a déjà été changée, sachant comme Lydia est maniaque, mais

Cher Al,

Je ne peux pas t'expliquer pourquoi j'ai agi comme ça chez Lydia, enfin, je veux dire chez vous. Quand je suis arrivée à Charleston, je n'avais pas imaginé que tu aurais

Cher papa, chère Lydia,

Je vous prie d'accepter mes excuses pour mon comportement inexplicable. Je sais que tout est de ma faute mais si vous m'aviez écoutée ne serait-ce qu'une minute, je n'aurais peut-être pas

Bonjour à toute la nouvelle famille de mon père !

J'espère que vous êtes tous très heureux entre gentils gens blonds bien comme il faut. Puissiez-vous vivre en paix en ne rencontrant que des gens qui ne disent jamais ce qu'ils pensent.

PS : Lydia, votre robe de mariée vous fait de gros bras.

Carmen glissa toutes ses économies dans une grande enveloppe en kraft. Cent quatre-vingt-sept dollars. Elle hésita à mettre aussi ses quatre-vingt-dix cents en monnaie, mais ça faisait un peu fond de tiroir. Et en plus, ça risquait de lui coûter plus de quatre-vingt-dix cents d'envoyer ces petites pièces. Tiens, ça ferait un problème de maths intéressant, ce rapport entre le poids et la valeur…

Elle colla l'enveloppe sans y ajouter de petit mot, finalement, puis elle écrivit soigneusement l'adresse du destinataire et de l'expéditeur, et fila à la poste avant que ça ferme. Sa mère ne pourrait plus se plaindre qu'elle passait ses journées à ne rien faire !

Il faisait une chaleur étouffante, Lena était allongée sur le carrelage et regardait le plafond en pensant à Bridget. La dernière lettre qu'elle lui avait envoyée l'inquiétait. Bee était du genre à laisser libre cours à ses pulsions, ce qui terrifiait Lena. En général, elle s'en tirait bien, fendant fièrement l'écume mais, parfois, elle s'échouait contre les rochers.

Lena pensa alors à un rêve qu'elle avait fait récemment. Elle était une petite maison blanchie à la chaux, accrochée à flanc de falaise. Elle se tenait fermement pour ne pas tomber à pic dans la Caldeira. À force, elle en avait des crampes dans les mains. Elle était tentée de lâcher prise, quitte à tomber, tant pis. Mais, en même temps, elle était consciente qu'il ne s'agissait pas d'un jeu, que sa chute serait fatale.

Mamita était assise sur le canapé, en train de coudre. Effie était partie Dieu sait où. Lena aurait parié tous ses tableaux qu'elle était dans les bras de son serveur.

C'était peut-être d'avoir pensé à Bridget, ou à ce drôle de rêve, ou bien tout simplement à cause de la chaleur, mais Lena se sentait toute bizarre, plus téméraire que d'habitude.

– Dis, Mamita, pourquoi Kostos vit avec ses grands-parents ?

Sa grand-mère soupira.

– C'est une bien trrriste histoire, mon agneau. Tu es sûrrre de vouloir l'entendre ?

Lena n'était pas vraiment sûre mais Mamita poursuivit quand même.

– Les parents de Kostos sont parrrtis aux États-Unis, comme beaucoup de jeunes gens. Il est né là-bas, tu sais.

– Il a la nationalité américaine ? s'étonna Lena.

Luttant contre la chaleur qui l'engourdissait, elle trouva quand même la force de se tourner vers sa grand-mère. Mamita hocha la tête.

– Et où habitaient-ils ?

– À New Yorrrk.

– Oh, fit Lena.

– Ils ont eu Kostos, puis un autrrre petit garçon, deux ans plus tarrrd.

Lena commençait à deviner la fin de l'histoire.

– Quand Kostos avait trois ans, toute la famille est parrrtie à la montagne, en hiver. Ils ont eu un terrible accident de voiture. Kostos a perdu ses parents et son petit frère.

Mamita s'interrompit et, malgré les quarante degrés ambiants, Lena sentit un frisson la parcourir. Elle avait la chair de poule.

Quand sa grand-mère reprit son récit, ce fut d'une voix chargée d'émotion.

– Le petit Kostos a été renvoyé ici, chez ses grands-parents. À l'époque, ça semblait la meilleurrre solution.

Lena remarqua que Mamita était plus détendue que d'habitude, perdue dans ses pensées, un peu mélancolique.

– Il a grandi ici, comme un petit Grrrec. Et nous l'aimions tous. C'était un peu notre fils à tous ici, à Oia.

– Tu sais, Mamita...

– Quoi, mon agneau ?

C'était le moment ou jamais. Lena ne se laissa pas le temps de changer d'avis.

– Tu sais, Kostos ne m'a jamais fait de mal. Il ne m'a pas touchée, il n'a rien fait de déplacé. Il est bien comme tu te l'imagines.

Mamita poussa un long soupir. Elle posa son ouvrage et laissa aller sa tête contre le dossier du canapé.

– Je crrrois que je le savais. Je crrrois que je l'ai compris au bout de quelques jours.

– Je suis désolée de ne pas vous avoir dit la vérité avant, déclara solennellement Lena, à la fois soulagée d'avoir enfin avoué et triste d'avoir mis si longtemps à le faire.

– Mais tu as essayé, je le sais, remarqua Mamita, philosophe.

– Tu pourras raconter à Bapi ce que je viens de te dire ?

– Je crois qu'il est déjà au courrrant.

La gorge de Lena se serra. Elle se tourna sur le côté et ferma les yeux pour retenir ses larmes.

Elle était triste pour Kostos. Et encore plus triste que des gens comme lui, comme Bee, des gens qui avaient tout perdu, puissent encore aimer, alors qu'elle, qui n'avait rien perdu du tout, en était incapable.

Par principe, je n'en ai pas.

Lu sur un autocollant

Bridget se traîna jusqu'à la porte de son bungalow. Comme ça, au moins, elle pouvait regarder la mer. Elle avait pris un stylo et du papier. Il fallait qu'elle envoie le jean à Carmen, mais ce n'était pas le jour pour écrire une lettre !

Elle était là, sur une marche, à mâchouiller son stylo quand Eric la rejoignit.

Il s'assit sur la balustrade.

– Ça va ? lui demanda-t-il.

– Ça va.

– Tu as raté le match.

Il ne la toucha pas, il ne la regarda pas.

– C'était un beau match. Diana a vraiment assuré !

Il essayait de remonter le temps. Comme s'il était encore le gentil entraîneur et elle, la fille un peu fofolle. Il lui demandait la permission de faire comme si rien ne s'était passé.

Elle n'avait pas vraiment envie de la lui donner.

– J'étais fatiguée. Normal, après la nuit qu'on a passée.

Il rougit puis s'absorba dans la contemplation de ses paumes de main.

– Écoute, Bridget…

Il avait l'air d'hésiter entre des phrases toutes plus lamentables les unes que les autres.

– … J'aurais dû te dire de partir hier soir. Je n'aurais pas dû te suivre… J'ai eu tort. C'est ma faute.

– C'est moi qui ai décidé de venir.

Comment osait-il lui retirer la responsabilité de ses actes ?

– Mais je suis plus âgé que toi. C'est moi qui… C'est moi qui serai dans la merde si quelqu'un l'apprend.

Il n'osait toujours pas la regarder. Il ne savait plus quoi dire. Il avait envie de partir. C'était clair.

– Je suis désolé.

Alors qu'il s'éloignait, elle lui lança son stylo dans le dos. C'était nul de dire ça.

Carmen,

Voilà le jean. Je ne sais plus où j'en suis. Si j'avais suivi ton conseil sur le bon sens, je n'en serais pas là.

Tu avais raison. Vive le bon sens. Dommage que je n'en aie pas un gramme.

Bisous,

Bee

– Tibby, éteins cette caméra.

– Allez, Carma ! S'il te plaît !

– Tu pourrais mettre le jean pour l'interview ? demanda Bailey.

Carmen la toisa d'un air glacial.

– Qui a dit que j'étais d'accord pour participer à ce film ? Pas question. Vous vous prenez pour qui ? Les frères Coen ?

– Allez, Carmen, arrête de râler et fais preuve de bonne volonté, pour une fois dans ta vie, soupira Tibby d'un ton assez irritant, mais pas méchant.

« Tu as le don de te mettre les gens à dos, se répéta Carmen. Tu vas devenir une vieille bonne femme aigrie qui crie sans arrêt, avec son rouge à lèvres qui déborde. »

– D'accord, fit-elle.

Elle mit le jean puis s'assit et regarda Bailey installer son matériel. Elle était habillée exactement comme Tibby. C'était une mini-Tibby, armée d'un micro et d'une perche. Elles avaient toutes les deux les mêmes cernes violets parfaitement assortis. Carmen se demanda un instant ce que pouvait bien faire Tibby avec une gamine de douze ans, mais bon, ce n'était pas sa faute si toutes ses amies étaient parties.

Silence dans la chambre. Tibby se débattait avec l'éclairage. Les deux réalisatrices étaient sérieuses comme des papes. Bailey testa le micro.

On aurait dit le présentateur du JT, les testicules en moins.

– Un, deux. Un, deux. Mesdames et messieurs, bonsoir. Carmen Lowell est l'une des meilleures amies de Tibby…

Carmen se sentit mal à l'aise.

– Hum… Euh, tu sais, Tibby et moi, on est un peu fâchées en ce moment.

Tibby coupa la caméra. Bailey leva les yeux au ciel, agacée. Elle écarta ce léger désaccord d'un revers de main.

– Vous vous aimez, toutes les deux. En tout cas, Tibby, elle t'aime. C'est tout ce qui compte.

Carmen n'en revenait pas.

– Hé, ho ! Tu n'as que douze ans, je te rappelle !

– Et alors ? Ça ne m'empêche pas d'avoir raison, répliqua Bailey.

– On peut se remettre au travail ? demanda Tibby.

Depuis quand Tibou montrait-elle tant d'acharnement au travail ?

– C'est juste que ça me fait drôle de continuer comme ça, sans dire que toi et moi, on vient de se disputer.

– Parfait, tu l'as dit, maintenant, c'est bon, conclut-elle.

La plupart des gens évitent autant que possible les conflits. Carmen commençait à se demander si elle ne courait pas après, au contraire. Elle était peut-être devenue accro aux disputes. Elle entendit une fois de plus les paroles de Paul : « Tu as le don de te mettre les gens à dos. » Elle enfonça ses mains dans ses poches et se mit à tripoter les grains de sable qui s'étaient pris dans la doublure.

– C'est moi qui vais t'interroger, annonça Bailey. Sois naturelle.

C'était impossible d'avoir autant d'assurance à douze ans seulement !

Autant la prévenir tout de suite : dans notre monde, les ados sont censés ne rien savoir, ne rien penser et ne rien avoir à dire.

– Bon, fit Carmen. Je suis censée regarder la caméra ou pas ?

– Comme tu veux.

– OK.

– Prête ?

– Prête.

Assise sur son lit fait au carré, Carmen croisa les jambes.

– Alors… Tibby m'a appris que ton père allait se remarier cet été, commença Bailey.

Carmen ouvrit de grands yeux. Elle lança un regard accusateur à Tibby, qui se contenta de hausser les épaules. Que pouvait-elle faire à part répondre sèchement :

– Oui.

– Quand ?

– Le 19 août. Merci de t'en inquiéter.

– De rien. Tu vas y aller ?

– Non, répondit Carmen, les lèvres pincées.

– Pourquoi ?

– Parce que je n'en ai pas envie.

– Tu en veux à ton père ?

– Non.

– Alors, pourquoi tu n'y vas pas ?

– Parce que je n'aime pas sa nouvelle famille. Ils sont nuls, répliqua Carmen, consciente d'avoir l'air d'une sale gamine pourrie gâtée.

– Pourquoi tu ne les aimes pas ?

Mal à l'aise, Carmen décroisa et recroisa les jambes.

– Je ne me sens pas à ma place, là-bas. Je ne suis pas comme eux.

– Comment ça ?

– Je suis portoricaine et j'ai un gros cul.

Carmen ne put s'empêcher de sourire.

– Alors, c'est toi qui ne les aimes pas ou c'est eux ?

Elle pencha la tête, pensive.

– Les deux, je pense.

– Et ton père dans tout ça ?

– Quoi, mon père ?

– Eh bien, c'est quand même lui qui compte, non ? remarqua Bailey.

Là, Carmen se leva comme une furie et agita les mains devant l'objectif.

– Attends, attends ! Coupe la caméra ! Qu'est-ce que c'est que ce film ?

– C'est un documentaire, répliqua Tibby.

– D'accord, mais sur quoi ?

– Sur les gens, sur les sujets qui les préoccupent, expliqua diplomatiquement Bailey.

– Et vous croyez que mes histoires avec mon père, ça va intéresser quelqu'un ?

Bailey haussa les épaules.

– Du moment que ça t'intéresse, toi.

Carmen examina ses ongles. Ils étaient rongés avec de petites peaux autour.

– Bon, pourquoi tu as lancé cette pierre dans la fenêtre ? reprit Bailey. Tu devais être sacrément en colère.

Carmen en resta bouchée bée. Elle se tourna vers Tibby.

– Merci beaucoup. Alors, tu lui racontes tout ?

– Seulement les trucs importants.

Carmen sentit les larmes lui monter aux yeux. Elle se mordit l'intérieur de la joue. Il ne manquerait plus qu'elle se mette à pleurer devant la caméra !

– Je ne suis pas en colère contre mon père, dit-elle avec détermination.

– Pourquoi ?

Les larmes lui brouillaient la vue. Et plus elle sentait les larmes monter, plus elle se sentait triste, c'était un cercle vicieux.

– Parce que. Je ne lui en veux pas, c'est tout.

C'était peine perdue. Les larmes jaillirent. Elles roulèrent sur ses joues, sur son menton, coulèrent dans son cou. À travers ses sanglots, elle entendit un bruit de ferraille et vit le micro et la perche sur le sol. Bailey était assise à côté d'elle et la serrait dans ses bras. Ça, c'était la meilleure !

– Ça va aller, lui dit-elle doucement.

Carmen craqua. Elle laissa aller sa tête contre celle de Bailey. Elle aurait dû répondre à cette drôle de gamine d'aller se faire voir, mais c'était impossible. Elle oublia le film, la caméra, Tibby, et même le reste de son corps et le monde entier.

Tibby les rejoignit bientôt sur le lit et lui passa le bras autour de la taille.

– Tu as le droit d'être en colère, affirma Bailey.

Il était quatre heures sept et Bailey n'était toujours pas là. Tibby vérifia l'heure à la grosse horloge derrière les caisses. Où était-elle passée ? D'habitude, elle arrivait toujours pile à la minute où Tibby finissait son service.

Lorsque les portes automatiques s'ouvrirent devant elle, Tibby reçut une bouffée d'air brûlant en pleine figure. Elle sortit du magasin pour regarder par la vitrine du drugstore. Parfois Bailey jouait à *Dragon Master* avec Brian en l'attendant. Mais, aujourd'hui, il était seul devant son écran. Quand il leva les yeux, elle lui fit signe. Il lui rendit son bonjour.

À quatre heures dix-huit, Tibby commençait vraiment à s'impatienter. Elle avait pris l'habitude que Bailey la suive comme son ombre. Au début, ça l'avait agacée, mais maintenant elle s'y était faite.

Elle avait peut-être eu un problème avec le matériel ? Ou alors elle en avait marre du film ?

Connaissant Bailey, ce n'était sûrement ni l'un ni l'autre, mais ça passait le temps de s'imaginer des trucs. Tibby fit encore les cent pas pendant huit minutes puis enfourcha son vélo. Elle passa d'abord chez elle. Pas de Bailey. Puis elle retourna chez Wallman, au cas où. Enfin, elle fila chez les Graffman.

Personne ne répondit lorsqu'elle frappa à la porte. Elle sonna une fois, deux fois, trois fois. Rien. Elle était devant la maison à essayer de voir par la fenêtre quand une voisine s'arrêta devant le portail.

– Vous cherchez les Graffman ?

– Oui, je voudrais voir Bailey.

– Je crois qu'ils sont partis à l'hôpital en début d'après-midi, expliqua la femme, d'un air triste.

Tibby essaya d'endiguer la vague d'angoisse qui la submergeait.

– Qu'est-ce qui s'est passé ?

– Je ne sais pas.

– Merci, lança Tibby, remontant aussitôt sur son vélo.

Elle prit la direction de l'hôpital en pédalant comme une folle.

« Bailey avait sûrement rendez-vous pour une visite de contrôle », se dit-elle. Ils allaient lui prendre un peu de sang pour vérifier que la leucémie se tenait tranquille. Bailey avait l'air en forme. Les enfants malades restent au lit. Bailey sautillait comme un ressort.

Si ce n'était vraiment qu'une visite de contrôle, elle ne pouvait pas débarquer comme ça, ça paraîtrait bizarre, se dit-elle en entrant dans le hall glacé de l'hôpital.

Elle avançait droit devant elle en se demandant où aller, quand elle aperçut Mme Graffman. Elle était en tailleur, avec un sac McDonald's à la main.

– Bonjour, madame, fit Tibby en se glissant sous son nez. Je suis une amie de Bailey.

En disant cela, elle se rappela comme ça l'agaçait, au début, lorsque Bailey l'appelait « son amie ».

Sa mère hocha la tête et eut un petit sourire.

– Bien sûr, je sais qui tu es.

– Hum… Est-ce que… euh, ça va ? demanda Tibby.

Elle se rendit compte que ses jambes tremblaient. Bon Dieu, ils avaient réglé la clim sur moins dix ou quoi ? Ils voulaient que les gens ressortent malades, ma parole !

– Elle passe une visite de contrôle, c'est ça ?

Tibby suivait la mère de Bailey, sans vraiment y avoir été invitée. Qui harcelait qui, maintenant ?

Mme Graffman s'arrêta brusquement et elle faillit lui rentrer dedans.

– Tu veux t'asseoir une seconde ? lui proposa-t-elle.

– Euh… oui, bien sûr.

Tibby la regarda attentivement. Elle avait les yeux rouges, fatigués, et un peu la même bouche que sa fille.

Elles s'assirent dans un coin tranquille, côte à côte.

– Tibby, je ne sais pas si Bailey t'a raconté tout ce qu'elle avait enduré. Elle n'en parle pas beaucoup, je crois.

Tibby hocha la tête mécaniquement.

– Elle n'en parle pas du tout.

– Tu sais qu'elle a une leucémie. Un cancer du sang.

Tibby acquiesça. Ce n'était vraiment pas encourageant, dit comme ça.

– Mais ça se soigne, non ? Les enfants s'en sortent, en principe, hein ?

Mme Graffman pencha légèrement la tête, comme si elle était soudain devenue trop lourde à porter.

– Bailey avait sept ans quand on a diagnostiqué sa maladie. On a essayé la chimiothérapie, les rayons, on lui a même fait une greffe de moelle l'an dernier. Elle a passé une grande partie de sa vie dans un centre de soins à Houston, au Texas.

Elle laissa échapper un petit soupir étranglé mais se reprit aussitôt.

– Quoi qu'on fasse, la maladie revient toujours.

Tibby avait tellement froid qu'elle claquait des dents. Elle avait les poils des bras tout hérissés.

– Mais… vous avez essayé tous les traitements ? Il n'y en a pas d'autre ? Vraiment ?

Elle avait parlé plus fort, plus violemment qu'elle ne le voulait.

La mère de Bailey haussa ses épaules pointues.

– Nous voulions qu'elle puisse vivre au moins quelques mois comme les autres enfants.

– Mais alors… ça veut dire que vous allez la laisser mourir ?

Mme Graffman battit des paupières.

– Nous ne savons plus quoi faire, avoua-t-elle. Bailey souffre d'une grave infection, maintenant. Nous prions pour que son corps arrive à la combattre.

Elle leva ses yeux gonflés, pleins de larmes.

– Nous sommes très inquiets. Il faut que tu le saches.

Tibby n'arrivait plus à respirer. Elle avait l'impression que son cœur avait oublié comment battre normalement.

– Bailey te voue une véritable adoration, poursuivit Mme Graffman, d'une voix tremblante. Grâce à toi, ces deux mois ont été l'un des meilleurs moments de sa vie. Son père et moi, nous t'en sommes très reconnaissants.

– Il faut que j'y aille, murmura Tibby.

Son cœur allait exploser, elle allait mourir elle aussi et elle ne voulait pas que ça arrive en plein milieu de l'hôpital.

Tu peux prendre la route qui mène aux étoiles. Moi, je prendrai celle qui me délivrera du mal.

Nick Drake

Un matin, au début du mois d'août, après son habituel petit déjeuner sans paroles avec Bapi, Lena prit son sac et monta en haut de l'île. Elle avait décidé de retourner voir la mare aux oliviers. Son petit coin de paradis. Non, le petit paradis de Kostos.

En arrivant, elle remarqua tout de suite que les couleurs avaient changé depuis juin. L'herbe était un peu plus jaune, ce n'était plus les mêmes fleurs. Les olives avaient grossi, elles étaient adolescentes, maintenant. La brise était plus forte, le *meltimi*, comme l'appelait sa grand-mère.

Elle était peut-être venue dans l'espoir de le croiser, elle ne savait pas. Elle s'absorba dans sa peinture. Pendant des heures, profondément concentrée, elle peignit. Le soleil était brûlant, mais elle ne le sentait plus. Ses bras commençaient à fatiguer, mais elle ne les sentait pas non plus.

Quand les ombres furent devenues trop

longues, elle redescendit sur terre. Elle regarda sa toile avec des yeux critiques, réalistes. Tibby, Bridget ou Carmen auraient souri franchement. Mais Lena, elle, esquissa juste un sourire.

C'était son tableau le plus réussi. Elle allait l'offrir à Kostos.

Elle aurait tellement voulu avoir le courage de lui dire ce qu'elle ressentait. Elle espérait que ce tableau lui dirait en « langage Lena » qu'elle avait compris que c'était son endroit à lui et qu'elle était désolée.

Tibby appela chez Wallman pour dire qu'elle était malade. Elle avait une crampe au pied. Elle avait la paupière qui tremblait. Son anneau dans le nez s'était infecté. Elle voulait dormir, dormir, dormir.

Elle ne pouvait pas aller travailler alors que Bailey était à l'hôpital. Elle ne voulait pas l'oublier, même une demi-seconde et, ne la voyant pas arriver à la fin de son service, se la rappeler brusquement. C'était affreux, d'oublier et de se rappeler tout à coup.

Elle regarda Mimi dans sa cage. Elle dormait encore plus que d'habitude en ce moment. Elle n'avait même pas touché à ses graines. Elle avait un rythme de vie si lent… et pourtant sa vie filait plus vite que celle de Tibby. Comment était-ce possible ? Tibby aurait aimé qu'elles vieillissent au même rythme.

Elle s'approcha et tapota sur les barreaux. Ça l'agaçait prodigieusement que Mimi puisse dormir, malgré tout ce qui se passait. Elle glissa la main dans la cage et lui toucha le ventre du bout du doigt.

Quelque chose clochait. Mimi n'était pas chaude comme d'habitude. Elle était toute froide. Prise de panique, Tibby la saisit avec un peu trop d'empressement et la lâcha. Elle retomba mollement. Elle ne remua même pas.

– Allez, Mimi, supplia-t-elle d'une voix étranglée.

Ce n'était pas possible. C'était une blague débile de cochon d'Inde ou quoi ?

– Allez, réveille-toi.

Elle la prit dans une main en la serrant fort. Mimi détestait ça. Normalement, elle essayait de se dégager en lui lacérant le poignet de ses petites pattes griffues.

Il fallait se rendre à l'évidence : dans sa main, ce n'était plus Mimi. C'était une enveloppe de cochon d'Inde, rien de plus.

Tibby isola alors toute une partie de son cerveau. La partie qui risquait de continuer à réfléchir à tout ça. Ne restait plus qu'une toute petite zone pour assurer le service minimum. Une tour de contrôle donnant les instructions de base plus qu'un véritable esprit pensant.

Remets Mimi dans sa cage. Non. Ça va bientôt sentir mauvais. Va l'enterrer dans le jardin.

Pas question. Tibby se rebella contre les instructions de la tour de contrôle. Elle ne pouvait pas faire ça.

Mais que faire, alors ? Appeler sa mère au travail ? Appeler le vétérinaire ? Non, elle savait très bien ce qu'ils allaient lui dire.

Elle avait une meilleure idée. Elle descendit au rez-de-chaussée. Pour une fois, il n'y avait pas un bruit dans la maison. Sans réfléchir plus que le strict nécessaire, elle glissa Mimi dans un sac en plastique, noua les poignées bien serré et mit le tout au congélateur.

Mais, brusquement, elle eut une vision d'horreur : Loretta qui décongelait Mimi pour la faire griller à la poêle. Elle rouvrit le congélo et cacha le cochon d'Inde derrière les restes du gâteau de baptême de Katherine, que personne n'oserait jamais manger ou jeter.

Voilà. Parfait. Mimi n'était pas… Enfin, pas vraiment. Elle était au frais. On allait avancer dans ce domaine. La science ne manquerait pas de faire des miracles, Tibby en était convaincue. Cela prendrait peut-être quelques années mais le temps ne pressait plus, maintenant. Tibby saurait attendre.

En haut, elle se jeta sur son lit. Elle prit un bloc et un stylo sur sa table de nuit pour écrire à Carmen, à Lena ou à Bee… mais elle se rendit compte qu'elle n'avait rien à dire.

Carmen,

Depuis que je suis en Grèce, tous les matins, je prends le petit déjeuner avec mon grand-père et nous n'avons jamais échangé plus de deux mots. Tu ne trouves pas ça bizarre ? Tu crois qu'il me prend pour une idiote ? C'est décidé, je vais apprendre par cœur trois phrases en grec et je les ressortirai demain matin. Je m'en voudrais trop si, à la fin de l'été, nous n'avons pas parlé une seule fois tous les deux.

Tu pourras me donner quelques « tuyaux » pour être une fille normale à la rentrée ? Je crois que je ne sais pas m'y prendre.

Bisous,

Lena

Carmen se laissa tomber sur le lit de sa mère qui lui caressa le dos, doucement, en murmurant :

– Mon bébé, mon bébé.

– Je suis en colère contre papa, annonça Carmen d'une voix étouffée, la tête enfouie dans le couvre-lit.

– C'est normal.

Elle se retourna sur le dos.

– Mais pourquoi j'ai eu tant de mal à me l'avouer ? Ça ne me gêne pas d'être en colère contre toi, pourtant.

– Mmm… J'avais remarqué.

La mère de Carmen se tut un moment, mais elle avait quelque chose à dire, ça se voyait.

– Tu ne crois pas que c'est plus facile de se mettre en colère après les gens en qui on a confiance ? suggéra-t-elle prudemment.

« Mais j'ai confiance en papa », allait répliquer Carmen du tac au tac. Elle se força cependant à réfléchir.

– Pourquoi ? demanda-t-elle.

– Parce qu'on est sûr qu'ils continueront à nous aimer malgré tout.

– Mais il m'aime !

– Évidemment, confirma sa mère.

Elle s'allongea à côté de Carmen et inspira profondément avant de reprendre.

– Ça a été très dur pour toi quand il est parti.

– Oui, je m'en souviens…

Carmen se revoyait encore à sept ans, répétant à quiconque lui posait la question ce qu'il lui avait dit : « Il a dû partir pour son travail. Mais on va continuer à se voir autant qu'avant. C'était la meilleure solution pour tout le monde. » Croyait-elle vraiment ce qu'elle disait ? Pourquoi répétait-elle ça à qui voulait l'entendre ?

– Une fois, tu m'as réveillée en pleine nuit pour me demander si ton père savait que tu étais triste.

Carmen roula sur le côté et posa son menton dans sa main.

– Tu crois qu'il s'en rendait compte ?

Sa mère ne répondit pas tout de suite.

– Je crois qu'il essayait de se persuader que tu allais bien.

Elle s'interrompit.

– Parfois, on préfère se dire ce qu'on a besoin d'entendre.

– Tibby, viens dîner !

C'était la voix de son père. Il était rentré.

Il faisait un froid de canard. Tibby frissonnait malgré son pyjama à carreaux en flanelle épaisse. Son père avait dû remonter la clim. Depuis qu'ils avaient fait installer l'air conditionné, la maison était un vrai frigo pendant quatre ou cinq mois de l'année.

– Tibby ?

Dans un brouillard, elle réalisa qu'il attendait une réponse.

– Tibby !

Elle entrouvrit la porte et cria :

– J'ai déjà mangé.

– Tu peux quand même venir avec nous.

Comme ça avait l'air d'une suggestion, pas d'un ordre, elle se dit qu'elle pouvait l'ignorer. Elle referma sa porte. Elle savait pertinemment que, d'ici quelques secondes, Nicky allait se mettre à lancer des petits pois, que Katherine allait avoir un de ces affreux renvois – elle souffrait de reflux œsophagien – et que finalement ses parents oublieraient Tibby, leur ado difficile.

Elle toucha ses cheveux. Ils n'étaient pas juste gras aux racines, ils étaient poisseux jusqu'aux pointes. Ils allaient faire des traces sur sa taie d'oreiller.

– Tibby, ma chérie ?

Encore son père. Décidément, il n'abandonnait pas aussi facilement.

– Je descendrai pour le dessert ! hurla-t-elle.

Cette fois, c'était sûr, ils l'auraient oubliée.

Il était sept heures. Elle allait regarder les jeux télévisés en attendant les séries sur TV-Rires. Ce qui l'amènerait aux alentours de dix heures. Elle avait vérifié le programme : sur cette chaîne, les feuilletons ne risquaient pas de lui rappeler quoi que ce soit de sa propre vie, pas d'histoires d'ambulances, de médecins ou d'hôpitaux. Que des trucs avec rires préenregistrés. Ensuite, elle passerait sur Star TV pour regarder les documentaires : des heures et des heures d'hommage à des dinosaures du rock qui étaient morts d'overdose bien avant sa naissance. Parfait pour s'endormir.

Mince, le téléphone. Quand sa mère était tombée enceinte de Nicky, Tibby avait eu droit à sa propre ligne téléphonique. Pour Katherine, elle avait eu sa télé. Quand le téléphone sonnait dans sa chambre, c'était donc forcément pour elle. Elle s'enfonça plus profondément dans son lit. C'est pas vrai ! Le répondeur ne marchait pas ou quoi ? Quand elle était à l'autre bout de la maison et qu'elle attendait un appel important, il se déclenchait au bout de trois secondes. Et là, il laissait sonner des heures ! Enfin, il se mit en route.

– Allô, Tibby ? C'est Bailey.

Tibby se crispa, fixant le téléphone comme un objet maléfique.

– Tu peux me joindre au 555-4648. Rappelle-moi !

Malgré les couvertures et le pyjama d'hiver, Tibby frissonnait. Elle se concentra sur la pub qui passait à la télé : un spot sur les troubles de l'érection. Elle voulait dormir, c'est tout.

Elle pensait à Mimi qui était en bas, congelée dans son petit sac, et elle, qui était là, congelée dans son lit.

Bridget mit longtemps à s'habiller pour le grand match. Les autres filles avaient décoré leurs maillots en y collant des photos de tacos. Bridget aurait trouvé ça génial si elle avait encore eu assez d'énergie pour s'enthousiasmer pour quoi que ce soit.

Les deux équipes avaient accroché des guirlandes de papier crépon sur les buts. Au bord du terrain, on avait installé une table couverte de tranches de pastèques.

Ses chaussures à crampons lui paraissaient trop grandes. Bridget savait qu'elle avait perdu du poids. C'était mécanique, dès qu'elle sautait un repas. Mais de là à maigrir des pieds…

– Bridget, où étais-tu passée ? lui demanda Molly.

Bee avait manqué la petite séance d'échauffement organisée ce matin.

– Je me reposais pour le grand match.

Molly n'était pas assez fine pour sentir qu'il y avait autre chose, et c'était tant mieux.

– Bon, les Tacos, écoutez-moi bien. Ça ne va pas être facile. Los Cocos ont la chance de leur côté, on dirait. Et comme vous l'avez vu hier, ils ont une sacrée pêche, hein ? Il va falloir qu'on se sorte les tripes si on veut gagner, les filles.

Bridget se promit de ne plus jamais employer l'expression « se sortir les tripes ».

Molly se tourna justement vers elle avec un grand sourire, comme si elle allait lui offrir un cadeau.

– Tu es prête, Bee ? Alors, vas-y ! Tu peux te donner à fond aujourd'hui.

Le reste de l'équipe l'acclama. Bridget ne réagit pas. Elle l'avait mise à l'écart, en défense. Exilée dans les buts. Elle hurlait dès qu'elle dribblait sur plus de deux mètres.

– Je ne suis pas sûre de savoir encore jouer, répliqua-t-elle.

Dès le début du match, Bridget fut lente, hésitante. Elle n'allait pas chercher la balle. Et, quand elle venait vers elle, elle la fuyait. Son équipe ne comprenait pas. D'habitude, c'était elle qui menait le jeu. Los Cocos marquèrent deux fois dans les cinq premières minutes.

Molly demanda une pause à l'arbitre. Elle

regardait Bridget comme si elle ne l'avait jamais vue.

– Allez, Bee ! Vas-y, joue ! Qu'est-ce qui te prend ?

Bridget ressentit une réelle bouffée de haine pour cette bonne femme. Elle n'avait jamais vraiment supporté qu'on lui donne des ordres.

– Tu ne m'as pas laissée jouer quand j'avais le feeling. Maintenant, je ne l'ai plus. Désolée.

Molly était hors d'elle.

– C'est pour me punir, alors ?

– C'était pour me punir ?

– Je suis ton entraîneur, nom de Dieu ! J'essaye de faire de toi une vraie joueuse et pas une frimeuse !

– Je suis une vraie joueuse, répliqua Bridget en sortant du terrain.

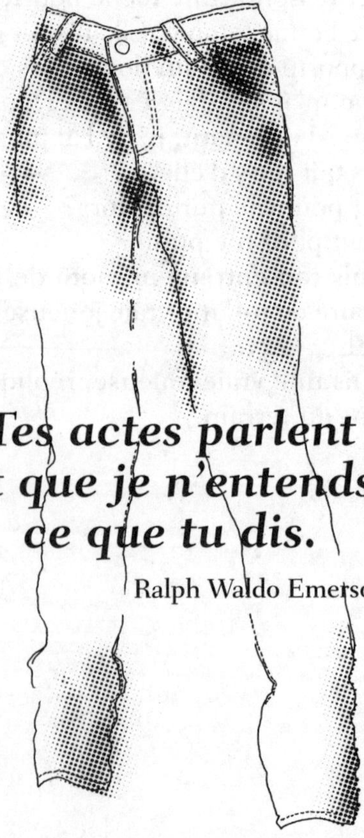

Tes actes parlent si fort que je n'entends pas ce que tu dis.

Ralph Waldo Emerson

Tibby choisit d'abord un paquet de Fingers mais, dès la première bouchée, elle se dit qu'elle ne pouvait pas manger ces biscuits qui ressemblaient à des doigts coupés. Alors elle redescendit vite à la cuisine les cacher au fond du placard.

Elle avait plutôt envie de glace, finalement, mais elle ne voulait pas s'approcher de l'endroit où la glace était rangée. À la place, elle prit un sachet de crocodiles en principe exclusivement réservés à son petit frère Nicky, et le monta dans sa chambre. Les yeux rivés sur *Les Feux de l'Amour*, elle mâchouilla mécaniquement le paquet entier de bonbons caoutchouteux.

Pendant *Alerte à Malibu*, elle but deux litres de Schweppes et fila vomir en Technicolor. Puis elle regarda un moment la chaîne de téléachat.

Au beau milieu du *Cosby Show*, le téléphone sonna. Elle monta le son car elle ne voulait pas perdre un mot de ce feuilleton hilarant. Elle adorait Bill Cosby.

Même avec le volume à fond, elle entendit la voix sur le répondeur.

– Euh, Tibby, ici Robin Graffman, la mère de Bailey.

Long silence.

– Pourrais-tu nous appeler ou passer à l'hôpital ? Je te donne le numéro de téléphone : 555-4648. Chambre 448, au quatrième étage, à gauche en sortant de l'ascenseur. Bailey voudrait vraiment te voir.

Tibby sentit à nouveau cette douleur dans sa poitrine. Son cœur faiblissait. La douleur lui serrait les tempes comme un étau. Elle allait faire une crise cardiaque et une rupture d'anévrisme en même temps !

Elle se tourna vers la cage de Mimi. Elle aurait voulu se blottir bien au chaud dans les copeaux, respirer l'odeur salée de son cochon d'Inde et dormir en attendant la mort. Ce n'était pas demander grand-chose.

Carmen composa le numéro. Elle s'était dit qu'elle raccrocherait si c'était une femme qui répondait, mais elle se fit violence.

– Lydia, c'est Carmen. Pourrais-je parler à mon père ?

– Bien sûr, je te le passe, répondit Mme Femme-Parfaite avec empressement.

Comment Carmen avait-elle pu imaginer que Lydia dise quoi que ce soit de déplaisant ?

Son père prit le combiné.

– Allô ?

Il avait l'air à la fois soulagé et un peu tendu.

– Papa, c'est Carmen.

– Je sais. Je suis content que tu m'appelles.

En effet, il avait l'air à peu près content.

– J'ai reçu ton enveloppe. C'était très gentil.

– Oh… de rien.

Là, elle pouvait céder à la facilité. C'était le moment. Elle s'excuserait. Il serait affreusement compréhensif. En moins de deux minutes, tout irait pour le mieux dans le meilleur des mondes. Et la vie reprendrait son cours tranquille.

Non, il fallait qu'elle se batte.

– Papa, je voulais te dire quelque chose.

Elle sentit qu'il la suppliait mentalement de ne pas le faire. Ou bien c'était elle qui hésitait ?

– Oui…

« Allez, vas-y, Carmen, s'encouragea-t-elle. Lance-toi ! »

– Je… je t'en veux, papa, dit-elle d'un ton haché.

Heureusement, il ne répondit rien. Elle se mordit les lèvres puis respira profondément avant de reprendre :

– Je suis déçue, tu sais. Je pensais qu'on allait passer l'été ensemble, toi et moi. Tu aurais vraiment dû me prévenir que tu avais emménagé chez Lydia.

– Carmen, je suis désolé. Oui, j'aurais dû t'en parler avant. C'est ma faute, je suis vraiment désolé.

Il prononça ces derniers mots sur un ton conclusif. Point final. Pour lui, le dossier était bouclé. Il cautérisait la blessure pour ne pas voir le sang.

Mais elle ne l'entendait pas de cette oreille.

– Je n'ai pas fini, protesta-t-elle.

Silence à l'autre bout de la ligne.

Elle se donna un instant pour raffermir sa voix.

– Il n'y a pas de place pour moi dans ta nouvelle vie. Tu as une nouvelle famille, de nouveaux enfants… m-mais et moi ?

Ça y est, elle était lancée à pleine vitesse, emportée par des émotions qu'elle n'avait jamais voulu s'avouer.

– Qu'est-ce que tu fais de moi et de maman ?

Sa voix se brisa. Les larmes se mirent à rouler sur ses joues. Elle se fichait de savoir s'il écoutait encore, elle ne pouvait plus s'arrêter maintenant.

– Ton ancienne famille n'était pas assez bien pour toi, c'est ça ? Pourquoi tu es parti ? Pourtant tu m'avais promis que… qu'on serait toujours aussi proches…

Elle s'interrompit pour essayer de reprendre sa respiration.

– P-pourquoi tu disais que c'était toujours comme avant alors… alors que ce n'était pas vrai ?

Elle hoquetait. Ses mots tanguaient sur des flots de larmes. Elle ne savait même pas s'il comprenait encore ce qu'elle disait.

– Tu v-vois, même Paul rend visite à son ivrogne de père tous les mois alors que toi, tu ne viens me voir que deux ou trois fois par an. Je n'ai rien fait de mal, pourtant, si ?

Elle se tut et resta au téléphone à pleurer, perdant la notion du temps.

Au bout d'un moment, elle finit par se calmer. Était-il toujours à l'autre bout du fil ?

En pressant le combiné contre son oreille, elle entendit un bruit étouffé. Une respiration haletante. Entrecoupée de sanglots.

– Carmen, je te demande pardon. Pardon.

Elle se dit qu'elle pouvait peut-être le croire car, pour la première fois en seize ans, il pleurait lui aussi.

L'après-midi suivant, Tibby comatait dans sa chambre lorsqu'on frappa à la porte.

– Allez-vous-en ! aboya-t-elle.

Qui ça pouvait bien être ? Ses parents étaient au travail et elle avait suffisamment effrayé Loretta pour qu'elle n'ose plus jamais l'approcher.

– Tibby ?

– Allez-vous-en ! répéta-t-elle.

La porte s'entrouvrit. Carmen passa la tête. En découvrant Tibby vautrée au milieu de ce tas d'ordures, elle ouvrit de grands yeux inquiets.

– Tibby, qu'est-ce qui se passe ? demanda-t-elle doucement. Ça va ?

– Oui, très bien, répliqua Tibby en replongeant sous ses couvertures. Va-t'en, s'il te plaît.

Elle monta le son de la télé. Bill Cosby revenait après une page de publicité.

– Non, mais qu'est-ce que tu regardes ?

Comme le store était baissé, à part la télé et un paysage de décharge publique, il n'y avait pas grand-chose à regarder.

– Bill. Je le trouve trop drôle, pas toi ?

Carmen slaloma entre les montagnes d'immondices pour venir s'asseoir sur le lit de Tibby. Carmaniaque devait être sacrément inquiète pour oser traverser cette porcherie, car elle souffrait d'une forme sévère d'allergie au bazar.

– Dis-moi ce qui ne va pas, Tibby, je t'en prie. Tu me fais peur.

– Je n'ai pas envie de parler, répondit-elle froidement. Tout ce que je veux, c'est que tu t'en ailles.

Le téléphone se remit à sonner. Tibby le regarda comme si c'était un serpent à sonnettes.

– Pas touche ! ordonna-t-elle.

Bip, le répondeur se mit en marche. Tibby se jeta dessus comme une folle, cherchant désespérément comment baisser le son. En désespoir de cause, elle le balança sur la moquette.

Mais la voix sortit quand même distinctement de l'appareil :

– Tibby, c'est la mère de Bailey. Je voulais te prévenir. Bailey ne va pas bien du tout. Elle n'arrive pas à lutter contre l'infection et…

Mme Graffman suffoquait, comme si elle était en train de se noyer.

– Nous… nous voudrions vraiment que tu viennes. C'est très important pour Bailey.

Elle laissa échapper un ou deux sanglots puis raccrocha.

Tibby n'osait pas regarder Carmen. Elle savait que ses yeux essayaient de forer des tunnels dans son cerveau. Elle sentit ses bras l'entourer. Elle détourna les yeux. Un raz de marée de larmes s'accumulaient derrière ses paupières.

– Je t'en prie, va-t'en.

Carmen, en bonne Carmen qu'elle était, lui déposa un bisou sur la joue et se leva pour partir.

– Merci, murmura Tibby.

Malheureusement, Carmen, en bonne Carmen qu'elle était, revint à la charge une heure plus tard. Cette fois, elle ne frappa même pas. Elle débarqua au beau milieu du coma cauchemardesque de Tibby.

– Il faut que tu ailles la voir, Tibou.

– Va-t'en, j'peux plus bouger, grogna-t-elle.

Carmen poussa un long soupir.

– Mais si, tu peux. Je t'ai apporté le jean.

Elle le posa aux pieds de son amie, au bout du lit. C'était le seul endroit de la pièce où il ne risquait pas d'être happé par le bazar monstrueux.

– Enfile-le et vas-y.

– Non, fit-elle d'une voix rauque.

Sans répondre, Carmen disparut comme elle était venue.

Tibby claquait des dents, elle tremblait de fièvre, elle avait des spasmes, des convulsions… Carmen n'avait donc pas vu dans quel état elle était ? Son cœur flanchait, son cerveau n'était plus irrigué et son anneau dans le nez s'était infecté !

Elle retomba dans un sommeil comateux pendant des heures. Quand elle se réveilla, le jean attira son regard. La lumière bleutée de la télé lui donnait un éclat un peu surnaturel. Le jean lui disait qu'elle était nulle et il avait raison. Elle se rallongea, sentant son poids sur ses pieds et ses chevilles. Il pesait des tonnes. Comment aurait-elle pu mettre un pantalon si lourd ? Sur l'écran, le présentateur d'un jeu débile la fixa en disant : « C'est à VOUS de jouer. » Ce n'était pas un hasard.

Carmen aurait même dit que c'était un signe.

Tibby sauta du lit, paniquée. Son cœur déréglé s'emballa. Et si c'était trop tard ? Et si c'était déjà fini ?

Elle retira son pantalon de pyjama pour enfiler le jean, puis elle fourra ses pieds dans une paire de charentaises. Ses cheveux étaient tellement sales qu'ils en paraissaient propres. Ils avaient fait un tour complet dans le cycle de la crasse !

Une fois sur le trottoir, elle se rendit compte qu'il était minuit passé et qu'elle portait encore son haut de pyjama. Est-ce qu'on la laisserait entrer pour voir Bailey si tard ? Les visites n'étaient autorisées que jusqu'à huit heures, non ?

Elle fit demi-tour pour aller prendre son vélo dans le garage. Elle n'avait pas beaucoup de temps. Bailey avait peur du temps, elle le lui avait dit.

Elle traversa la ville comme une folle. Les lampadaires défilaient devant ses yeux dans un brouillard.

L'entrée principale de l'hôpital était déserte, toutes les lumières éteintes, mais les urgences étaient encore éclairées. Tibby entra et slaloma entre les chaises où patientaient des gens complètement amorphes. Visiblement, attendre des heures aux urgences, ce n'était pas aussi palpitant que de regarder la série à la télé.

Profitant que la surveillante dans sa cabine de verre avait la tête baissée, Tibby fonça droit devant. Elle avait repéré un ascenseur.

– Puis-je vous aider ? demanda une infirmière surgie de nulle part.

– Euh… non, ma maman m'attend, mentit Tibby (terriblement mal !).

L'infirmière n'insista pas. Alors elle fila dans les escaliers, monta un étage, patienta le temps que la voie soit libre puis repartit vers l'ascenseur.

La porte s'ouvrit sur un docteur à l'air passablement fatigué. Tibby se creusait la cervelle pour trouver une explication à lui fournir, quand elle réalisa qu'il n'en avait rien à faire : il avait clairement d'autres chats à fouetter.

Au quatrième étage, elle descendit et se cacha vite derrière une porte. Pas un bruit. L'accueil était sur la gauche mais un panneau indiquait que la chambre 448 se trouvait sur la droite. Mais attention, un peu plus loin dans le couloir, il y avait le bureau des infirmières. Retenant son souffle, Tibby longea le mur sans un bruit, comme une araignée. Dieu merci, elle trouva tout de suite la chambre 448. Elle se faufila à l'intérieur et se figea.

Elle aperçut la télé fixée au mur et reconnut le présentateur de ce jeu débile qu'elle venait de quitter. Il faisait toujours son petit numéro. Mais sans le son.

Bon, pas de parents en vue. Il fallait qu'elle entre.

Elle avait peur de trouver une autre Bailey,

juste une enveloppe de Bailey. Mais la fille qui dormait dans le lit était bien celle qu'elle connaissait. Sauf qu'elle avait des tubes dans les bras et dans le nez. Tibby ne put retenir un petit cri étranglé. C'était trop d'émotion, il fallait que ça sorte.

Bailey paraissait minuscule sous ses couvertures. On voyait son pouls battre faiblement dans son cou. Doucement, Tibby lui prit la main. Une petite patte d'oisillon.

– Salut, Bailey, c'est moi, chuchota-t-elle. La fille de chez Wallman.

Bailey était si menue que Tibby avait assez de place pour s'asseoir à côté d'elle sur le lit. Ses yeux restaient fermés. Tibby mit sa petite main décharnée sur sa poitrine et resta comme ça, immobile. Quand ses paupières devinrent lourdes, elle s'allongea et posa sa tête sur l'oreiller, à côté de celle de Bailey. Elle sentait ses petites mèches folles lui chatouiller la joue. Les larmes lui montèrent aux yeux, elles coulèrent dans ses oreilles et roulèrent sur les cheveux de Bailey.

Elle voulait rester là à lui tenir la main jusqu'à la fin des temps, pour que Bailey n'ait plus jamais peur d'en manquer.

Ce soir, on célébrait *Koimisis tis Theotokou*, l'assomption de la Vierge. C'était la plus grande fête grecque orthodoxe après Pâques. Lena et Effie avaient accompagné leurs grands-parents à la messe dans l'adorable petite église du village. Il y eut ensuite une procession, puis tout le monde se retrouva pour boire et manger.

Mamita faisait partie du groupe chargé des desserts. Avec Effie, elles avaient préparé des centaines de *baklavas*. Comme l'été touchait à sa fin, Mamita avait intensifié le rythme de ses leçons de cuisine. Effie était devenue un véritable chef qui hachait d'une main experte amandes, noix et pistaches pour fourrer les petits gâteaux!

Lena but un verre de vin rouge âpre qui n'eut pas l'effet espéré. Encore plus triste, encore plus lasse, elle monta dans sa chambre et s'assit à sa fenêtre dans le noir. Elle pouvait comme ça assister aux festivités à distance. Elle préférait.

Il faisait presque nuit, maintenant. La fête battait son plein un peu plus bas dans la rue, sur la petite place près de chez Kostos. Les hommes, égayés par l'*ouzo* qui coulait à flots, devinrent très expansifs dès qu'on mit de la musique. Même Bapi avait un grand sourire idiot aux lèvres.

Effie aussi avait bu quelques verres de vin. Il n'y avait pas d'âge minimum pour consommer de l'alcool en Grèce. En fait, c'était même leurs grands-parents qui les poussaient à boire pour les grandes occasions, ce qui avait probablement un peu encouragé Effie.

Elle était légèrement pompette. Lena la vit danser un moment avec Andreas, le serveur, puis ils s'éclipsèrent dans une ruelle. Lena n'était pas inquiète. Effie jouait les fofolles, mais il n'y avait pas de fille plus sensée et responsable. Elle avait beau aimer les garçons, du haut de ses quatorze ans, elle avait assez de jugeote pour savoir se préserver.

Ce soir, le village d'Oia avait deux lunes brillantes et parfaitement rondes, une dans le ciel et une dans l'eau. Impossible de distinguer l'originale de son reflet.

À la lueur de la pleine lune, Lena aperçut soudain Kostos. Il n'avait pas noté son absence et il s'en fichait. Elle en était sûre.

« J'aimerais tellement que tu penses à moi », lui dit Lena par télépathie. Mais elle regretta aussitôt ses mots.

Elle vit qu'il s'approchait de sa grand-mère. Mamita se hissa sur la pointe des pieds et l'embrassa si fort… presque à l'étrangler. Kostos avait l'air heureux. Il lui murmura quelque chose à l'oreille. Elle sourit. Et ils se mirent à danser tous les deux.

On fit partir des fusées de la place. Avec un léger frisson d'excitation, Lena se dit que ces petits feux d'artifice de village étaient les plus émouvants, bien plus que les grands déluges d'étoiles de Disney World. Là, ce qui était touchant, plus que la prouesse technique, c'était de voir les efforts des hommes, le mal qu'ils se donnaient pour créer un bref instant de magie, au mépris du danger.

Kostos fit tournoyer Mamita. En riant, elle se raccrocha à lui pour ne pas tomber. Il finit en beauté par une passe de tango, renversant sa cavalière en arrière. Lena n'avait jamais vu sa grand-mère aussi joyeuse.

Elle étudia les visages des filles assises autour de la piste. Visiblement, les rares adolescentes du village fantasmaient toutes sur Kostos... mais il préférait danser avec les petites grands-mères, ces femmes qui l'avaient élevé, qui lui avaient donné tout l'amour qu'elles ne pouvaient donner à leurs propres enfants partis trop loin. Soudain, Lena fut prise d'angoisse : si les jeunes générations continuaient à déserter l'île pour aller vivre leur vie ailleurs, que deviendrait Santorin ? C'était trop triste...

Elle laissa ses larmes couler sur son menton, couler dans son cou. Elle ne savait pas vraiment pourquoi elle pleurait.

Même après la fin de la fête, tard dans la nuit, elle n'arrivait pas à dormir. Elle s'assit de nouveau à la fenêtre pour regarder le ciel. Elle guettait le souffle de vent qui brouillerait le reflet de la lune de mer. Elle imaginait tous les heureux habitants d'Oia qui sombraient dans un profond sommeil, un sommeil plombé d'alcool.

Mais, en se penchant un peu, elle reconnut d'autres bras accoudés à une autre fenêtre de la maison. Les bras ridés de Bapi. Il était assis à sa fenêtre, regardant la lune, comme elle.

Elle sourit, un vrai sourire, pas une esquisse. Elle avait au moins appris une chose à Santorin. Elle n'était pas comme sa sœur, ni comme ses parents, mais elle était comme son *bapi*, fière, avare de paroles, méfiante. Mais Bapi avait de la chance, lui : il avait trouvé le courage, une fois dans sa vie, de saisir l'amour d'une personne qui savait le donner.

Lena pria les deux lunes de trouver un jour ce courage.

Toute la sainte semaine,
plaindi, pleuredi, battredi,
trajeudi, vergedi, sèmedi
le vent récolte la tempête…

James Joyce

Le lendemain matin, Lena fit la grasse matinée. En fait, elle ne dormait pas vraiment, mais elle resta au lit parce qu'elle ne savait pas quoi faire. Elle se sentait bizarre, à la fois pleine d'énergie et abattue.

En fin de matinée, Effie débarqua dans sa chambre pour lui emprunter Dieu sait quoi.

– Qu'est-ce que tu as, Lenny ? lui demanda-t-elle par-dessus son épaule en fouillant sans la moindre gêne dans ses affaires.

– Je suis fatiguée…

Effie avait un air soupçonneux.

– Tu t'es bien amusée, hier ? fit Lena, détournant subtilement la conversation.

Les yeux de sa sœur se mirent à pétiller.

– Oh oui, c'était génial. Andreas embrasse tellement bien. Beaucoup mieux que n'importe quel Américain.

– Tu me l'as déjà dit, fit remarquer sèchement

Lena. Mais je te rappelle que tu n'as que quatorze ans.

Effie cessa brusquement de remuer les cintres et se figea complètement.

– Quoi ? s'inquiéta Lena.

Quand sa sœur arrêtait de s'agiter, ce n'était pas bon signe.

– Oh, mon Dieu !

– QUOI ?

Elle comprit quand elle entendit le bruissement de papier et découvrit ce qu'Effie tenait à la main. Le portrait qu'elle avait fait de Kostos.

– Oh, mon Dieu…, répéta Effie, plus lentement cette fois.

Elle se tourna vers sa sœur et la dévisagea. Elle la découvrait sous un nouveau jour.

– Je n'y crois pas !

– Quoi ?

Le vocabulaire de Lena s'était visiblement réduit à la plus simple expression.

– JE N'Y CROIS PAS.

– Quoi ? cria Lena en se redressant dans son lit.

– Tu es amoureuse de Kostos, lança Effie d'un ton accusateur.

– Mais non, pas du tout.

Si Lena avait jusqu'alors ignoré qu'elle était amoureuse de Kostos, maintenant, elle le savait. Parce qu'elle savait qu'elle venait de mentir.

– Oh que si. Et le plus triste, c'est que tu es

trop trouillarde pour te bouger. Alors tu restes là comme une moule.

Lena replongea sous les draps. Comme d'habitude, Effie avait réussi à résumer son état d'esprit complexe et tourmenté en une seule phrase.

– Allez, avoue-le, insista-t-elle.

Pas question. Lena croisa les bras sur son haut de pyjama, butée.

– Parfait, comme tu veux, mais je sais que c'est vrai.

– Eh bien, tu te trompes, na ! répliqua puérilement Lena.

Effie s'assit sur son lit. Elle avait l'air grave, maintenant.

– Lena, écoute-moi, s'il te plaît. Tu es amoureuse. Jamais je ne t'ai vue dans cet état. Mais on n'a plus beaucoup de temps à passer ici, alors il faut que tu prennes ton courage à deux mains pour aller dire à Kostos ce que tu ressens. Sinon, tu le regretteras toute ta vie, espèce de poule mouillée.

Lena savait qu'elle avait raison. Effie avait vu tellement clair dans son cœur qu'elle ne se donna même pas la peine d'essayer de nier.

– Mais, Ef, fit-elle d'une voix étranglée, et s'il ne m'aime pas ?

Effie réfléchit un moment. Lena croisait les doigts. Elle espérait sans trop y croire que sa sœur allait la rassurer. Elle aurait voulu qu'elle lui réponde que, bien sûr, Kostos l'aimait aussi.

Que c'était impossible autrement. Mais c'était compter sans sa franchise légendaire.

Elle se contenta de serrer la main de Lena dans la sienne.

– C'est pour cela qu'il faut que tu sois courageuse.

Quand Tibby se réveilla, Bailey était en train de la regarder. Et l'infirmière qui apportait le petit déjeuner aussi. Bailey avait l'air contente. L'infirmière un peu ennuyée.

– Bien dormi, mademoiselle ? lui demanda-t-elle avec un petit sourire.

Tibby descendit vite du lit.

– Désolée, fit-elle d'une voix pâteuse.

Elle avait laissé un filet de bave sur l'oreiller de Bailey.

L'infirmière secoua la tête, mais elle n'avait pas l'air méchante.

– Mme Graffman a été surprise de vous trouver là cette nuit. La prochaine fois, je vous suggère plutôt de venir pendant les heures de visite.

Elle se tourna vers Bailey.

– Alors, il paraît que tu connais cette jeune fille ?

Bailey hocha la tête. Elle était toujours allongée, mais elle avait les yeux ouverts.

L'infirmière consulta le petit panneau au pied du lit.

– Bon, je repasse dans dix minutes au cas où tu aurais besoin d'aide pour manger.

– Ça ira, répondit Bailey.

L'infirmière fronça les sourcils en regardant Tibby.

– Et vous, ne lui mangez pas son petit déjeuner !

– Non, non, promis.

– Reviens près de moi, ordonna Bailey en tapotant le matelas.

Tibby reprit sa place.

– Salut ! fit-elle.

Elle faillit ajouter « Ça va ? », mais elle se retint juste à temps.

– Tu as mis le jean, remarqua Bailey.

– J'avais besoin de soutien, expliqua-t-elle.

Bailey hocha la tête.

– Mimi est morte.

Tibby n'en revenait pas : comment avait-elle pu prononcer ces mots ? Et soudain, sans prévenir, elle éclata en gros sanglots bruyants.

Une petite larme toute fine roula sur la joue de Bailey.

– Je savais bien que quelque chose clochait.

– Je suis désolée, fit Tibby.

Bailey balaya ses excuses d'un revers de main.

– J'ai senti ta présence, cette nuit. Tu as veillé sur mes rêves.

– Tant mieux.

– Bon, je ne veux pas jouer les rabat-joie,

mais il faut que tu y ailles, Tib. Tu commences dans treize minutes.

– Hein ?

Tibby ne voyait vraiment pas de quoi elle parlait.

– Chez Wallman.

Elle haussa les épaules.

– C'est pas grave.

Bailey prit un petit air sérieux.

– Mais si, c'est grave. C'est ton travail. Duncan compte sur toi, tu sais. Allez, file.

Tibby la regarda, incrédule.

– Tu veux vraiment que j'y aille ?

– Oui.

Elle se radoucit un peu.

– Mais je veux que tu reviennes, après.

– Promis.

En redescendant dans le hall, Tibby vit Carmen qui l'attendait. Sans rien dire, Carmen se leva et la serra dans ses bras. Tibby l'embrassa puis dit sans enthousiasme :

– Bon, il faut que j'aille au boulot.

Carmen acquiesça.

– Je sais, je t'accompagne.

– Mais je suis à vélo.

– Bon, ben, je vous accompagne, toi et ton vélo.

Carmen s'arrêta brusquement juste devant les portes automatiques.

– Oh, attends ! J'ai besoin du jean.

– Tout de suite ? Mais… euh… je l'ai sur moi, là.

Carmen l'entraîna dans les toilettes où elles échangèrent leurs pantalons.

Décidément, ce jean n'était pas comme les autres : il passa de l'une à l'autre sans problème, toujours aussi magique. Mais on ne pouvait pas en dire autant du pantalon-trompette bleu clair que Tibby enfila en ronchonnant. Elle était monstrueusement ridicule avec ce truc-là.

Depuis deux semaines, Carmen faisait la grasse matinée tous les jours mais, le 19 août, elle se leva aux aurores. Elle savait exactement ce qu'elle avait à faire. Elle enfila le jean, qui lui dessina des hanches superbes. Ce jean avait vraiment l'air de l'aimer. Elle remonta la fermeture Éclair de ses boots imprimées léopard et attacha vite les boutons de nacre de sa chemise en jean noire. Elle fit bouffer ses cheveux épais, tout propres d'hier soir. Et, petit détail chic : elle mit ses créoles en argent.

Elle descendit sur la pointe des pieds et laissa un mot à sa mère sur la table de la cuisine. Elle allait partir vers la porte, quand le téléphone sonna. Encore M. Brattle ! Elle reconnaissait son numéro. Eh bien, qu'il sonne ! Elle n'avait pas envie de le torturer aujourd'hui.

Elle prit un bus pour l'aéroport où elle retira le billet aller-retour qu'elle avait réservé la veille.

Une vraie fortune ! Heureusement qu'elle avait la carte bleue que lui avait laissée son père pour « les cas d'extrême urgence ».

Elle dormit comme un bébé pendant les deux heures de vol, ne se réveillant que pour le plateau-repas. Et, cette fois, elle mangea la pomme.

À l'aéroport de Charleston, elle passa quelques heures à lire des magazines, puis prit un taxi pour se rendre à l'église épiscopalienne de Meeting Street. Cette fois, les chênes et les pacaniers aux couleurs flamboyantes qui bordaient les rues lui parurent familiers, accueillants même…

Elle arriva quelques minutes avant le début de la cérémonie. Tout le monde était installé et le cortège attendait entre deux énormes gerbes de fleurs blanches et pourpres. Elle se glissa discrètement dans le fond de l'église. Elle aperçut deux de ses tantes au deuxième rang. Et, à côté d'elles, la seconde épouse de son grand-père paternel, que personne n'aimait. Sinon, Carmen ne connaissait aucun des invités qu'elle voyait du côté de son père. Visiblement, il avait perdu tous ses amis « d'avant ».

Son père apparut alors, grand et chic dans son smoking. Paul l'accompagnait jusqu'à l'autel, habillé comme lui. Elle réalisa qu'il devait être garçon d'honneur. Elle aurait dû en être malade de jalousie, mais non. Il avait l'air de prendre son rôle très au sérieux. Ils se ressemblaient comme deux gouttes d'eau, tous les deux : mêmes cheveux blonds, même taille, même costume. Son père était heureux, elle le savait.

Les premières notes de la musique résonnèrent. Krista ouvrait la marche. On aurait dit un sucre d'orge dans sa robe mauve. Mais elle était jolie, presque féerique, se dit Carmen, avec sa peau si pâle qu'elle en paraissait bleutée.

La musique monta crescendo et, au moment le plus intense de la mélodie, Lydia apparut.

C'était quand même quelque chose, un mariage. Peu importe que Lydia ait quarante ans et une robe ridicule. Elle remontait l'allée, transfigurée par la grâce. Elle était parfaite, et marchait exactement comme il fallait, pensa Carmen. Elle avait aux lèvres le parfait sourire de la mariée, timide mais assuré. Son père ne la quittait pas des yeux.

Lorsqu'elle arriva près d'eux, les quatre membres de la famille formèrent un demi-cercle devant l'autel.

Carmen eut un pincement au cœur de les voir comme ça. « Ils auraient voulu que tu sois là aussi. Tu étais censée être à leurs côtés. »

Elle se laissa hypnotiser par les violons, l'odeur des bougies et le discours du pasteur. Elle oublia qu'elle était la fille du marié et qu'elle n'était pas habillée comme il fallait. Elle quitta son corps et s'éleva au-dessus de la foule, près des voûtes, d'où elle pouvait voir toute la scène.

Elle y resta un moment. Mais, en remontant

l'allée, son père croisa son regard… Elle redescendit immédiatement sur terre. Et ce qu'elle lut dans ses yeux lui donna envie d'y rester.

Diana lui avait préparé des brownies (un véritable exploit dans la cuisine du camp !). Ollie lui massait le dos quand elle le voulait. Emily avait même proposé de lui prêter son lecteur de CD.

Elles s'inquiétaient toutes pour elle. Bridget les avait entendues chuchoter, pensant qu'elle dormait.

Elle finit par accepter de les accompagner au dîner, parce qu'elle n'en pouvait plus de les voir tourner autour d'elle. Elles passaient leur temps à lui apporter des gants de toilette humides à poser sur son front et toutes sortes de friandises censées lui remonter le moral, qui pourrissaient sous son lit.

Après le repas, Eric vint la voir pour lui proposer d'aller faire une balade. Surprenant de la part d'un homme qui craignait tant le qu'en-dira-t-on. Elle accepta.

Ils contournèrent le cap pour rejoindre la grande plage de Coyote Bay. Ils dépassèrent le troupeau de camping-cars en silence avant de rejoindre un endroit plus tranquille, tout au bout, entre les palmiers et les cactus. Le coucher de soleil flamboyait dans leur dos.

– Je m'inquiétais pour toi. Après le match d'hier et tout…

Elle lisait dans ses yeux qu'il disait la vérité.

Elle hocha la tête.

– Je ne joue pas toujours bien.

– Mais tu as un talent extraordinaire, Bridget. Il faut que tu le saches. Tu sais que tu es une vraie star, ici.

Comme tout le monde, Bridget appréciait les compliments, mais elle n'avait pas besoin de ceux-là. Elle savait très bien ce qu'elle valait.

Il se mit à creuser un trou dans le sable, machinalement.

– J'avais peur que ce qui s'est passé entre nous… J'avais peur que ça t'ait blessée. Plus que je ne l'aurais cru.

Elle hocha de nouveau la tête.

– Tu n'as pas beaucoup d'expérience avec les garçons, hein ? demanda-t-il d'une voix douce.

Ce n'était pas de la curiosité mal placée, il voulait juste l'aider.

Elle hocha encore la tête.

– Oh. Si j'avais su, je…

– Je ne te l'avais pas dit. Tu ne pouvais pas le savoir, l'interrompit-elle.

Il élargit le trou qu'il avait creusé dans le sable. Puis il le reboucha.

– Tu sais, Bridget, quand je t'ai vue pour la première fois, tu paraissais si sûre de toi, tu étais tellement… sexy… J'ai cru que tu étais beaucoup plus âgée. Maintenant, je ne suis plus dupe.

Tu n'as pas beaucoup vécu. Tu es encore jeune pour tes seize ans.

– J'ai quinze ans.

Il poussa un grognement.

– Non ! Ne me dis pas ça !

– Désolée. Je suis honnête, c'est tout.

– Tu ne crois pas que tu aurais dû être honnête dès le début ?

La bouche de Bridget se mit à trembler. Il avait l'air désespéré. Il se rapprocha et lui passa le bras autour des épaules.

Et il se lança.

– Je voulais te dire quelque chose. Nous n'aurons peut-être plus l'occasion de parler seuls tous les deux, alors écoute-moi bien, OK?

– OK, marmonna-t-elle.

Il poussa un long soupir.

– Ce n'est pas facile à admettre pour un garçon. Et encore moins pour un gros balourd entraîneur de foot, tu sais…

Il leva les yeux au ciel, comme pour y chercher l'inspiration.

– Tu as bouleversé ma vie cet été. Une vraie tornade. Depuis le jour où je t'ai vue, tu n'as plus quitté mes pensées. Tu as passé toutes les nuits dans mon lit, avec moi.

Il lui caressa les cheveux.

– Le jour où on a nagé ensemble. Le jour où on a couru ensemble. Dansé ensemble. Où je t'ai regardée jouer… Je sais que je suis un accro du foot, Bee, mais je t'assure que c'est très excitant de te voir jouer.

Elle sourit un peu.

– C'est ça qui m'a foutu la trouille. Tu es trop jolie et trop sexy et trop jeune pour moi. Tu le sais, non ?

Bridget n'était pas vraiment sûre d'être trop jeune pour lui mais, en tout cas, elle était trop jeune pour ce qu'elle avait fait avec lui. Elle hocha la tête.

– Et maintenant, après avoir été si proche de toi, je ne peux plus te voir sans repenser à ce que j'ai ressenti ce soir-là.

Elle allait pleurer. De grosses larmes lui brouillaient la vue.

Il prit son visage entre ses deux mains.

– Écoute-moi, Bee. Un jour, quand tu auras vingt ans, on se reverra peut-être. Tu seras une superstar du foot dans une grande université, avec des millions de gars bien plus intéressants que moi qui te tourneront autour. Et tu sais quoi ? Je prierai pour que tu veuilles encore de moi.

Il prit deux mèches de cheveux entre ses doigts, comme des fils d'or précieux.

– Si on se retrouvait ailleurs, dans d'autres circonstances, je pourrais t'aimer vraiment. Comme tu le mérites. Mais là, je ne peux pas.

Elle hocha une dernière fois la tête et laissa ses larmes couler.

Elle aurait voulu le croire. Elle aurait voulu que son petit discours fonctionne. Et elle savait qu'il l'espérait aussi. Qu'il soit sincère ou pas, il pensait que ses mots pouvaient la consoler, il l'espérait vraiment du fond du cœur.

Mais ce n'était pas ça dont elle avait besoin pour combler ce vide, un vide immense comme l'univers. Lui, il n'en était pas capable. Lui qui était là, sur la plage, et qui ne savait plus quoi dire.

Y a-t-il une place pour moi dans ce monde ?

Jane Frances

Le père de Carmen la serra longtemps dans ses bras sous la grande tente installée dans le jardin. Quand il relâcha son étreinte, il avait les yeux pleins de larmes. Il n'avait pas besoin de parler, elle comprenait tout ce qu'il aurait voulu lui dire.

Lydia l'embrassa aussi, contrainte et forcée, mais peu importe. Lydia aimait son père, c'était tout ce qui comptait.

Krista lui déposa une bise sur la joue et Paul lui serra la main.

– Bon retour parmi nous, lui dit-il.

Ils avaient sans doute noté qu'elle était en jean, mais personne ne fit de remarque désobligeante.

L'assistante du photographe, une vieille dame grisonnante, brisa sans scrupule cet instant d'émotion.

– Allez ! La famille des mariés, on se rassemble pour la photo ! Allez, on se rassemble sous le magnolia ! hurla-t-elle à l'oreille de Krista, comme s'ils étaient tout un troupeau, alors qu'ils n'étaient que quatre.

Carmen se dirigea vers le buffet, mais son père lui prit la main.

– Viens, ta place est avec nous.

– Mais je suis…

Elle montra le jean.

– Tu es toute belle, ma petite brioche, lui assura-t-il.

Et elle le crut.

Elle posa avec eux. Elle posa avec Paul et Krista. Elle posa avec Lydia et son père. La vieille assistante fit remarquer que ça ne se faisait pas de venir à un mariage en jean, mais ils l'ignorèrent royalement. Carmen était tout de même impressionnée : Lydia avait accepté que ses photos de mariage de conte de fées soient gâchées par une fille en jean et boots léopard !

Le moment du buffet passa très vite. Carmen discuta un peu avec ses quatre foldingues de tantes en attendant que les mariés ouvrent le bal sous un tonnerre d'applaudissements. Puis Paul vint la chercher.

– Me ferez-vous le plaisir d'accepter cette danse ? demanda-t-il en s'inclinant légèrement.

Carmen se leva. Elle ne savait pas vraiment valser, mais tant pis. Elle se laissa guider et il la fit tournoyer sur la piste, au rythme de la musique.

Hum. Et sa petite amie ? se souvint-elle brusquement. Elle scruta la foule des invités, cherchant Skeletor qui devait être en train de la fusiller du regard. Paul sentit que quelque chose lui traversait l'esprit.

– Où est passée… euh… ?

Elle n'arrivait pas à se rappeler son vrai prénom.

– Skeletor ? suggéra Paul.

Carmen se sentit rougir. Mais il riait, d'un petit rire hoquetant, vraiment trop mignon. C'était fou, jamais elle ne l'avait entendu rire avant !

Elle se mordit les lèvres, toute honteuse.

– Désolée…

– On n'est plus ensemble, expliqua-t-il.

Il n'avait pas l'air triste du tout.

À la fin du morceau, il la confia à son père en lui glissant à l'oreille :

– Al est vraiment content que tu sois venue.

Elle n'en revenait pas. Chaque fois qu'il ouvrait la bouche (rarement, il faut l'avouer), Paul la surprenait un peu plus.

Son père la prit dans ses bras et ils se mirent à valser.

– Tu sais ce que je vais faire ? lui demanda-t-il.

– Quoi ?

– À partir de maintenant, je vais être aussi honnête avec toi que tu l'as été avec moi.

– D'accord, fit-elle en se laissant emporter par la danse.

Devant ses yeux à demi fermés, les lumières scintillantes tourbillonnaient comme des flocons de neige.

À l'aube, en montant se coucher, elle aperçut la baie vitrée de la salle à manger. L'impact avait dessiné comme une toile d'araignée au beau milieu du verre. Carmen avait un peu honte, mais ça lui fit chaud au cœur de voir qu'ils ne l'avaient pas encore remplacée, juste couverte de plastique transparent scotché tant bien que mal.

Lena,

J'ai enfin été digne du jean magique. Et Tibby aussi, je crois. Je peux t'assurer qu'il a vraiment un bon Carma (ha, ha, ha!)... profites-en bien! J'ai hâte de te raconter tout ça...

J'espère que ce jean t'apportera autant de bonheur qu'à moi.

Bisous,

Carmen

Tibby arriva chez Wallman vêtue de son haut de pyjama à carreaux. Elle dut emprunter une blouse. Duncan fit le contrarié, mais il était content qu'elle revienne après plusieurs jours d'absence, ça se voyait. Il lui dit même que le pantalon de Carmen lui allait à ravir (!).

– Ça fait longtemps qu'on n'a pas vu votre amie, remarqua-t-il finement.

Tibby fila aussi sec dans la réserve. Elle s'assit sur le seuil de l'entrée des livraisons, enfouit son visage dans ses mains et pleura, pleura, pleura. Comme elle n'avait pas de mouchoir, elle dut s'essuyer le nez sur la blouse qu'elle avait empruntée. En plus, elle mourait de chaud avec son haut de pyjama en flanelle.

Quelqu'un s'approcha. Levant les yeux, elle mit un moment à réaliser que c'était Tucker Rowe.

– Ça va ?

Elle le fixa, le regard vide, en se demandant comment il pouvait supporter d'être habillé tout en noir par cette chaleur.

– Non, pas trop, répondit-elle.

Elle se moucha bruyamment dans la manche de sa blouse.

Il s'assit alors à côté d'elle. Maintenant qu'elle était partie, elle ne pouvait plus s'arrêter de pleurer, alors elle continua à déverser des torrents de larmes sans rien dire. Il lui caressa maladroitement les cheveux. En temps normal, elle aurait été aux anges : il l'avait touchée ! Enfin, bon, il avait touché ses cheveux gras mouillés, la honte ! Mais là, elle s'en fichait complètement.

Quand elle eut épuisé toute sa réserve de larmes, elle releva la tête.

– Viens, je t'offre un verre et tu me racontes ce qui ne va pas, d'accord ? proposa-t-il.

Elle le regarda attentivement, pas avec ses yeux, mais avec ceux de Bailey. Il s'était vidé un pot de gel dans les cheveux et il s'épilait entre les sourcils, ça se voyait. Tout en lui sonnait faux, ses vêtements, sa réputation, c'était un style qu'il se donnait. Brusquement, elle ne voyait plus du tout ce qui lui avait plu chez lui.

– Non merci, répondit-elle poliment.

– Allez, Tibby. Viens, ça me ferait plaisir, je t'assure.

Il insistait, pensant qu'elle était impressionnée. Qu'elle ne pouvait pas croire que quelqu'un d'aussi cool puisse s'intéresser à elle.

– Non, je n'ai pas envie, précisa-t-elle.

Il encaissa l'insulte en pâlissant légèrement sous ses cheveux hérissés.

En le regardant s'éloigner, elle pensa : « Eh oui, vieux. J'étais raide amoureuse de toi mais, maintenant, je ne vois vraiment plus pourquoi. »

Quelques instants plus tard, Angela, la femme aux ongles monstrueux, sortit pour jeter deux gros sacs-poubelle dans la benne. Elle s'arrêta près de Tibby.

– Elle est très malade, ta copine, hein ?

Tibby leva les yeux, surprise.

– Comment le savez-vous ?

– J'ai une petite nièce qui est morte d'un cancer. Elle lui ressemblait.

Angela avait les larmes aux yeux. Elle s'assit à côté de Tibby.

– Pauvre petite, fit-elle en lui tapotant le dos.

Tibby sentit ses ongles crisser sur le polyester de la blouse.

– Elle est toute mignonne, cette gamine, poursuivit-elle. Un jour, j'ai fini plus tôt que toi et, quand je suis sortie, elle était déjà là à t'attendre, devant le magasin. Elle a bien vu que je n'allais pas fort, alors elle m'a emmenée boire un thé glacé. Elle m'a écoutée pleurer pendant une demi-heure à cause de mon ex, ce salaud. Bref, après on s'est retrouvées chaque semaine comme ça, Bailey et moi. C'était notre petit rendez-vous du mercredi après-midi.

Tibby hocha la tête. Une fois de plus, Bailey lui donnait une leçon. Pour elle, Angela se résumait à ses ongles monstrueux, elle n'avait jamais été plus loin.

Miracle du jean magique, il arriva en Grèce la veille du départ de Lena. Le paquet était dans un état… Il semblait avoir fait le tour du monde. Mais le jean était là, intact… juste un peu froissé, plus doux, plus souple que la dernière fois. En fait, il avait l'air aussi épuisé que Lena, mais prêt à vivre mille autres aventures.

Et voici la mission qu'il lui confiait : « Va parler à Kostos, espèce de grosse nulle ! »

Mais, dès qu'elle le mit, elle trouva le courage de passer à l'action. Comme si ce jean lui transmettait les qualités de chacune de ses trois amies... Heureusement pour elle, le courage en faisait partie !

En plus, elle se sentait super sexy avec, ce qui ne gâchait rien.

Une fois, Lena avait participé à un marathon pour soutenir une association : trente kilomètres à travers tout Washington ! Eh bien, aujourd'hui, le trajet jusqu'à la forge lui sembla encore plus long.

Elle voulait y aller après déjeuner mais, comme de toute façon elle ne pouvait rien avaler, pourquoi attendre ?

Elle se mit donc en route aussitôt, ce qui se révéla une bonne chose car, lorsqu'elle aperçut le bâtiment de briques, son estomac se retourna. Heureusement qu'elle n'avait rien dans le ventre !

Elle transpirait tellement des mains qu'elle avait peur d'abîmer sa peinture. Elle essuya ses paumes sur le jean et changea le tableau de côté. Maintenant, elle avait des traces humides sur son pantalon, très chic !

Elle s'arrêta à l'entrée de la cour. « Avance ! Vas-y ! » ordonna-t-elle au jean. Mieux valait se fier à lui qu'à ses jambes tremblantes.

Et si Kostos était occupé ? Elle allait le déranger, c'était sûr… « Ce n'est vraiment pas malin de venir l'ennuyer à son travail », rouspéta le côté trouillard de son cerveau (qui était très largement majoritaire).

Mais elle continua à avancer. La minuscule part de courage en elle savait que c'était sa dernière chance. Si elle faisait demi-tour, c'était fini.

La forge était plongée dans la semi-obscurité. Une silhouette se détachait en ombre chinoise devant le feu. Quelqu'un qui travaillait un morceau de métal dans les flammes. Et ce quelqu'un était trop grand pour être Bapi Doumas.

Kostos avait entendu ses pas ou senti sa présence. Il jeta un coup d'œil par-dessus son épaule, puis posa avec précaution ses outils, enleva ses gros gants et son masque, et vint à sa rencontre. Les flammes avaient laissé une étincelle dans ses yeux. Il n'avait pas l'air inquiet ni gêné. Il était dans son élément.

Lena avait l'habitude que les garçons soient nerveux en sa présence, ce qui lui laissait le beau rôle, mais Kostos ne montrait pas le moindre signe de trouble.

– Salut, fit-elle d'une voix tremblante.

– Salut, répondit-il d'une voix très calme.

Elle essayait désespérément de se rappeler le petit discours qu'elle avait préparé.

– Tu veux t'asseoir ? proposa-t-il.

Il l'invitait en fait à se percher sur la cloison de briques qui séparait la pièce en deux. Elle s'y installa. Mais elle ne se rappelait toujours pas sa première ligne de texte. Elle se souvint alors de la toile qu'elle tenait à la main. Elle la lui tendit sans un mot. Elle avait prévu de faire un peu plus cérémonieux, mais tant pis.

Il retourna la peinture et l'examina attentivement. D'abord, il se contenta de regarder sans rien dire, sans s'extasier comme la plupart des gens. Au bout d'un moment, Lena commença à s'inquiéter, mais elle était déjà tellement angoissée que ça ne changeait pas grand-chose de toute façon.

– C'est ton jardin secret, expliqua-t-elle.

Sans quitter le tableau des yeux, il répondit lentement :

– Ça fait des années que je vais me baigner là-bas, mais je veux bien partager.

Elle essaya de déceler un sous-entendu dans ses paroles. Mais elle ne savait pas vraiment si elle voulait qu'il y en ait un ou pas. Non, il n'y en avait pas, décida-t-elle.

Il lui rendit le tableau.

– Non, c'est pour toi…, fit-elle, mortifiée. Enfin, si tu en veux. Tu n'es pas obligé… Je voulais juste…

Il le reprit.

– Je le garde alors, merci.

Lena écarta les cheveux qui collaient à sa

nuque. Dieu, ce qu'il faisait chaud! « Bon, vas-y, lance-toi! » s'encouragea-t-elle.

– Kostos, je suis venue pour te parler…

Elle avait à peine ouvert la bouche qu'elle était déjà debout, à faire les cent pas.

– Je t'écoute, fit-il, toujours assis.

– Je veux le faire… depuis le jour où…

« Comment formuler ça? » se demandait-elle, paniquée.

– … depuis le jour où nous nous sommes… euh… croisés… à la mare.

Il hocha la tête. Elle crut voir l'ombre d'un sourire sur ses lèvres.

– Enfin, bref. Ce fameux jour. Bon.

Elle recommença à arpenter la pièce. Voilà encore quelque chose qu'elle n'avait pas hérité de son père : l'éloquence de l'avocat.

– C'était un peu la panique et, bon, tout le monde n'a pas très bien compris ce qui s'était réellement passé. C'est probablement ma faute, d'ailleurs. Mais je ne m'en suis pas rendu compte sur le coup et après…

Elle laissa sa phrase en suspens, fixant les flammes. Les flammes de l'enfer, pas vraiment réconfortant comme image.

Kostos attendait patiemment.

Quand Lena avait joué et rejoué cette scène dans sa tête, Kostos l'interrompait, lui répondait, l'aidait à se dépêtrer de cette histoire, mais là, il ne disait rien. Il attendait.

Elle essaya de reprendre le fil de son discours, sans savoir vraiment où ça la menait.

– Et après… après, c'était trop tard. Tout s'est complètement embrouillé. Je voulais en parler à mes grands-parents, mais je ne savais pas comment m'y prendre parce que j'étais trop lâche pour leur demander ce qu'ils s'étaient imaginé et leur expliquer que, en fait, ce n'était pas ça qui s'était passé, alors, du coup, je ne leur en ai pas parlé du tout mais je sais que j'aurais dû.

Elle regretta brusquement de ne pas être dans une sitcom pour qu'un autre personnage lui colle une claque qui la fasse taire, comme ils font à la télé.

Elle était maintenant sûre d'avoir vu flotter un sourire sur les lèvres de Kostos. Ce n'était pas bon signe, hein ?

Elle essuya la sueur qui perlait à son front d'un revers de main. Puis elle regarda son pantalon. Quand même, elle portait le jean magique, ce n'était pas n'importe quel jean !

Elle essaya alors d'imaginer ce qu'aurait dit Bridget à sa place.

– Bon… Ce que j'essaye de t'expliquer, c'est que je me suis trompée et que c'est à cause de moi que nos grands-pères se sont battus et que je n'aurais jamais dû t'accuser de m'avoir espionnée parce que maintenant je sais que ce n'était pas vrai.

Là, voilà qui était mieux. Oh ! Mais elle avait oublié quelque chose.

– Et je suis désolée, reprit-elle brusquement. Vraiment, vraiment désolée.

Il attendit un moment, histoire d'être sûr qu'elle avait bien terminé.

– J'accepte tes excuses, fit-il avec un petit signe de tête.

Toutes les grands-mères d'Oia pouvaient s'enorgueillir de ses manières de gentleman.

Lena poussa un long soupir. Dieu merci, pour les excuses, c'était fait. Elle pouvait très bien repartir maintenant, tant qu'il lui restait un soupçon de fierté. C'était affreusement tentant. Mon Dieu, que c'était tentant.

– Mais il y a encore autre chose, reprit-elle.

Elle n'en revenait pas. Les mots étaient sortis tout seuls de sa bouche.

– Oui, quoi ? demanda-t-il.

Sa voix semblait plus douce. Ou bien c'était elle qui prenait ses rêves pour des réalités.

Elle cherchait ses mots, levant les yeux au plafond pour y trouver l'inspiration.

– Tu veux t'asseoir ? proposa-t-il à nouveau.

– Non, je ne crois pas que je pourrais tenir assise, avoua-t-elle en se tordant les mains.

Elle vit dans ses yeux qu'il comprenait.

– Bon, je sais que je n'ai pas été très aimable avec toi quand je suis arrivée.

C'était parti, second round pour Lena.

– Tu as été très gentil avec moi… et pas moi. Du coup, tu as dû penser que je… que je n'étais pas…

Lena tournait en rond. Elle s'arrêta face à lui.

Elle avait de grandes auréoles sous les bras. La sueur ruisselait sur son front, sur tout son visage. Sous l'effet combiné de la chaleur et du stress, des plaques rouges étaient apparues dans son décolleté, sur ses joues… partout.

Elle n'avait jamais cru qu'un garçon pourrait l'aimer pour autre chose que son apparence. Mais si aujourd'hui Kostos lui faisait l'insigne honneur de lui dire qu'il avait des sentiments pour elle, elle saurait que ce n'était pas parce qu'elle était belle.

– Tu as dû penser que je ne t'aimais pas alors qu'en fait…

Oh, Seigneur. Elle allait se noyer dans sa propre transpiration si ça continuait.

– … alors qu'en fait ce n'était peut-être pas ça du tout. Peut-être que, en réalité, c'était… tout le contraire.

Avait-il compris un mot de ce qu'elle racontait ? Elle n'était même plus sûre que ses phrases aient un sens.

– Bon, ce que je veux dire, c'est que je regrette de m'être comportée comme ça avec toi. Je regrette d'avoir fait comme si je n'en avais rien à faire de toi parce que, en réalité… c'est plutôt le contraire… le contraire de ce que j'ai donné l'impression de ressentir pour toi.

Elle le regarda avec des yeux suppliants. Elle avait essayé, vraiment. Elle avait bien peur de ne pas pouvoir faire mieux.

– Oh, Lena, fit-il avec les yeux humides, lui aussi.

Il prit ses mains moites dans les siennes. Visiblement, il avait compris qu'elle ne pouvait pas faire mieux.

Il l'attira contre lui. Comme il était assis sur le muret et elle debout, ils étaient presque à la même hauteur. Leurs jambes se touchèrent. Elle sentit son odeur légèrement salée. Seigneur, elle allait s'évanouir…

Il était là, devant elle, tellement beau dans la lueur des flammes. Ses lèvres… si près. Emportée par un soudain élan de courage (venu de Dieu sait où…), elle se pencha et l'embrassa. C'était à la fois un baiser et une question.

Il répondit en la prenant dans ses bras pour l'embrasser à pleine bouche.

Elle eut une dernière pensée avant de mettre son cerveau sur « pause ». « Jamais je n'aurais cru qu'il faisait si chaud au paradis. »

C'est dans tes yeux que je me vois le mieux.

Peter Gabriel

Comme la veille et l'avant-veille, les infirmières jetèrent Tibby hors de la chambre de Bailey à huit heures pile, heure de la fin des visites. Mais elle n'avait pas envie de rentrer chez elle. Elle appela ses parents pour leur dire qu'elle allait au cinéma. Sa mère paraissait contente pour elle. Elle avait fini par remarquer que sa fille ne menait pas une vie très rigolote en ce moment.

Dans le lointain, l'enseigne clignotante du drugstore lui fit signe. Elle retrouva avec plaisir Brian McBrian, absorbé comme d'habitude dans une partie de *Dragon Master*.

Quand il se retourna et vit qu'elle le regardait, il lui sourit.

– Salut, Tibby, fit-il timidement.

Il ne parut pas remarquer le haut de pyjama qu'elle n'avait pas quitté depuis trois jours, ni sa saleté repoussante.

– Tu en es à quel niveau ?

– Vingt-cinq, répondit-il sans chercher à masquer sa fierté.

– C'est pas vrai ! s'exclama-t-elle, sincèrement épatée.

Quel suspense ! Au niveau vingt-six, elle suivit avec une angoisse grandissante son ascension héroïque du volcan, jusqu'à ce qu'il termine frit comme un beignet dans la lave.

– Aïe, aïe, aïe ! fit-elle.

Il haussa les épaules avec philosophie.

– C'était une bonne partie. Ce ne serait pas drôle si je gagnais tout le temps.

Elle hocha la tête, réfléchit un moment, puis reprit :

– Dis, Brian ?

– Quoi ?

– Tu voudrais bien m'apprendre à jouer ?

– Bien sûr.

Avec une patience et un enthousiasme dignes des meilleurs professeurs, Brian la guida jusqu'au niveau sept, où apparaissait le premier dragon. Même si l'héroïne siliconée de Tibby finit avec une épée plantée dans le ventre, Brian avait l'air très fier de son élève. Il la félicita :

– Waouh ! Comment tu les as massacrés, ces dragons ! T'as ça dans le sang !

– Merci, répondit-elle, flattée.

Avec une gravité soudaine, Brian demanda :

– Comment va Bailey ?

– Elle est à l'hôpital.

– Je sais, je vais la voir tous les midis.

Il s'interrompit brusquement.

– Hé ! Attends. Je vais te montrer un truc.

Il fouilla dans un sac à dos hors d'âge.

– Je vais lui apporter ça.

C'était une vieille console de jeux et une copie de *Dragon Warrior*, la version familiale de *Dragon Master*.

– C'est pas aussi bien que le vrai jeu mais, comme ça, elle ne perdra pas la main.

Tibby sentit les larmes lui monter aux yeux.

– Elle va adorer, assura-t-elle.

Plus tard, en descendant Old Georgetown Road, Tibby était encore tout excitée d'avoir découvert l'univers de *Dragon Master*. Elle pensait déjà au niveau huit.

C'était la première fois depuis des jours qu'elle se projetait dans le futur.

Brian McBrian avait peut-être découvert un truc important. Le bonheur, ce n'était peut-être pas une vie parfaite dans les moindres détails, amour, gloire, beauté et tout le tralala.

Ce n'était peut-être qu'une succession de petits plaisirs. Regarder l'élection de Miss Univers bien au chaud sous la couette. Manger un brownie dégoulinant de glace à la vanille. Atteindre le niveau sept de *Dragon Master*, en sachant qu'il en reste encore vingt à découvrir…

Le bonheur ne tenait peut-être qu'à l'équilibre des petites joies (comme arriver au passage piétons juste quand le bonhomme passe au vert) et des petits désagréments de la vie (comme avoir une étiquette qui gratte dans le cou).

Et si ça se trouve, chacun recevait la même dose de bonheur chaque jour. Peut-être que ça ne changeait rien qu'on soit une superstar ou un pauvre ringard. Ou même qu'on ait une amie en train de mourir.

La vie continuait. Et c'était tout ce qu'on pouvait espérer.

C'était son dernier petit déjeuner avec Bapi, son dernier jour en Grèce. Elle avait passé toute la nuit à préparer un grand discours en grec pour qu'ils puissent enfin discuter tous les deux, et finir l'été en beauté. Elle le regardait mastiquer tranquillement ses Rice Krispies, guettant le bon moment pour engager la conversation.

Mais, quand il leva les yeux et lui sourit, elle comprit quelque chose d'important. Il n'y avait rien à changer. C'était leur façon d'être ensemble. La plupart des gens ne supportent pas le silence, mais eux, oui. Ils n'avaient pas besoin de parler. Le seul fait de manger leurs céréales tous les deux leur suffisait.

Elle oublia aussitôt son grand discours et replongea le nez dans son bol.

À un moment donné, alors qu'il ne lui restait plus qu'un fond de lait sucré, Bapi posa la main sur la sienne en disant :

– Tu es bien ma petite-fille.

Et il avait raison.

Deux jours plus tard, assise à sa place habituelle sur le lit de Bailey, Tibby comprit que son état empirait. Bailey n'avait pas changé, elle n'avait pas l'air plus anxieuse ou plus grave qu'avant, mais les infirmières oui. Chaque fois que Tibby croisait leur regard, elles baissaient les yeux.

Bailey jouait à *Dragon Warrior* pendant que son père piquait un petit somme près de la fenêtre. Elle reposa sa tête sur son oreiller, un peu fatiguée.

– Tu termines la partie pour moi, Tibby ?

Tibby prit les manettes.

– Elles reviennent quand, tes amies ? demanda Bailey d'une voix lasse.

– Carmen est déjà là. Lena et Bridget rentrent la semaine prochaine.

– C'est cool, fit Bailey.

Elle avait de plus en plus de mal à garder les yeux ouverts.

Tibby remarqua qu'il y avait deux machines de plus dans la chambre aujourd'hui, qui clignotaient en émettant de petits bips réguliers.

– Comment va Brian ?

– Très bien. Grâce à lui, je suis arrivée au niveau dix, répondit Tibby.

Bailey sourit mais garda les yeux fermés.

– Ça, c'est un mec bien, murmura-t-elle.

Tibby se mit à rire en se rappelant la promesse qu'elle lui avait faite.

– Ouais, c'est vrai. Tu avais raison et j'avais tort, comme d'hab.

– Arrête, Tibby, protesta Bailey, pâle comme un ange.

– Si, je juge les gens sans les connaître.

– Mais après, tu changes d'avis, répondit-elle d'une voix lente, lointaine.

Tibby lâcha les manettes du jeu, pensant que son amie avait besoin de dormir. Mais dans un souffle, elle ordonna :

– Continue à jouer…

Tibby joua jusqu'à huit heures, jusqu'à ce que les infirmières la mettent dehors.

Lena,

Il m'est arrivé un truc… Je ne pensais pas que ce serait comme ça. J'aimerais t'en parler, mais je ne peux pas te l'écrire. Je me sens bizarre, je ne me reconnais plus.

Bee

Lena,

Je n'arrive pas à dormir. J'ai peur. J'aimerais tant que tu sois là.

Lena lut et relut les lettres de Bridget dans l'avion. Celles qu'elle avait reçues tout au long de l'été, et celles qu'on venait de lui remettre à la poste, juste avant son départ. Tandis que l'avion traversait les fuseaux horaires, son cœur s'arracha douloureusement à la forge d'Oia pour voler au secours de Bridget, à Bahia California.

Lena la connaissait assez bien et depuis assez longtemps pour s'inquiéter sérieusement. Bee avait déjà dû recoller les morceaux de sa vie et, depuis, elle était restée fragile, comme une porcelaine légèrement fêlée. Elle fonçait droit devant, enjambant un à un les obstacles mais, parfois, elle en prenait un de pleine face. Et elle avait du mal à repartir. Elle ne savait pas se remettre sur pied. Un peu comme un bébé, Bridget voulait son indépendance, réclamait à cor et à cri plus d'autonomie. Mais, lorsqu'elle obtenait ce qu'elle voulait et qu'elle se retrouvait seule aux commandes, ça la terrifiait. Sa mère n'était plus là et son père était largué, complètement dépassé. Elle avait besoin de quelqu'un pour veiller sur elle. Elle avait besoin de quelqu'un pour lui montrer qu'elle n'était pas seule au monde, pour la rassurer face à ce vide immense.

Effie ronflait dans le siège d'à côté. Elle devait rêver à son beau serveur. Lena la secoua.

– Effie, réveille-toi un peu.

Sa sœur ouvrit les yeux de mauvaise grâce.

– Je dors ! râla-t-elle, comme si c'était un sacrilège de troubler son sommeil.

– Ne t'inquiète pas. Tu es la championne pour te rendormir en deux secondes. Je te fais confiance, miss Marmotte.

– Ha, ha, ha.

– Écoute, j'ai une urgence. Je vais te laisser à New York et essayer de prendre un vol pour Los Angeles.

Effie n'était pas tellement rassurée en avion. Lena le savait, c'est pour ça qu'elle préférait la prévenir.

– Il y a une heure de vol à peine entre New York et Washington, Ef. Ça va aller.

Effie n'en revenait pas.

– Mais… où tu vas comme ça ?

– À Bahia California. Je m'inquiète pour Bee.

Sa sœur connaissait assez bien Bridget pour savoir dans quel état elle pouvait se mettre quand ça n'allait pas.

– Qu'est-ce qu'elle a fait ? demanda Effie, gagnée par l'angoisse de Lena.

– Je ne sais pas.

– Tu as assez d'argent ?

– Oui, j'ai l'argent de poche de papa et maman.

Leurs parents leur avaient donné cinq cents dollars à chacune pour les vacances et Lena n'avait pratiquement rien dépensé.

– Il me reste deux cents dollars, je vais te les passer, décida Effie.

Lena la serra dans ses bras.

– Je la ramène à la maison demain. J'appellerai papa et maman de l'aéroport, mais tu leur expliqueras, d'accord ?

Effie hocha la tête.

– Sois tranquille, tu peux aller jouer les mamans.

– J'espère que c'est ça dont elle a besoin…

Elle était contente d'avoir gardé le jean dans son bagage à main.

Quand le téléphone sonna à dix heures le lendemain matin, Tibby savait. Elle décrocha et entendit sangloter à l'autre bout du fil.

– Madame Graffman, je sais… Ne dites rien.

L'enterrement eut lieu deux jours plus tard, un lundi. Tibby assista à la cérémonie avec Angela, Brian, Duncan et Margaret. Carmen était rentrée de Caroline du Sud. Elle vint aussi, mais resta en retrait. Ils pleuraient tous sans bruit.

Le soir, Tibby ne trouva pas le sommeil. Entre une heure et trois heures, elle regarda *Potins de femmes* sur le câble. Mais ça ne l'aida pas à dormir.

Elle fut même contente d'entendre Katherine pleurer à trois heures et quart. Vite, avant que ses pauvres parents éreintés ne se réveillent, elle prit le bébé dans son petit lit et descendit à la cuisine. Elle la cala contre son épaule et, avec son bras libre, elle réchauffa le biberon. Les gazouillis de Katherine lui chatouillaient les oreilles.

Elle monta se recoucher pour lui donner le biberon et la regarda s'endormir en tétant. Blottie contre sa sœur, Tibby se mit alors à pleurer, tout doucement. Ses larmes trempaient les cheveux fins du bébé.

Quand elle estima que Katherine dormait assez profondément et qu'elle ne risquait pas de la réveiller, elle la remit dans son petit lit.

Il était quatre heures, maintenant. Tibby redescendit à la cuisine. Elle sortit le sac plastique de Mimi du congélateur. Comme téléguidée, elle alla chercher son vélo dans le garage, accrocha le sac à son guidon et sortit comme ça, en pyjama et chaussons. Elle fila au cimetière, avec sa Mimi congelée qui flottait au vent dans son sac.

Près de la tombe de Bailey, le sol était encore meuble. Tibby creusa un trou à la main, elle embrassa le sac plastique et fourra Mimi dans la terre. Puis elle la recouvrit et remit les touffes d'herbe en place. Et elle s'assit dans la pelouse, auprès de ses deux amies. Comme la lune était belle, là-bas sur l'horizon. Elle avait envie de rester là, avec elles. De se rouler en boule, de se ratatiner, de prendre le moins de place possible et de laisser le monde tourner sans elle.

Elle s'allongea. Se roula en boule.

Puis changea d'avis.

Elles étaient mortes. Elle était vivante. Il fallait qu'elle fasse quelque chose de sa vie. Quelque chose de bien. Alors elle promit à Bailey de continuer à jouer.

Lena était un peu sonnée par le décalage horaire quand elle arriva à Mulege. Elle dut prendre un autre taxi pour aller jusqu'au camp. La nuit était déjà tombée, mais il faisait encore lourd. À des milliers de kilomètres d'Oia, elle retrouvait le même air chaud, brûlant.

Lena savait que Bridget devait partir le lendemain. Il fallait qu'elle arrive à temps pour l'aider – de quelle manière, elle l'ignorait. Elle trouva l'accueil, où on lui indiqua le bungalow de son amie.

Dans la pénombre du chalet, elle la repéra tout de suite. Une tête blonde qui sortait d'un duvet sombre.

Bridget se redressa. Air tragique, longs cheveux de fée.

– Salut, Bee ! fit-elle en se précipitant pour la serrer dans ses bras.

Bridget ne comprenait pas ce qui se passait. Elle la regardait avec de grands yeux.

– Mais… comment tu es arrivée là ?

– En avion.

– Je croyais que tu étais en Grèce.

– Oui, jusqu'à hier. Mais j'ai reçu tes lettres, expliqua Lena.

– Ah…

Soudain, Lena se rendit compte que des dizaines d'yeux les fixaient avec curiosité.

– On va faire un tour ? proposa-t-elle.

Bridget abandonna son sac de couchage et sortit du bungalow en grand T-shirt et pieds nus. Peu importe.

– C'est beau, murmura Lena. Dire que, de là où j'étais, j'admirais le même clair de lune.

– C'est fou que tu sois venue jusqu'ici… Pourquoi ?

Lena enfonça ses orteils dans le sable.

– Je voulais que tu saches que tu n'es pas toute seule.

Les yeux de Bridget étaient tout brillants dans la nuit.

– Hé, regarde ce que je t'ai apporté, reprit Lena en tirant le jean de son sac.

Bridget le serra longuement dans ses bras avant de l'enfiler.

– Raconte-moi ce qui s'est passé, Bee.

Lena s'assit sur la plage et fit asseoir son amie à côté d'elle.

– Raconte-moi tout ce qui s'est passé et on verra comment arranger ça, d'accord ?

Bridget caressa le jean, heureuse de le retrouver. Il était là pour la soutenir, pour lui montrer que ses amies l'aimaient, c'était la mission qu'elles lui avaient confiée au début de l'été. Mais, avec Lena à ses côtés, elle n'en avait presque plus besoin.

Elle leva les yeux vers les étoiles, puis elle regarda Lena.

– Tu as déjà tout arrangé.

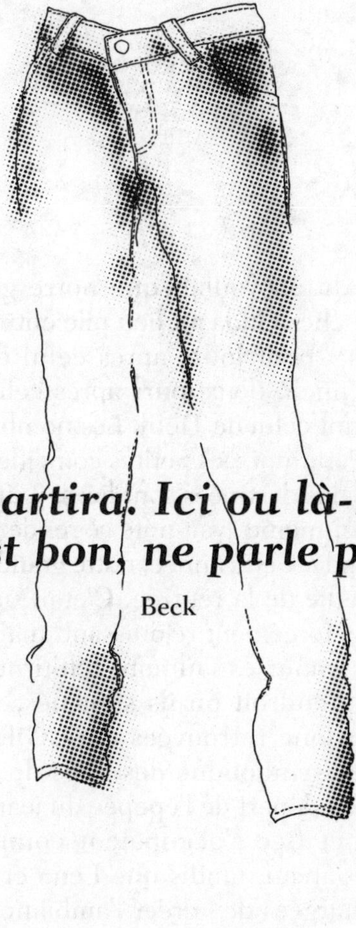

On partira. Ici ou là-bas.
C'est bon, ne parle pas.

Beck

Épilogue

La tradition voulait que notre grande fête annuelle chez Gilda ait lieu pile entre nos anniversaires : neuf jours après celui de Lena et avant le mien, deux jours après celui de Bridget et avant celui de Tibby. Les nombres me rassurent. Pour moi, ces petites coïncidences prouvent que nos destinées sont liées. C'était comme si Dieu lui-même avait noté ce rendez-vous dans mon agenda. Cette année, notre grande fête tombait la veille de la rentrée. C'était un signe, ça aussi, pas forcément réjouissant, mais bon.

Tout comme les saumons retournent chaque année à l'endroit où ils sont nés, nous nous sommes donc retrouvées chez Gilda, lieu de naissance symbolique des filles de septembre et point de départ de l'épopée du jean magique.

Tibby et Bee s'occupaient comme d'habitude du gâteau, tandis que Lena et moi, nous étions chargées de « créer l'ambiance », avec la musique et la déco. Ah, j'oubliais... Bee avait également pour mission de forcer la serrure.

En principe, à la fin de l'été, nous ne formions plus qu'une seule et même personne, à quatre têtes (quel tableau !). Après avoir passé plus de trois mois ensemble, presque sans se quitter, nous avions déjà partagé, décortiqué, analysé, critiqué, parodié, enjolivé les aventures des unes et des autres.

Mais ce soir, c'était différent. Nous nous retrouvions pleines d'histoires à raconter et d'émotions à partager. J'avais un peu peur, d'ailleurs, de livrer au regard de mes amies cette expérience qui n'appartenait qu'à moi. Si je la leur racontais, elle serait alors figée dans le réel. Alors que ce que j'avais vécu, je ne le voyais qu'à travers mes yeux, les faits s'étaient mêlés à mes rêves, à mes désirs, à mes craintes. Mais qui sait où est la vérité ? Dans les faits bruts tels qu'ils se sont déroulés ou dans la manière dont on les a ressentis ?

Le jean avait été le seul témoin de nos aventures. Et maintenant, il les racontait. La veille, suivant la procédure établie, nous avions noté ce qui nous était arrivé en quelques phrases ou à l'aide d'un petit dessin, qui ressortaient maintenant sur le tissu bleu clair.

Et maintenant, nous étions réunies, assises sur une couverture rouge, entourées de bougies, dans cette salle de gym minable. D'habitude, le gâteau d'anniversaire était au centre mais, cette année, il avait été détrôné par le jean. Deux visages bronzés (Bee et Lena) et un tout pâle (Tibby) me regardaient. Elles avaient toutes les yeux de la même couleur dans la pénombre. Tibby portait le sombrero que Bee lui avait rapporté du Mexique et le T-shirt où Lena avait peint le port d'Ammoudi. Lena avait emprunté ses chaussures à Bridget et Bridget était pieds nus, révélant ses ongles peints en turquoise avec mon vernis préféré. Nos genoux se touchaient presque.

Nous étions prêtes pour commencer la cérémonie dans un recueillement silencieux. Plus calmes que d'habitude, plus solennelles, moins taquines. Encore un peu distantes, mais le jean était là pour nous réunir. C'était peut-être mieux qu'il ne puisse pas parler. Comme ça, nous étions libres de nous rappeler nos émotions et de les partager. Ce qui s'était réellement passé était moins important que ce que nous avions ressenti.

Bien sûr, nous nous étions déjà raconté nos aventures dans les grandes lignes. Je leur avais raconté le mariage d'Al. Nous savions que Bee avait eu cette histoire avec Eric. Lena nous avait parlé de Kostos, comme jamais elle n'avait parlé d'un garçon. Nous étions au courant pour Bailey et nous sentions qu'il fallait encore être prudentes quand nous abordions le sujet avec Tibby.

Mais il restait des milliers de détails qui ne se disaient pas si facilement. C'était la capacité à saisir ces nuances subtiles d'émotion, ou même à sentir qu'on ne les captait pas vraiment, qui différenciait les simples copines de véritables amies, comme nous.

Mais, grâce au jean, nous savions que nous avions le temps. Que rien ne serait perdu. Que nous avions toute l'année s'il le fallait. Toute l'année jusqu'au prochain été, où nous ressortirions le jean magique pour une nouvelle épopée, ensemble ou séparées.

ANN BRASHARES est née aux États-Unis. Elle passe son enfance dans le Maryland, avec ses trois frères, puis part étudier la philosophie à l'université Columbia, à New York. Pour financer ses études, elle travaille un an dans une maison d'édition. Finalement, le métier d'éditrice lui plaît tant qu'elle ne le quitte plus. Très proche des auteurs, elle acquiert une bonne expérience de l'écriture. En 2001, elle décide de s'y consacrer à son tour. C'est ainsi qu'est né *Quatre filles et un jean*, son premier roman.
Aujourd'hui, Ann Brashares vit à Brooklyn avec son mari et ses trois enfants.
De son propre aveu, il y a un peu d'elle dans chacune des quatre héroïnes de son roman…
Et, à la question : « Votre livre contient-il un message ? », elle se contente de répondre : « S'il en contient un, c'est le suivant : Aimez-vous comme vous êtes et soyez fidèles à vos amis. »

Retrouvez Ann Brashares sur son site Internet :

www.annbrashares.com

Dans la collection

Pôlefiction

M. T. Anderson
Interface

Clémentine Beauvais
Les petites reines
Brexit romance

Bernard Beckett
Genesis

Jean-Philippe Blondel
Blog

Anne-Laure Bondoux
Tant que nous sommes vivants
L'aube sera grandiose

Paule du Bouchet
À la vie à la mort
Chante, Luna
Mon amie, Sophie Scholl
Je vous écrirai

Ann Brashares
Quatre filles et un jean
- Le premier été
- Le deuxième été
- Le troisième été
- Le dernier été
- Quatre filles et un jean, pour toujours

L'amour dure plus qu'une vie
Toi et moi à jamais
Ici et maintenant

Irena Brignull
Les Sorcières du clan du Nord
- 1. Le sortilège de minuit
- 2. La reine captive

Melvin Burgess
Junk
Lady. Ma vie de chienne

Florence Cadier
Le rêve de Sam

Sébastien de Castell
L'Anti-magicien
- 1. L'Anti-magicien
- 2. L'Ombre au noir

Orianne Charpentier
Après la vague
La vie au bout des doigts
Rage

Émilie Chazerand
La fourmi rouge

Kristen Ciccarelli
Iskari
- 1. Asha, tueuse de dragons

Sarah Cohen-Scali
Max

Eoin Colfer
W.A.R.P.
- 1. L'assassin malgré lui
- 2. Le complot du colonel Box
- 3. L'homme éternel

Élisabeth Combres
La mémoire trouée

Ally Condie
Atlantia
Promise
- Promise
- Insoumise
- Conquise

Matthew Crow
Sans prévenir

Christelle Dabos
La Passe-miroir
- 1. Les Fiancés de l'hiver
- 2. Les Disparus du Clairdelune
- 3. La Mémoire de Babel

Stéphane Daniel
Gaspard in love

Claudine Desmarteau
Un mois à l'ouest

Victor Dixen
Le Cas Jack Spark
- Saison 1. Été mutant
- Saison 2. Automne traqué
- Saison 3. Hiver nucléaire

Animale
- 1. La Malédiction de Boucle d'or
- 2. La Prophétie de la Reine des neiges

Berlie Doherty
Cher inconnu

Tom Ellen et Lucy Ivison
Mon homard
French ski

Charlotte Erlih
Bacha posh

Manon Fargetton
Dix jours avant la fin du monde

Timothée de Fombelle
Le livre de Perle

Cornelia Funke
Reckless
- 1. Le sortilège de pierre
- 2. Le retour de Jacob
- **3. Le fil d'or**

Aurélie Gerlach
Lola Frizmuth
Où est passée Lola Frizmuth ?
Qui veut la peau de Lola Frizmuth ?

Alison Goodman
Eon et le douzième dragon
- Eon et le douzième dragon
- Eona et le Collier des Dieux

Lady Helen
- 1. Le Club des Mauvais Jours
- 2. Le Pacte des Mauvais Jours
- 3. L'Ombre des Mauvais Jours

John Green
Qui es-tu Alaska ?
La face cachée de Margo
Tortues à l'infini

John Green et David Levithan
Will & Will

Lian Hearn
Le Clan des Otori
- 1. Le Silence du Rossignol
- 2. Les Neiges de l'exil
- 3. La Clarté de la lune
- 4. Le Vol du héron
- 5. Le Fil du destin

Shikanoko
- L'Enfant du Cerf, Livres 1 et 2
- L'Empereur Invisible, Livres 3 et 4

Monica Hesse
Une fille au manteau bleu

Maureen Johnson
13 petites enveloppes bleues
- 13 petites enveloppes bleues
- La dernière petite enveloppe bleue

Gordon Korman
Mon père est un parrain

Sève Laurent-Fajal
Les valises

David Levithan
A comme aujourd'hui

Erik L'Homme
Des pas dans la neige
Nouvelle-Sparte

Sue Limb
Jess Jordan
- 15 ans, Welcome to England !
- 15 ans, charmante mais cinglée
- 16 ans ou presque, torture absolue
- 16 ans, franchement irrésistible

E. Lockhart
Nous les menteurs
Trouble vérité

Hayley Long
Nos vies en mille morceaux

Benoît Minville
Les belles vies

Jean Molla
Felicidad

Jean-Claude Mourlevat
Le Combat d'hiver
Le Chagrin du Roi mort
Silhouette
Terrienne

Jandy Nelson
Le ciel est partout
Le soleil est pour toi

Patrick Ness
Le Chaos en marche
- 1. La Voix du couteau
- 2. Le Cercle et la Flèche
- 3. La Guerre du Bruit

Nous autres simples mortels

Jennifer Niven
Tous nos jours parfaits
Les mille visages de notre histoire

Joyce Carol Oates
Nulle et Grande Gueule
Sexy
Zarbie les yeux verts

Mikaël Ollivier
Tout doit disparaître

Isabelle Pandazopoulos
La Décision
Trois filles en colère

Mary E. Pearson
Jenna Fox, pour toujours
- Jenna Fox, pour toujours
- L'héritage Jenna Fox

Lucie Pierrat-Pajot
Les Mystères de Larispem
- 1. Le sang jamais n'oublie
- 2. Les jeux du siècle
- 3. L'élixir ultime

François Place
La douane volante

Louise Rennison
Le journal intime de Georgia Nicolson
- 1. Mon nez, mon chat, l'amour et moi
- 2. Le bonheur est au bout de l'élastique
- 3. Entre mes nungas-nungas mon cœur balance
- 4. À plus, Choupi-Trognon…
- 5. Syndrome allumage taille cosmos
- 6. Escale au Pays-du-Nougat-en-Folie
- 7. Retour à la case égouttoir de l'amour
- 8. Un gus vaut mieux que deux tu l'auras
- 9. Le coup passa si près que le félidé fit un écart
- 10. Bouquet final en forme d'hilaritude

Nastasia Rugani
Milly Vodović

Ruta Sepetys
Big Easy
Ce qu'ils n'ont pas pu nous prendre
Le sel de nos larmes

Stéphane Servant
Guadalquivir

Dodie Smith
Le château de Cassandra

Laini Taylor
Le Faiseur de rêves
La Marque des anges
- 1. Fille des chimères

Thibault Vermot
Colorado Train

Vincent Villeminot
La Brigade de l'ombre
- 1. La prochaine fois ce sera toi
- 2. Ne te fie à personne
- 3. Ne compte que sur les tiens

Danielle Younge-Ullman
Toute la beauté du monde n'a pas disparu

Le papier de cet ouvrage est composé de fibres naturelles, renouvelables, recyclables et fabriquées à partir de bois provenant de forêts gérées durablement.

Maquette : Maryline Gatepaille
Photo de couverture © Beau Brashares

ISBN : 978-2-07-514299-1
Loi n° 49-956 du 16 juillet 1949
sur les publications destinées à la jeunesse
Premier dépôt légal : juin 2010
Dépôt légal : janvier 2022
N° d'édition : 448076– N° d'impression : 260072
Imprimé en France par Maury Imprimeur - 45330 Malesherbes